NF文庫
ノンフィクション

陽炎型駆逐艦

水雷戦隊の精鋭たちの実力と奮戦

重本俊一ほか

潮書房光人新社

陽炎型駆逐艦——目次

写真提供／各関係者・遺家族・「丸」編集部・米国立公文書館

峯風型
峯風
沢風
沖風
島風
灘風
矢風
羽風
汐風
秋風
夕風
太刀風
帆風
野風
沼風
波風
神風型
神風
朝風
春風
松風
旗風
追風
疾風
朝凪
夕凪
睦月型
睦月
如月
弥生
卯月
皐月
水無月
文月
長月
菊月
三日月
望月
夕月
吹雪型
吹雪
白雪
初雪
深雪
叢雲
東雲
薄雲
白雲
磯波
浦波
綾波
敷波
朝霧
夕霧
天霧
狭霧
朧
曙
漣
潮
暁
響
雷
電
初春型
初春
子日
若葉
初霜
有明
夕暮
白露型
白露
時雨
村雨
夕立
春雨
五月雨
海風
山風
江風
涼風
朝潮型
朝潮
大潮
満潮
荒潮
朝雲
山雲
夏雲
峯雲
霞
霰
陽炎型
陽炎
不知火
黒潮
親潮
早潮
夏潮

初風
雪風
天津風
時津風
浦風
磯風
浜風
谷風
野分
嵐
萩風
舞風
秋雲
夕雲型
夕雲
巻雲
風雲
長波
巻波
高波

大波
清波
玉波
涼波
藤波
早波
浜波
沖波
岸波
朝霜
早霜
秋霜
清霜
島風
秋月型
秋月
照月
涼月
初月
新月

若月
霜月
冬月
春月
宵月
夏月
花月
松型
松
竹
梅
桃
桑
桐
杉
槇
樅
樫
榧
楢

桜
柳
椿
檜
楓
欅
橘型
橘
蔦
萩
柿
菫
楠
梨
椎
榎
初桜
楡
雄竹
樺

初梅
樅型
栗
栂
蓮
若竹型
若竹
呉竹
朝顔
早苗
芙蓉
刈萱

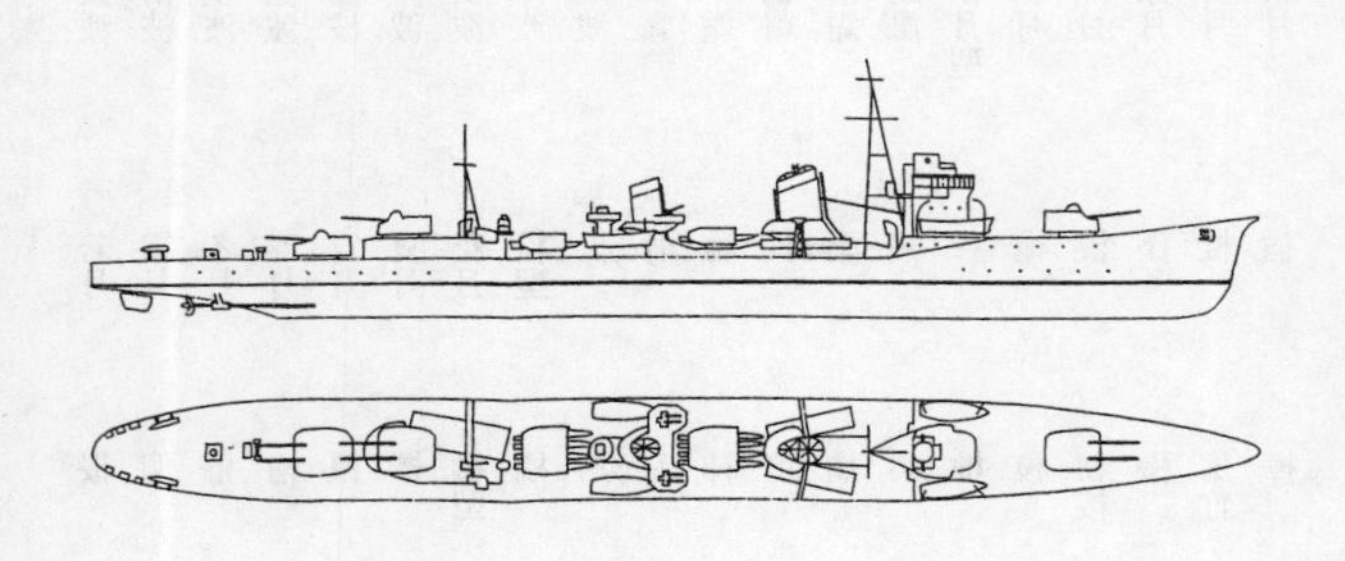

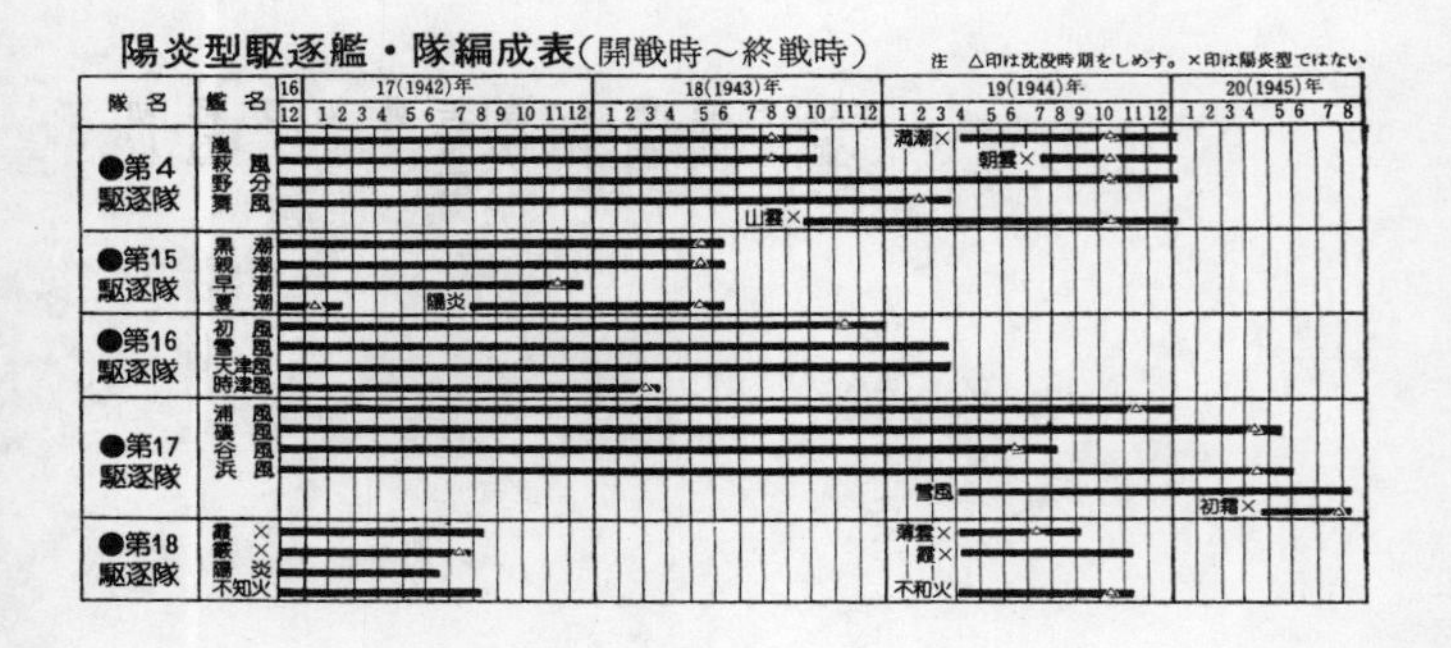
陽炎型駆逐艦・隊編成表(開戦時～終戦時)
注　△印は沈没時期をしめす。×印は陽炎型ではない
隊名
艦名
16
12
17(1942)年
18(1943)年
19(1944)年
20(1945)年
1 2 3 4 5 6 7 8 9 10 11 12
●第4駆逐隊
嵐
萩風
野分
舞風
満潮×
朝雲×
山雲×
●第15駆逐隊
黒潮
親潮
早潮
夏潮
陽炎
●第16駆逐隊
初風
雪風
天津風
時津風
●第17駆逐隊
浦風
磯風
谷風
浜風
雪風
初霜×
●第18駆逐隊
霰×
霞×
陽炎
不知火
薄雲×
霞×
不和火

陽炎型駆逐艦

水雷戦隊の精鋭たちの実力と奮戦

奇跡の不沈艦「雪風」豪傑艦長と共に生きる

乗員から絶対の信頼を寄せられた八字ひげギョロ目艦長の風貌姿勢

当時「雪風」乗組・海軍主計少尉　高橋　栄

「艦長着任」

当番兵がさけぶ。海軍はすべて職名を呼びすて、殿（どの）などという敬称はつけない。

昭和十八年十二月のある日、呉軍港の駆逐艦雪風（ゆきかぜ）の舷門に横付けにされた内火艇から悠然と立ち上がり、寒中なのにすでに額に汗をかきながら、狭い駆逐艦の梯子をのぼっていく八字ひげの偉丈夫は、体重二十七貫（九六キロ）、柔道五段の新任艦長である寺内正道海軍中佐であった。

寺内正道中佐

猪首をガッチリすえ、目をぎょろりとむきながら、口もとを引きしめて舷門に立った姿は、闘志満々まさに四隣を圧する姿であった。

日本の駆逐艦にはやさしい名がついていた。駆逐艦雪風は昭和十五年一月、佐世保海軍工廠で竣工した「陽炎」型駆逐艦の第八番艦で、その基準排水量二千トン、一二・七センチ連装砲三基六門、六一センチ四連装魚雷発射管二基八門（予備魚雷八本）、二五ミリ連装機銃二基四門を装備し、三十五ノット余の高速力を有する、当時、世界に誇った理想的な艦隊型駆逐艦であった。

太平洋戦争における激闘の四年間で、雪風は開戦劈頭より参加し、比島攻略戦、スラバヤ沖海戦、ミッドウェー海戦、南太平洋海戦、第三次ソロモン海戦、ガダルカナル撤収作戦、ビスマルク海戦、コロンバンガラ島沖夜戦、マリアナ海戦、比島沖海戦、金剛・長門・大和護衛戦、空母信濃護衛戦、そして沖縄特攻作戦と歴戦し、しかも日本海軍の誇ったいわゆる甲型駆逐艦三十八隻のうち、終戦のときまで活動することができた唯一の艦として、大いに気を吐いたのである。

寺内艦長の着任当時、すでに「呉の雪風、佐世保の時雨」と並び称せられ、強い駆逐艦の双璧として海軍前戦部隊で言いはやされ、有名になっていた。

前任艦長の菅間良吉中佐の温和なる容貌にくらべ、寺内艦長はすごみをおびた面構えで、猛進実行型の豪傑であった。

豪傑といわれる一つに、寺内艦長は酒を飲んでは誰にも負けたことがなく、まさに戦国武士のような面影をのこす水雷屋として、部内の名物男であり、その斗酒なお辞せざる酒豪のために大尉を七年も勤めたという常識破りでもあったが、すでに出世停頓は昔話となり、いまは駆逐艦の猛艦長として広く知られていた。

昭和15年1月、公試のため佐世保を出航する陽炎型8番艦・雪風。19隻建造された陽炎型駆逐艦でただ一隻、太平洋戦争を戦いぬいた幸運艦である

昭和十五年、海軍少佐に昇進後、十六年には駆逐艦栗（くり）、同十七年には駆逐艦電（いなずま）の各艦長を歴任していた。

その電の艦長時代にも有名な話がある。

昭和十七年十一月末、当時、米軍とわが南海支隊とがニューギニア南端の基地争奪をかけて戦った激戦場であるブナ北方沿岸に陸兵をはこび、そこで火を落とし未明まで休むことになった。

すると、日の出が近づいたと思う間もなく、アメリカの爆撃機B25三機が、爆音をとどろかせて襲いかかってきた。まったくの不意打ちをくって、電は抜錨するひまもなかった。さすがの寺内艦長も「えい、こうなったら運を天にまかせろ」と観念した。

敵機はあっという間に艦上にせまり、バラバラッと五〇〇キロ爆弾を浴びせた。そのうちの三個が艦をはさんで両側十メートルと離れていない海面に落ちたのである。

その幸運の寺内艦長が、こんど雪風に転任してくるのを知った斎藤一好水雷長は、「こんどもまた運の強い艦長が来るぞ、雪風はいよいよツイているぞ」と部下とともに手を打って喜びあった。このように艦長は、その着任前からすでに部下を勇気づけ、元気づけたほど、その令名はあまねく知れわたっていたのである。

ねじり鉢巻のダルマさん

艦長を知る人は、いずれもその酒豪ぶりを話す。その痛飲ぶりがよほど時代ばなれしていたからであろう。それに、とても酒飲み相手をほしがっていた。寺内艦長が生粋(きっすい)のシーマンであればあるほど、孤独感のひろがりが大きかったのではなかろうか。

まったく家庭をかえりみる暇もなく、数百の部下の生命を一身に負って、自分独りしか頼れない太平洋の大海原に、日夜、心胆をくだいていた。やはり艦長とて一個の人間である。いかめしい八字ひげとは対照的に、とても人なつこい面をもっていた。そういうところについて、雪風航海長(のち砲術長)であった田口康生大尉は、

「私も上陸のときには、寺内艦長のお供をして酒を飲みにいく機会が多く、大いに鍛錬されたものである。昭和十九年、ひさしぶりに戦地から呉に帰投したある日、艦内で夕刻から艦長のビールのお相伴をして、徹夜で飲みつづけビール二箱(四十八本)をたいらげてしまった。

そのとき艦長は少しも偉ぶらず、飲むほどに目はぎょろぎょろするが、身体全体が、じつに親しみやすく陽気になる人だった。そして、よく話す。もともと駆逐艦乗りには、特殊な家族的雰囲気があるものだが、寺内艦長の場合は格別で、酔えば酔うほど人間味があふれてくる人柄だった」と。

さらに電測士だった中川隆義少尉も親しみをこめ、懐かしそうに言う。

「私は新米士官だったので当直が多く、それに士官室の吊りハンモックに寝ていたので、よく艦長から呼ばれた。巡検後〝おい、電測つきあえ〟と呼ばれて飲みはじめる。飲むときはかならず誰かを相手にして鯨飲するのが好きだったらしい。

話はとりとめもないことが多いが、とても愉快そうに飲む。そして飲んでも姿勢はくずさず、しかも歌をうたうようなことはなかった。

あるとき〝電測、貴様柔(やわら)を知っているか〟と突然いいだし、〝貴様に日本古来の柔を教えてやろう。立て〟と言われた。私も二十二歳の血気ざかりで体重も十九貫あったので、〝えい負けるものか〟と立ち上がり、雪風の士官室で双方仁王立ち、たがいにがっぷり組んで、ドッテンバッタンとやりあった。

艦長のひげもゆがむほどの激しさだ。すると従兵がびっくりして目をさます。

ほどほどにやめて、また飲みはじめるが、それからが大変で〝小便につれていけ、寝かせろ〟といっても、なにしろ二十七貫の巨漢艦長なので狭いタラップをはこびあげるのが、じつに大変だった。それでも翌朝はケロリとして、若い者以上に朝食をとり、勤務をおこたるということはまったくなかった。

上陸のときには、たいてい〝魚雷二本（清酒二本の意）を持っていけ〟というのでよく持参したが、艦長は途中でみな飲んでしまうことがあり、ふたたび帰艦して持っていったこともあった。

いまでも艦長がでんとあぐらをかき、にこにこしながら癖で私の肩をたたきながら、電測飲め、飲め、とすすめてもらったことが、つい昨日のことのように思い出される。とにかく一升酒は軽い人だった」と。

狭いラッタルを艦橋に向かい、大きな腹をつき出してのぼるときの艦長の姿が、おひげのあるダルマさんのように、また、時にねじり鉢巻で酒を飲むユーモラスな姿とともに、一般の乗組員にもたちまち人気の的となった。

任務の遂行に当たっては沈着剛猛、日常の生活にさいしてはザックバランにものを言い、事を行なう磊落な性格が、いかにも駆逐艦乗りにふさわしく、こうして乗組員たちの信頼はますます増して行き、その士気は一段と高まった。

天蓋からニュッとだす猪首

昭和十九年十月、果然、スルアン島、レイテ湾に米軍来攻の飛報がもたらされ、ここに比島沖海戦の火ぶたが切られたのであるが、航空援護のない栗田艦隊は、頼みとする戦艦大和、武蔵のうち武蔵を失った。

17　奇跡の不沈艦「雪風」豪傑艦長と共に生きる

雪風の行動概要

年　月　日	艦　隊　区　分（軍　隊）	主　要　戦　歴
16. 12. 8	2 F　2 sd　16dg	レガスピー急襲攻略作戦
～19	（比島部隊第 4 急襲隊）	
12. 19～29	（比島部隊第 4 護衛隊）	ラモン湾上陸作戦
17. 1. 9	（蘭印部隊東方攻略部隊	メナド攻略作戦
～14	第 2 護衛隊）	
1. 21～27	（第 1 根拠地隊主隊）	ケンダリー攻略戦
1. 28	（東方攻略部隊第 2 護衛	アンボン攻略戦
～2. 4	隊）	
2. 17～23		クーパン攻略戦
2. 24		スラバヤ攻略戦
～3. 12		スラバヤ沖海戦
3. 29～4. 23		ニューギニア西部方面攻略掃蕩戦
4. 30～5. 22		呉にて入渠整備
5. 22～6. 21	（ミッドウェー攻略部隊）	ミッドウェー作戦
7. 7～	3 F　10 S　16dg	横須賀→高雄→ラバウル→カビエン→トラック→呉
8. 12		護衛
8. 12～ 9. 3		内海西部にて訓練
9. 4～11. 18	（機動部隊本隊）	ソロモン方面作戦支援
10. 26		南太平洋海戦
11. 9～11. 18	（前進部隊挺身攻撃隊）	第 3 次ソロモン海戦
12. 10～12. 31		呉にて入渠整備
12. 31～		内海西部にて 2 航戦警戒
18. 1. 18		
1. 25～2. 8	（外南洋部隊増援部隊）	ケ号（ガ島撤収）作戦
2. 28～3. 5		81号（ラエ）輸送作戦
3. 7～4. 21		ソロモン、ビスマルク方面輸送作戦
5. 8～6. 13	（機動部隊）	内地待機訓練及護衛
6. 1～11		呉にて入渠整備
6. 15～21	（前進部隊）	横須賀→トラック　3 S、7 S 護衛
6. 23～20	（外南洋部隊）	ブーゲンビル島輸送作戦
6. 30～7. 29	（外南洋部隊）	中部ソロモン作戦
7. 6～9		8 F 旗艦となる
7. 12～13		コロンバンガラ島沖海戦
7. 29～9. 2	（機動部隊）	トラックにて整備、呉に回航
9. 2～10. 8		呉にて整備
10. 11～11. 5		内地→昭南間往復空母護衛
11. 15～12. 17		内地→トラック間艦船護衛
12. 20～		内海西部
19. 1. 10		
1. 10～2. 5		門司→昭南間船団護衛
2. 5～2. 20		1 A F　サイパン進出作戦（千歳、初霜と合同）
		サイパン→グアム船団護衛
		サイパン→横須賀
2. 20～4月		1 A F　マリアナ進出作戦　龍鳳、瑞鳳の警戒艦
4. 20～5. 4		呉→マニラ→リンガ　大和警戒艦
5. 4～5. 15		リンガにて待機
5. 15～6. 15		kdF タウイタウイに進出
6. 15～7. 1		あ号作戦
7. 5～8. 15		因島にて警備
9　月		内海西部にて訓練、油谷湾にて G F の対潜訓練
9. 20		昭南→リンガ進出　2 S 警戒艦
10. 24～10. 26		比島沖海戦
10. 29～11. 10		ブルネイ待機
11. 20～11. 25		内海西部着　1 S、3 S 警戒艦
11. 27		呉→横須賀　長門護衛
11. 28～11. 31		横須賀発　信濃護衛
12. 1～		呉にて整備及内海西部
20. 3. 31		
4. 5～8		天一号作戦沖縄特攻　佐世保着
5. 15		佐世保発舞鶴回航　砲校練習艦となる
7. 30		宮津湾にて対空戦闘
終　戦　後		復員輸送船となる
22. 7. 6		中華民国に引渡す（於上海）丹陽（tan yang）となる

（注：F＝艦隊　s d＝水雷戦隊　d g＝駆逐隊　A F＝航空艦隊
S＝戦隊　Y B＝遊撃部隊　K d F＝機動艦隊）

十月二十五日、栗田艦隊はサンベルナルジノ海峡を出て南下、日の出の約一時間前に敵の早朝空襲にそなえて輪形陣が発令された。各艦は旗艦大和を基準として、しだいに近接整形をしているとき、午前六時四十五分、突如として南東方はるか水平線に数本のマストを発見し、さらにつづいて飛行甲板が見えてきた。奇跡的な会合ともいえる米機動部隊の空母群を目前にして、大和の四六センチ主砲はただちに火を吹き、各戦隊は猛然と突撃にうつった。ここに名高いサマール沖海戦の幕が切っておとされたのである。

雪風ら第十戦隊は大和の後方に続航していたが、しだいに敵の西方に進出し、魚雷で襲撃するに好対勢となり、午前九時五分、第十七駆逐隊の浦風、磯風、雪風の三艦は、猛然と敵空母群に突撃を開始した。

見よ、三脚マストの頂上にひるがえる戦闘旗、艦橋まで水しぶきをあげながら猛進、また猛進。そのとき敵機が雪風にねらいをつけ、左艦尾から急降下で入ってくる。

「左三十五度、飛行機、こちらに向かってくる」

見張員の声とともに、艦橋の天蓋からニュッと猪首を突きだしたねじり鉢巻の大坊主、寺内艦長はじーっと敵機をにらみつける。そして間髪を入れず艦長の沈着な大音声。

「前進、全速、取舵(とりかじ)一パイ」

田口航海長がそれを藤本操舵長に令する。雪風から射ちだす主砲、機銃の音で自分の号令が伝えにくいとみるや、艦長は足を田口航海長の肩にかけておき、足で肩を蹴って指示する。急速に艦首が左にまわり出す。急降下する敵機から爆弾がはなれ、雪風に吸い込まれるように落下してくる。上を見ると爆弾と雪風のマストの方位が変わらない。まさに雪風と爆弾の等方位運動であり、命中することは確実だ。

急に艦の旋回が遅く感じられる。もう駄目だ！　田口航海長のコンパスを握る手にますます力が入り、できることならこの手の力で艦を旋回させたいと思う。ただ硬直。

すると何たることか、しだいに爆弾はマストとの方位が切れだしてきた。雪風も右に大きく傾斜して、勢いよく左に旋回する力を増している。爆弾は雪風のマストをかすめるようにして艦首右に落下し、五〇〇キロ爆弾の大水柱が噴煙のように勇ましくあがる。

ニタッと笑う艦長、まさに至芸の極だ。

艦はその水柱なかに突っ込み、コンニャクのようにグラグラゆれ動く。一瞬ザーという海水が全艦をつつみ、砲火も沈黙、雪風はまるで潜水艦のようになり、沈んでいるのか、浮いているのかわからなくなる。やがて水柱がおさまりかけると、エンジンは力強い鼓動をしめし、雪風は精悍な狼のように水柱からおどりでる。

艦内各部から「各部異状なし、エンジンますます好調」と、艦橋に報告がくる。乗組員は勇気りんりんとして、ただちにつぎの敵に対処する。誰しも至近弾をあびると、思わず知らず頭が下がるものであり、そこに艦の致命的危機が到来するものだ。というのは、初弾は回避することができても、一瞬隙（すき）ができて、つぎの弾丸でやられてしまうのだ。

寺内艦長にはそれがなかった。

最初の弾丸の行方を見きわめると、頭を下げることなく、たえず天蓋から猪首を突き出して、つぎの敵機をにらみ身構えているのだ。いよいよ敵空母群に接近、その距離一万五千メートル。すると寺内艦長の大声一番。

「左前方敵空母水平線」「砲雷同時戦用意」その号令に、ただちに「魚雷発射用意よろし」の復命、間髪をいれず、「取舵、発射ヨーイ　テー……」

かくて雪風から、敵空母を目標として魚雷四本がつぎつぎに発射された。雪風にとっては、じつに開戦以来、スラバヤ沖海戦、第三次ソロモン海戦、コロンバンガラ島沖海戦につぐ第四回目の魚雷戦で、しかもこれが駆逐艦の本分である魚雷攻撃の最後の機会となった。

全乗組員の祈りをこめた魚雷は、海魚のように突進、間もなく上がる大水柱に「魚雷命中」と見張員の声は一段と高く、ワァーという全乗組員の喚声があがる。

一方、魚雷におとらじと一二・七センチ砲も敵駆逐艦に猛撃をあびせ、また二五ミリ機銃も近接艦をねらって機銃掃射をくわえた。

こうして雪風は、寺内艦長の名指揮のもとに魚雷を確実に敵空母に命中させ、敵駆逐艦一隻を航行不能におとしいれたのであった。

絶対の信頼あるギョロ目玉

明けて昭和二十年三月、米空母機動部隊は、ついに沖縄、南大東の二島に来襲した。沖縄島には、おびただしい爆薬と鉄片がぶちこまれた。

果然三月二十六日、連合艦隊司令長官は「天一号作戦発動」を全軍に下令、第二艦隊にた

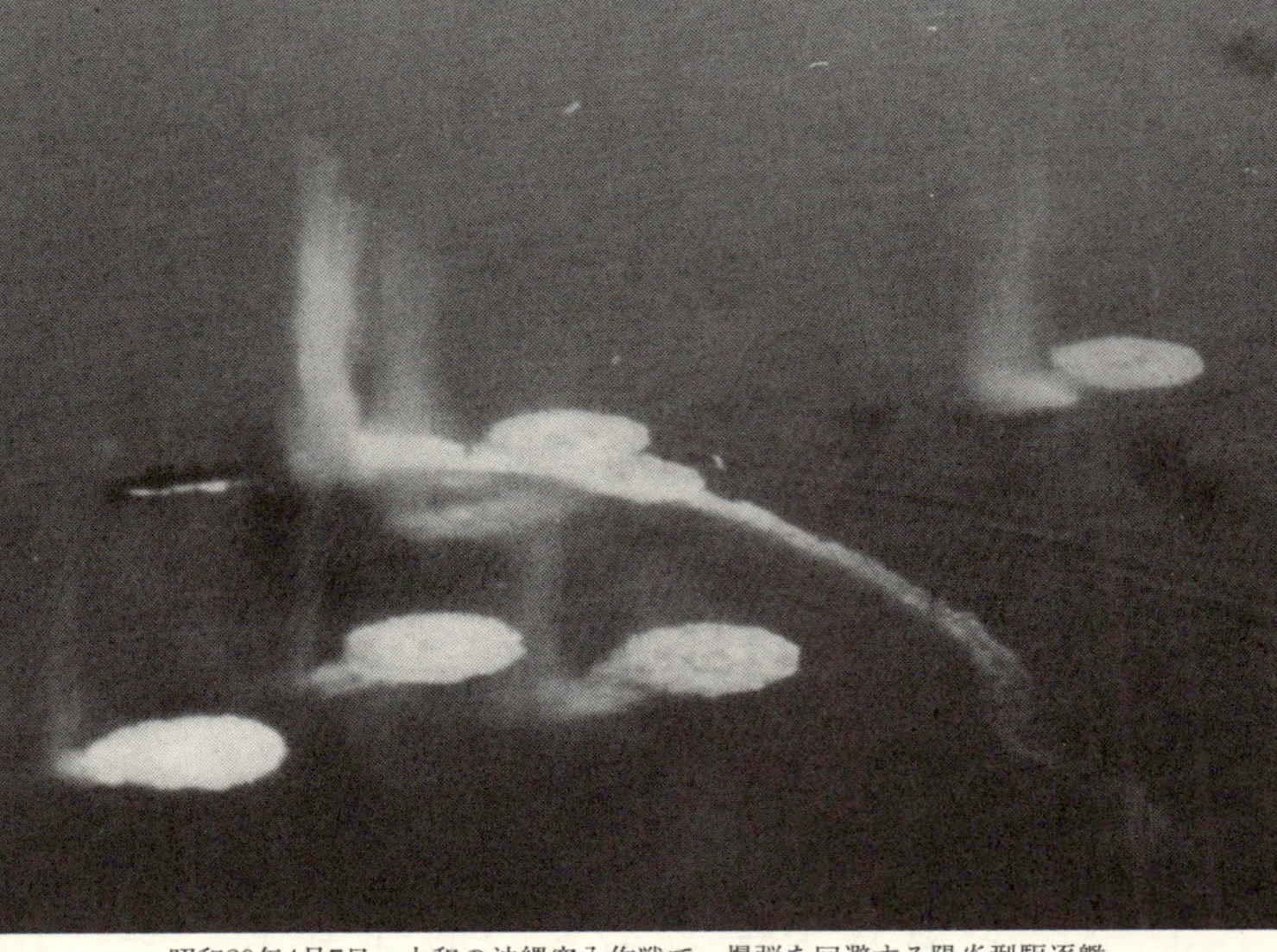

昭和20年4月7日、大和の沖縄突入作戦で、爆弾を回避する陽炎型駆逐艦

いしても旗艦大和、巡洋艦矢矧以下駆逐艦冬月、涼月、朝霜、初霜、磯風、雪風、浜風、霞をもって海上特別攻撃隊を編成し、「四月八日の黎明を期し、沖縄に突入、所在敵艦船を撃滅すべし」との命令が発せられた。各艦は沖縄陸岸に乗りあげ、陸上砲台となって全弾を撃ちつくすまで戦う、という決死行の任務があたえられたのである。

艦隊は四月六日夜間、豊後水道を抜けて出発したが、翌七日、すでに大和の出撃を知った米機動部隊は北上し、わが艦隊に猛烈な航空攻撃をかけてきた。寺内艦長は文字どおり獅子奮迅、雪風の守護人として勇戦力闘、全乗組員もまた火の玉となって激闘した。

午前十一時過ぎごろ、雪風の左後方より、雲霞（うんか）のように敵航空機群が飛来し、六〇キロ爆弾四個をだいた艦上機は、入れかわり立ちかわり雪風の艦橋めがけて突っ込んできて、爆弾を落としていく。敵機からは魚雷がつぎつぎと発射される。

寺内艦長はこの乱戦にさいしても少しもあわてず、例のように坊主頭を艦橋の天蓋より突き出し、雷爆のコースを的確に見きわめて、神業とも思われる回避運動を左右にやってのける。そしてときに旗艦大和に対し「ワレ異状ナシ」と打電する。

雪風の航海士松岡少尉は、艦橋の直前に配置した機銃座にのぼり、十門の機銃指揮官となって奮戦中に、ふと艦橋をふり仰いだところ、そこに寺内艦長の顔があった。がっちりした猪首の上の顔が真っ黒になっている。沈没した艦から流れでた重油の海を疾走しているうちに、至近弾を何発もくい、その油の大水柱をかぶったためである。

ちょうど航海士と視線があった。豪胆な航海士も、艦長が真っ黒な大坊主になっているので、ついおかしくなって思わず破顔したところ、艦長は特長あるギョロ目玉をさらに大きくして、ニヤリと笑った。航海士は「大丈夫まだ戦える、くそ、ぜったい雪風は沈むものか」と、ぐいっと腹がすわり、無限の安心感をおぼえ、勇気さらに百倍したのであった。戦闘下の寺内艦長のギョロ目玉こそ、全乗組員から絶対の信頼を寄せられていたのだ。

午後二時二十三分、巨艦大和はついに沈んだ。多量の重油が真っ黒く海面をおおっていた。やがて敵機群も去った。

かくして、なお戦闘できる残存艦は、雪風、冬月、初霜の三艦だけになってしまった。しかし、闘魂いよいよ盛んな寺内艦長は、冬月に乗組中の第四十一駆逐隊司令に対し、信号で

「このまま沖縄に突入されてはいかが」と意見具申して、その決意をうながし、自らは早くも沖縄に向けて艦首をたてなおして進撃をはじめようとしていた。

しかし、やがて「作戦中止。沈没艦の人員救助のうえ帰投すべし」との連合艦隊命令が示達され、正式に作戦中止が決定された。すると、「そうと決まれば最後の一人まで救え」と令し、あらゆる小艇を動員してくまなく波間をさがし求め、できる限りの人命を救助したのであった。

折りから敵水上飛行艇が墜落パイロットを救助に飛来したが、これに銃撃をくわえることもせず、寺内艦長はじめ雪風乗員は沖縄突入の夢も破れた無念さを胸に秘め、ただ、ひたすら味方兵員の救助に当たっていた。

わが「親潮」ルンガ沖に突入せよ

米艦隊の真っ只中に殴り込んだ親潮、黒潮、陽炎のルンガ沖夜戦

当時「親潮」航海士・海軍少尉　重本俊一

私は当時、駆逐艦親潮(おやしお)（陽炎型六番艦）に航海士兼通信士として乗り組んでいたが、親潮は第二水雷戦隊の一番隊（第十五駆逐隊）の司令駆逐艦であった。ここに、私が太平洋戦争に参加した海戦のなかでもっとも溜飲をさげたルンガ沖夜戦について、その思い出をつづってみよう。

――ガダルカナル島（以下ガ島と略す）へ敵が上陸しはじめたのは、昭和十七年八月はじめであった。そのころガ島では日本軍が飛行場をつくり、工事もほとんど完了しかけたときで、上陸した敵はブルドーザーなどの機械力にものをいわせ、どんどん飛行場を増設していった。

当時シャベルやツルハシで作業していたわが軍にとっては、信じられぬくらいの早さで工事が進み、そしてここに多くの航空機を投入し、たちまちガ島周辺はもとより、急速にソロ

重本俊一少尉

モン全域の制空権を拡大していった。従ってわが軍のガ島への補給輸送は、低速力で図体の大きい輸送船は使えないことになり、高速力で目標の小さい駆逐艦に頼るほかなくなった。そこで連合艦隊の精鋭駆逐艦の大半がガ島増援部隊に編入され、人員、弾薬、糧食などの輸送に従事することになった。

水雷屋である駆逐艦乗りにとって、輸送屋になり果てようとは夢想だにしなかったことであり、そのための訓練は何もしていないので、ぜんぜん自信のもてる仕事ではなかった。また、ちょっと考えてみても、駆逐艦で輸送するのは、ちょうどトラックの代わりに乗用車で運搬するようなもので、どう贔屓目(ひいきめ)にみても、その効果は大したものになろうとは思えなかった。

そこで駆逐艦乗りにとって増援部隊に編入されることは気の重いものであったが、それでもいったん補給作戦に従事するときまれば、陸上軍の命の綱であるという使命感と同胞愛とでふるいたった。

輸送作戦は揚陸地における敵の妨害をできるだけ少なくするため、月のない暗夜がえらばれた。このためネズミ輸送と呼ばれた。

夜襲の訓練を積みかさねた水雷屋は、暗闇になれた目と一糸みだれぬ作業とによって、不慣れの輸送任務もかなりうまく行なうことができた。

乗組員たちはその仕事の成果に、副業的な役割の輸送任務にたいする欲求不満も、少しは解消されていたようだった。またソロモン海域に入ると、毎日、敵機の攻撃をうけるのでその応接に忙しく、ぐずぐず文句を言っている暇もなかったのである。

補給基地ショートランド湾で輸送物件を積込み作業中も、一日に数回、数十機の敵機が来襲した。そのたびに作業を打ち切り、対空戦闘と回避運動のため湾内を走りまわった。だから昼間は投錨できず、つねに航走できる状態にしておかなければならなかった。（三六頁地図参照）

敵機の去った合間に積込み作業をつづけ、それが終了すると、ガ島へ向かって出撃していった。

輸送航海中、往路、復路ともに各一回ずつ敵機の大群が必ず来襲し、にぎやかな海空戦が演じられた。米艦に比較して対空火器の貧弱な日本の艦艇は、飛行機との交戦はまったく苦手であり、ただ回避運動するほかなく、そのためますます対空射撃の効果があがらなかった。この敵機群の来襲にそなえて、駆逐艦の護衛のため第十一航空戦隊の下駄ばき水上機が数機、とぼしい航空戦力の中から無理して派遣されてきた。その下駄ばきの不自由な身で、敏捷なロッキードP38戦闘機に立ち向かっていったが、あらかた撃墜されることが多かった。

それでもくじけずに、毎回一機でも二機でも直衛にきてもらった。航空隊さえこんな無理な仕事をしているのであるから、駆逐艦が輸送作戦に従事するのはまだましな方であると、自らを叱咤激励したものである。

われわれ駆逐艦は太陽を背にして、巧みに雷撃や爆撃してくる敵機を、右に左にさけたので損害はあまりなかったが、それも駆逐艦長の操艦技術のたまものであった。それでも、ときたま被爆する艦もあった。そのときは無傷の駆逐艦を護衛につけて、ショートランド基地へ戻すので、輸送力はガタ落ちになってしまった。

予備魚雷を陸揚げしての出撃

駆逐艦がしだいに輸送作戦になれてきたとはいっても、小艦艇による輸送量は微々たるものので、ガ島陸上軍の露命をつなぐにも事欠き、兵器弾薬の補給も少なく、このままではガ島の大反攻はとうてい望みが持てなかった。これに業をにやした陸上軍の要請により、大型輸送船十一隻による大がかりな補給を決行することになった。

これを支援しようとするわが艦隊と、阻止せんとする敵艦隊とのあいだに生じた衝突が、第三次ソロモン海戦であり、ソロモン作戦中の最大の海戦であった。

このとき、わが増援部隊は十一隻の輸送船を護衛して、ショートランド基地を出撃し、ガ島に向けソロモン群島の中央の水道を航行していた。だが、途中で敵数十機の攻撃を数回うけ、輸送船七隻が沈んでしまった。輸送指揮官は残り四隻の輸送船をガ島へ乗り上げる覚悟で、そのまま強引に航海をつづけた。

その夜（昭和十七年十一月十五日）、敵艦隊と遭遇し、暑いソロモン群島の海上は焦熱地獄と化した。私たち駆逐艦は「各隊突撃せよ」の命をうけ、輸送船の護衛をやめて敵艦におどりかかっていった。第十五駆逐隊の親潮、黒潮、陽炎の三隻は、わが艦隊より照射されて、真っ暗な海上に蜃気楼のように浮かび出た敵戦艦を追跡した。

速をもってする、いわゆるネズミ輸送で、連合軍からは東京急行と呼ばれていた

ガダルカナル方面へ物質補給のため、疾走する甲型(陽炎型)駆逐艦。駆逐艦の快

ガ島南西海上へ離脱しようとする敵艦を追い、スコールに妨害されながらも、ようやく魚雷八本を発射した。そのうち二本の炸裂音を聞いた。残り予備魚雷八本を発射管に装塡し、さらに攻撃をくわえるため南下追跡したが、二度目の襲撃は困難とみて断念し、北上した。輸送船の予定揚陸地点あたりへ行ってみると、すでに四隻の輸送船はガ島北西部エスペランス岬付近の海岸に擱坐しており、ちょうど夜が白みかけていた。午前三時すぎであったろうか。この四隻分の揚陸ができれば上出来であると安心しかけたところへ、敵機がつづいて猛爆してきた。そこでわが隊は長居は無用と北上し、帰路についた。

わが輸送船を振り返って見ると、朦々たる煙が立ち上がっている。積荷はほとんど役に立たなくなったのではあるまいか、と案じたほど、惨たんたる輸送成績であった。

このことがあってから、輸送船による補給は完全に不可能となった。そしてまた、敵は水上、航空ともに日増しにその兵力を増強し、駆逐艦輸送もますます困難となり、その効果も激減していった。

輸送物件の荷姿は、最初のうちはさまざまであったが、輸送が困難になるにつれて、ドラム缶詰めにして運搬した。糧食や弾薬を浮力を失わないていどに空ドラム缶（ラバウルに敵の遺棄したもの）に入れ、そのドラム缶に枝索をつけ一本の主索にむすびつけて、駆逐艦の両舷甲板に一列にずらりと並べたのである。一艦に二〇〇本～二四〇本ほど積んだ。

そして駆逐艦が陸揚地点に到着すると、ドラム缶を両舷側の海中に「ヨイショ」と一斉に力をあわせて投入した。すると陸上より交通艇がきて、その主索を受けとり陸岸へ引っ張って揚げた。だが潮流と珊瑚礁とになやまされて、なかなか思うように引き揚げられなかったらしい。

ドラム缶輸送は、駆逐艦としては揚陸作業が十五分か二十分で終わるので万事都合がよかった。だが補給物資積込みの代償に、予備魚雷八本を陸揚げしなければならなかった。駆逐艦乗りにとって、まことに情けないことだったが、積載重量過大となるので致し方なく涙をのんで陸揚げした。このことは、そのためルンガ沖夜戦において、一回の襲撃だけで退避しなければならぬことになり、恨みの臍(ほぞ)をかんだものだ。

関所で待ちうける敵機群

昭和十七年十一月三十日のルンガ沖夜戦は、輸送作戦中、偶発的に起きたものである。六隻の駆逐艦が輸送物件入りのドラム缶を、それぞれ二〇〇本～二四〇本ほど積み込み、警戒駆逐艦二隻とともに合計八隻の駆逐艦だけの増援部隊を編成してガ島に向かった。

その輸送力は表のとおりで、また航行隊形は高波を先頭に親潮、黒潮、陽炎、巻波、長波、江風、涼風とつづいた。また第二水雷戦隊司令部は、旗艦神通(じんつう)より長波へ将旗を移し乗り組んだ。

だいたい駆逐艦だけの輸送行動の場合は、司令部は神通にあってショートランド泊地において全般の指揮をとり、輸送中の指揮統率は、駆逐隊の先任司令がとるのが通例であった。

しかし今回は出撃前に、ガ島周辺に敵の有力水上部隊が遊弋しているとの情報も入り、輸送作戦中に会敵する公算が大きく、司令官自ら全軍の指揮をとるのがもっともよいと判断されたもので、結果からみても、まことに当をえたものであったといえる。

この増援部隊がショートランド泊地を出撃したのは、昭和十七年十一月二十九日の午後十一時であった。警戒艦高波を先頭に、八隻の駆逐艦がさだめられた航行隊形にしたがって、暗夜のなかを粛々（しゅくしゅく）と出ていった。

ガ島に向かうには北方迂回航路、中央水道、南方航路の三つの航路があり、今回は北方迂回航路をとった。この航路は午前中は針路を東にむけて航行するので、ガ島に向かうかどうか敵の判断を迷わせるのに好都合であった。

いずれの航路の場合も、つぎの原則にしたがって、航海計画が立てられていた。

一、往路は日没時、ガ島飛行場より一五〇浬（カイリ）圏に到達する

二、ガ島揚陸作業時間は一～二時間以内

三、復路は日の出時、ガ島飛行場より一〇〇～一五〇浬圏より離脱する

翌三十日の午前八時、敵哨戒機に発見されてしまった。その敵機は水平線すれすれに低く飛び、執拗にわが駆逐隊の行動を監視しつづけた。わが艦隊は素知らぬ顔をして、予定どおり東進をつづけ、速力は二十ノットで八隻の駆逐艦が一列にきちんと並んで白波を蹴立て、南海に白い直線をえがいて驀進していたが、そのうち、いつのまにか敵機は見えなくなっていた。

午前十一時、針路を南東に折れ一三三度とした。やがて時計の針も十二時半を指そうとしたとき、司令官より全艦へ命令がくだされた。「今夜会敵の算大なり。会敵のさいは揚陸に拘泥することなく敵撃滅に努めよ」と。

この命により全艦は少し緊張した。まさに腕がなるという感じである。

午後二時、敵小型機二機がまた上空にあらわれた。これによってやがて大群が来襲することも予想され、一段と緊張しながら上空を睨(にら)んでいた。この飛行機群との交戦は、ガ島へ行くのにはどうしても通らなければならぬ関所のようなものであった。

馴れっこになっていたとはいえ、水上艦艇にとって攻撃してくる敵機は、牛馬にむらがり襲いかかる蝿のようなもので、まったく嫌らしいものであった。速力も十倍以上ちがい、図体も格段の差があり、そして運動性も平面と立体との差がある。どう見ても水上艦艇の方が歩が悪い。ただ幸いなことは、当時の敵機の攻撃ぶりはあまり執拗ではなかった。爆撃方法も急降下より緩降下が多いように見えた。いつも敵機の攻撃は、何となくスポーツを楽しんでいるように思えたのは、私だけの僻(ひが)みであったろうか。

「どうか全艦がこの難所を通り抜けられますように」と祈りつつ、針路をさらに南にとった。

部隊		指揮官	兵力	輸送部件
増援部隊	警戒隊	第2水雷戦隊司令官	第31駆逐隊（巻波は欠）長波、高波	
	第1輸送隊	第15駆逐隊司令	第15駆逐隊 親潮、黒潮、陽炎、巻波	各艦二四〇本
	第2輸送隊	第24駆逐隊司令	第24駆逐隊（海風は欠）江風、涼風	各艦二〇〇本

敵の雷撃をみごとかわす

午後三時、針路一八〇度をとり、速力を第五戦速（三十ノット）とした。速力が上げられたので、波は静かであるがピッチングが激しくなる。しばらく行くと、上空に味方水上機が五〜六機あらわれた。第十一航空戦隊から護衛にきてくれたのだ。機体を左右にバンクさせて、輸送作戦をいっそう力づけてくれるようであった。

その搭乗員たちは、まもなく来襲した敵機群と渡りあって散華してしまったのである。戦争とは厳しいものである。国運を賭した戦いの前には、いささかの感傷もゆるされない。私たちはただただ十一航戦の心からの支援に、深く感謝の念を捧げるばかりであった。

午後三時半、敵機があらわれた。いよいよ対空戦闘である。敵機は七、八十機か、その数ははっきりわからぬが、各艦とも群らがって襲いくる敵機の手近いヤツを相手に、回避したり、また攻撃したりして南の海をさわがせた。

「雷跡、右三十度」「取舵（とりかじ）いっぱい。急げ」

見張員が発見した魚雷を、艦長がうまく操艦して回避すると、白い泡の線が艦に平行して消えていった。その雷跡が通りすぎるまでは足のすくむ思いである。敵の魚雷は一般に泡を出すので助かった。日本のような、酸素魚雷であったら気泡も出ないので、気がつかずにやられてしまっていたと思うことが何回もあった。

約一時間の交戦後、敵機は魚雷や爆弾を使い果たし、ついでに機銃掃射のお見舞までして引き揚げていった。数機撃墜したようであったが、敵か味方か判然としなかった。海上にはすでに機影も人影もない。海はもとの静けさにもどって、何事もなかったかのようである。各艦は思い思いに回避運動し、散りぢりばらばらになった隊形を立てなおし、ふたたび単縦陣の一直線にならんでガ島へ向けて南下した。

この戦いでは幸い、各艦とも損傷はほとんどなかった。わが親潮も機銃掃射により、船体に少し穴があいた程度であった。敵機と交戦中、わが親潮艦長の操艦はじつに沈着で巧みであった。対空戦闘だけでなく、夜戦の場合もその他の場合も、司令も艦長も沈着機敏で、かつエネルギッシュによく働かれた。そして口癖のように「自分たちはこの大戦のために生まれてきたのであり、そのために国家から大事にされてきたのだ」と言っておられた。

私はよい司令と艦長のもとで駆逐艦勤務ができ、そしてガ島攻防戦に従事できることを心の中で喜んでいた。そしてまた、よい先輩をもつ江田島に学んだことを、一生かけがえのないこととして、いまも感謝している。司令は佐藤寅次郎大佐、艦長は有馬時吉中佐、先任将校は砲術長山本隼大尉であった。

敵機としては、この攻撃では戦果がなかったが、これによって日本の駆逐艦八隻が南下中であり、今夜半にガ島北西部に接近することは、ガ島の敵司令部にはっきり予想がついたわけである。そこで手持ちの艦艇があれば、これに備えて十分な配備ができるわけだ。

それにひきかえて、わが軍の哨戒機は乏しく、陸上軍も疲弊し、ガ島周辺の敵艦船の状況偵察は十分でなかった。このように彼我の立場を比較すると、明らかにわが軍が不利な態勢であった。それでもわが陸上軍はあらん限りの努力をつくして、敵情を知らせてくれたこと

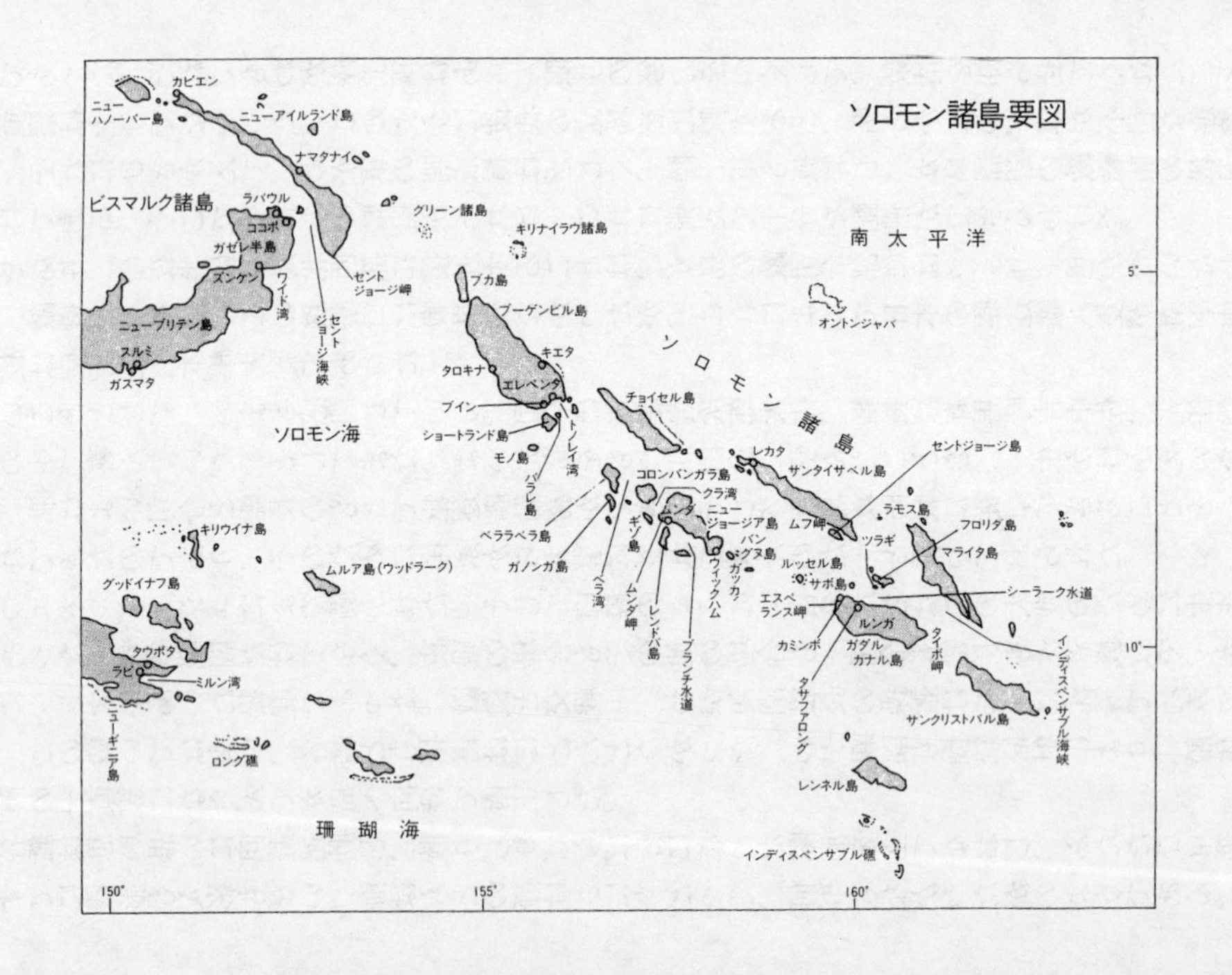
ソロモン諸島要図
南太平洋
ビスマルク諸島
ソロモン海
珊瑚海
ソロモン諸島
ニューハノーバー島
カビエン
ニューアイルランド島
ナマタナイ
ラバウル
ココポ
ガゼレ半島
ズンゲン
ワイド湾
セントジョージ岬
セントジョージ海峡
ニューブリテン島
スルミ
ガスマタ
グリーン諸島
キリナイラウ諸島
ブカ島
ブーゲンビル島
キエタ
タロキナ
エレベンタ
ブイン
ショートランド島
トノレイ湾
モノ島
バラレ島
オントンジャバ
チョイセル島
レカタ
サンタイサベル島
セントジョージ島
コロンバンガラ島
クラ湾
ニュージョージア島
ベララベラ島
ガノンガ島
ギゾ島
ベラ湾
ムンダ岬
レンドバ島
ブランチ水道
ウィックハム
ガッカ
バングヌ島
ムフ岬
ラモス島
フロリダ島
ツラギ
マライタ島
ルッセル島
サボ島
エスペランス岬
シーラーク水道
カミンボ
ルンガ
ガダルカナル島
タイボ岬
タサファロング
インディスペンサブル海峡
サンクリストバル島
レンネル島
インディスペンサブル礁
キリウイナ島
ムルア島（ウッドラーク）
グッドイナフ島
タウポタ
ラビ
ミルン湾
ニューギニア島
ロング礁
150°
155°
160°
5°
10°

は有難かった。

午後五時四十分、司令部より各艦へ「ルンガ岬付近に敵戦艦あるもののごとし」という敵情通知があった。また午後六時三十分、ふたたび司令部より「サボ島付近に敵哨戒艇あるもののごとし」という情報もつたえられ、各艦とも「今度はひと荒れあるな」と覚悟したのである。

しだいに太陽が西に落ちていった。南方の薄暮の時間は短い。私は大急ぎで天測をやった。戦闘航海中は何時いかなることが起こるかわからぬので、つねに少しでも正確な艦位を知っていなければならなかった。この天測とラモス島との測定とにより、艦位に自信を持ってどんどん南下し、ソロモン水道に入って行った。

待ちうける敵艦隊を発見

午後八時半ごろ、サボ島の北西六浬付近を南下した。そのころ、運悪くスコールがきて視界不良となり、あてにしていたサボ島が見えず、少しいらいらする。警戒艦として先頭を進む高波は、敵情を一刻も早くつかむため、さらに部隊の前方に進出した。

そのうち天佑神助というのか、スコールの切れ間にサボ島が見えた。ただちに艦位を測定し、八時五十分、ガ島の揚陸地点に向け針路を一四五度に変針、いよいよ最後のホームストレッチに入った。まだ敵情については暗中模索で、鬼がでるか蛇がでるかわからぬ。だが、もうそろそろ揚陸準備をしなければならないといっているところへ、前方警戒の高波より

「敵艦影見ゆ」と通知がきた。時刻は午後九時十分であった。

その一瞬、「やっぱりいたか、さあやるぞ」という緊張と殺気が全艦にみなぎった。副業のおとなしい運送屋から、本業の勇み肌の水雷屋に一瞬にして舞いもどったのだ。司令官より「揚陸をやめ、全軍突撃せよ」と攻撃命令がくだされた。わが第一輸送隊は敵情を確かめるため、速力を原速力（十二ノット）に落とした。

私は「敵艦がいるぞ、しっかり見張れ」と信号員を激励した。霞末上曹、木村一曹、田中一曹のベテランが大型双眼鏡にかじりついている。彼らは何をやらしても、てきぱきと処理する優秀な下士官ぞろいであった。その三人がほとんど同時に「敵艦影」「大型艦」「戦艦か巡洋艦」と矢つぎばやに報告してきた。

敵情を推察すると、戦艦か大型巡洋艦をふくむ、そうとう有力な部隊のようであった。水雷長の斎藤哲三郎大尉も発射用双眼鏡で敵艦を捕捉した。「艦長、戦艦らしい。これをやりましょう」と艦長にいっている。すると艦長も司令に、「突っ込みましょう」と意見具申していた。この進言に司令は「よしその戦艦を攻撃」と艦長に命令し、わが親潮につづく二番艦以下に「各艦攻撃せよ」と命令した。艦長は艦内全員に「敵戦艦を攻撃する。魚雷戦用意」と大音声で命令した。

「取舵いっぱい。第五戦速」

わが艦は速力を一杯にあげ、敵艦隊へ肉薄して行った。水雷長も待ってましたとばかりに力強く「魚雷戦用意」と水雷科員に下令し、双眼鏡にかじりついたまま敵艦の動静を判定し、襲撃計画をたてて司令と艦長の同意をえた。

このとき、わが艦の上空に吊光投弾十数発が投下された。上空を飛んでいた敵機が投下したものだったか、あるいは敵艦の射った照明弾だったかも知れない。夏の夜空を飾った両国の花火のように、暗い夜空にぶらぶらただよい、青白いあやしい光を投げかけた。

一瞬、暗い部屋の中で、いきなり電灯をつけられたネズミのように、われわれは立ちすくんだ。冷汗三斗の思いとはまさにこの事であろう。

魚雷よ敵艦に当たってくれ

このとき「ピカリ」と光る閃光と、「ドドーン」という鈍い、雷のような音が真っ暗な海上の静けさを破った。いよいよ一大海戦の幕が切っと落とされたのだ。時刻は午後九時二十分であった。

すでに火災を起こした敵艦がいた。そのため敵の艦隊が浮き彫りにされた。恐らく高波の攻撃したものであったろうと思われる。敵艦隊とわが駆逐隊とは、ちょうど反航態勢のようであった。攻撃目標をはっきりとらえたわが親潮は、まっしぐらに躍りかかって行った。

「戦闘。魚雷戦」と、水雷長は満身の力をこめて号令をくだし、発射の準備をととのえた。熟練した水雷科員は暗闇の中でも、慣れた手つきでテキパキと発射機を操作した。

「左魚雷戦、反航」「目標敵戦艦」「方位角左九十度。敵速十八ノット。距離四千。深度四メートル。第一雷速」

水雷長は発射調定諸元をととのえた。戦闘ではつねに先制攻撃が大切であるが、小兵の駆逐艦が巨漢の戦艦や巡洋艦に立ち向かうときは、特にその砲撃をうける前に魚雷発射を終わらなければならない。その主砲にやられたら、ひとたまりもない。どうかそれまで攻撃をうけないですむように、と祈る思いであった。

上空の照明弾もいつしか消えて、もとの真っ暗な海にもどっていた。水雷長が艦長に「発射用意よし」と魚雷発射準備完了を報告した。「発射はじめ、面舵いっぱい」と、艦長が発射できるように転舵させた。水雷長は目標をにらみつつ自分の心を全魚雷にこめるようにして、「発射用意——テー」と叫んだ。まったくよく澄んだ声である。

世界一の威力をもった日本独特の九三式魚雷（酸素魚雷）が「シュッ」「シュッ」と一本ずつ圧搾空気に押し出されて、生き物のように真っ黒い海におどりこんで行った。

八本の魚雷が全部、異状なく発射された。そして艦は大きく傾斜して反転し、北西に艦首を向けた。魚雷は黙々と海中を走っているのである。「うまく当たってくれ」と祈りつつ、わが後続艦の動静や自分の艦位を心配していると、見張員が「爆発、魚雷命中」と報告した。魚雷爆発の火柱を見たのである。「やった」という声が、艦橋にいる人々の口からもれた。ずいぶんと長い時間が経過したように感じたが、発射してから三分間ぐらいの時間だったのである。この命中で艦内の全員がホッとした。

しかし、もう手持ち魚雷はないので、再度の攻撃をかけることはできない。戦艦や巡洋艦を相手に駆逐艦が砲撃をくわえても、まるで褌かつぎが横綱に飛びかかって行くようなもので、まるで勝負にならぬ。これからは敵に発見されぬことを願いつつ、ただ戦場を離脱するよりほかに手がなかった。艦内はふたたび沈黙に入った。

駆逐隊の襲撃は後続艦ほどむずかしくなる。真っ黒い海上で、前方の艦の行動にも気をつけなければならないし、敵情もさぐらなくてはならぬ。

二番艦の黒潮は、親潮とほとんど同時に四本を発射した。まだ発射管に四本と予備魚雷を二本持っている。陽炎および巻波は、敵艦を確認できなかったので、魚雷発射はまだ行なわれていなかった。そこで両艦はわが隊列を離れて敵情をさぐっていた。

これより先、旗艦長波および第二輸送隊は、高波の敵発見の報告に接すると、すぐ敵情確認とわが軍の全般指揮のため針路を反転した。

午後九時三十三分、江風（かわかぜ）が敵巡洋艦にむけて魚雷八本を発射した。これはうまく命中して、その巡洋艦は物すごい火柱をあげて轟沈したかに見えた。また付近の他の敵艦にも命中したようであった。

長波も九時三十八分に敵戦艦にむけ魚雷八本を発射していた。

黒潮、陽炎もそれぞれ攻撃の機会をねらっていたが、黒潮は九時四十五分、陽炎は九時五十八分に敵大型艦に向かって各四本ずつ発射した。

各艦とも一応の攻撃を終わり、敵艦にかなりの痛手をおわせたので、中央水道を通って、ショートランド泊地に帰投の針路をとった。ふり返ると、真っ暗な海上に赤々と燃える火が、三つ、四つ見られた。

親潮の一番砲塔——12.7cm連装砲は仰角55度、射程1万8445m、毎分10発

高波を見すてて戦列へ

サボ島を通りすぎ、北西に向かってひた走りに走りつづけていると、司令官より「高波が航行不能となった。親潮、黒潮はこれを救援せよ」という命令をうけた。

親潮の艦橋にいた人は、一瞬ギョッとした。そのとき親潮と黒潮が高波にもっとも近かったので、その救援を命ぜられたわけである。しかし、もはや親潮には魚雷はなく、黒潮が二本持っているだけである。素手で怒りくるった手負い獅子のそばへ近寄って行くようなものだ。

真っ暗な闇のなかで、どこからともなく脳天を叩き割られ、そして向う脛を蹴とばされて癇癪を起こした敵艦隊が、やっとその犯人の片割れの高波を見つけ、これに集中砲火を浴びせかけ、なぶり殺しにしたあげく、まだ憎き奴がそこらをうろちょろしているに違いない。そいつらも見つけだして捻りつぶしてやろうと、牙をむき出し目を血走らせてにらんでいる姿が、ありありと想像される。

そんな中へ行くことは、これは容易ならぬことである。それでも、全艦の犠牲となってよく戦ってくれた高波の航行不能を知っては、たとえ命令がなくとも救援しなければならない。そこで命令を受けると、ただちに反転し針路を南東にとった。時刻は午後十一時十分であった。夜空には南十字星がきらきら輝いていた。

正直なところ、抜き足、差し足でふたたび戦場の方へ近寄って行った。反転して約四十分走ったところで見張員が、進行方向に発光信号を見つけた。

「ワレタカナミ。ワレタカナミ」われわれは急いで高波に接近して行った。高波はまだ少し燃えている。「われ親潮、貴艦の救援にきた。貴艦へ横付けする」

たがいに発光信号で交信した。

高波の司令や艦長はすでに戦死され、砲術長か水雷長が指揮をとっていたようであった。人員の救出は、損傷艦に横付けするのがもっとも手っとり早い方法であった。

われわれが高波に接近しようとしたとき、見張員が敵大型艦を発見した。

「敵大型艦」「敵艦。駆逐艦らしい。こちらに向かってくる」

まだ敵艦がうろうろしているようである。とくに航行不能となった高波の息の根を止めにやってくるのであろう。

このときサボ島西方海上より、敵艦の識別らしい連掲信号灯を点灯して、南下する敵の大型艦が見えた。もうこれ以上ぐずぐずしていては皆が共倒れになってしまう。そのため高波の救援を見合わせるよりほかなかった。

僚艦の黒潮は、残り二本の魚雷をもって敵の大型艦を攻撃した。そして親潮、黒潮はそろって反転し、針路を北西に向け戦場を離脱したのだ。

高波を救援できなかったことは遺憾であった。後ろ髪をひかれる思いをしながら、黙々と走った。しかし後味は悪かった。

ときどき後を振り返って見ていたが、高波がいる方向に閃光が見られた。自艦の誘爆であろうか、またまた敵艦の攻撃による被弾であったろうか。

高波は大きな戦果をあげ、尊い犠牲となって消えて行く運命の道をたどった。時期の早い遅いの違いこそあれ、他の艦も明日はわが身、同じ運命の道を歩くのである。高波の艦と共に散華した乗組員一同の冥福を祈って、親潮の艦橋の人々は黙禱した。

その親潮も、黒潮、陽炎とともにその後の昭和十八年五月八日、ソロモン諸島コロンバンガラ島への輸送作戦中、物資の揚陸をすませたのち、帰航中に敵潜水艦のばらまいた浮遊機雷に接触して、第十五駆逐隊の三隻はともに、枕をならべて仲良く沈んでしまったのである。

風と波の音と　駆逐艦「天津風」被雷遭難す

昭和十九年一月十六日、左舷中部に被雷、艦体切断、漂流の記録

当時「天津風」水雷長・海軍中尉　真庭英治

私はいま、北九州小倉の一角から、折りにふれ暇あるごとに、六連島、蓋井島の浮かぶ玄界灘をながめている。玄海の怒濤おさまり狭まるところの関門海峡——鬢髪ようやく白きをくわえた今日、第二次大戦は、もうすでに古い史実と化しつつある。いまさら思い出しても、いたずらに胸をいためるだけかもしれない。

しかし、この一片の史実のなかに、私は棺をおおうまで、関門海峡にはじまる駆逐艦天津風（陽炎型九番艦）の被雷と遭難の思い出を忘れることはできないだろう。

——昭和十九年一月八日。この日夕刻から、日本における最後の半舷入湯上陸がゆるされて、天津風の乗員は嬉々として、門司、小倉の街に消えていった。私は暗くなってから、門司港駅に、砲術長の波多野邦男大尉（海兵六八期）とともに、面会にこられるはずの大尉のお母さんを迎えにいった。このとき、砲術長は二、三度トントンと土の感触を味わうように足ぶみしながらいった。

「水雷長、日本の土を踏むのも、これが最後だね」

私は一瞬、ギュッと胸を刺されるような不吉な感じをおぼえた。

「なあに、半月したらシンガポールの土が踏めますよ」

私はつとめて元気よく答えたが、白皙の砲術長の横顔が、星月夜の下で心なしかさびしげだった。瞼をとじると、いまでも、あの夜の二人のかわした会話が一語一語、私の耳底によみがえってくる。

明けて、一月九日午前八時。晴天。折りからの北風をついて、天津風、雪風の順に門司港の岸壁をはなれた。やがて艦は巌流島を左舷にかわし、順番号単縦陣で急潮うずをまく早鞆瀬戸をぬけ、部埼灯台の沖合で、航空母艦千歳および油槽船五隻と合同した。

この出撃の主要な任務は、油槽船にシンガポール在庫の重油および航空用燃料を満載して、さらに内地に輸送することだった。その護衛として、千歳、天津風、雪風の三艦が指定されたのだ。

行く手をさえぎった敵潜

一月十六日の日没近く、私は私室で仮眠していた。

この日、防暑服に着がえたとはいえ、出港いらい舷窓を締めきってあるので、まったく蒸し暑い。玉のような汗が身体中から噴き出している。突然、私は荒々しくゆり起こされた。見ると、田中正登志航海士が立っている。

「水雷長、浮上潜水艦ですよ、艦橋にきてください。すぐ……」

東京高等商船学校出身の航海士は、初めて米潜水艦を発見し、いささか興奮している。私は壁にかけてある双眼鏡を首にかけると、私室をとびだし、航海士より先に狭いラッタルを駆け上がった。

艦橋に上がると、いつものくせで、ぐるりと四周を見まわす。後方の僚艦、船団ともに異状はない。本艦のスピードマークは第二戦速。信号マストには「敵浮上潜水艦見ユ。ワレヨリノ方位〇〇〇〇」「ワレ追撃ス」の旗旒信号がひるがえっている。

増速のため、船体の震動がはげしくなった。罐室吸気用のファンの音が高くなった。私は急いで、水雷長用の二〇センチ双眼鏡についた。見える。まさしく敵の浮上潜水艦だ。ごていねいにも潜望鏡まで上げている。方位角一八〇度。距離一三〇（一万三千メートル）速力二十ノット。私は一瞬のうちにそう判定すると、艦長に報告した。

時刻は、日没十分くらい前だった。雲間から、いつもの倍にも見える太陽がのぞいてゆらゆらと揺れ、西方の海面を真っ赤に染めている。波高一〜二メートル半。かなり高い。

本艦は船団を左斜め後方に離しながら、ぐんぐんと敵の潜水艦に肉薄した。距離一万メートルにつまった。艦長は、砲撃によって第一撃をくわえ、それから爆雷攻撃を企図されたようだ。駆逐艦の主砲一二・七センチ砲では、この距離では不正確のようだ。水雷屋の艦長のことだ。肉薄必殺のハラだろう。

「総員配置ニツケ」駆逐艦乗りは気がはやい。「砲術科配置ヨシ」「水雷科配置ヨシ」「航海

圧罐を試験搭載、排水量2553トン、5万2150馬力で速力34.5ノットを記録した

昭和15年10月17日、宮津湾北方で全力公試運転中の天津風。この時は試作高温高

科配置ヨシ」「機関科配置ヨシ」またたくまである。

「艦長、艦内各科配置ヨロシイ」「艦長、日没時間ニナリマシタ」「悪いな、もう十分、日没が遅ければいいのにね」

　気のせいか、急に東方海面から夜のとばりが迫ってくるようだ。満天の雲となる。そのとき、見張員の声――。

「潜水艦、潜没シマス」急いで双眼鏡をのぞくと、もう司令塔付近が波に洗われている。そして、すぐに潜望鏡だけとなり、それも、薄暗くなりかけた海面に忽然と消え去った。

真二つになった天津風

　本艦は、なおも敵潜に対する爆雷攻撃を企図し、敵の潜没した海面付近に走った。この間、七、八分ぐらいであったろうか。薄暮の海面は、ますます視界がわるくなっていく。曇天の暗夜である。くだける波頭だけが、白く夜目にうつっている。私は艦橋の時計をにらんでいた。計算からすれば、この辺だ。

「司令、面舵で反転しながら爆雷を投射し、船団に合同しましょう」と艦長が司令に進言している。「敵潜は必ず二、三隻が合同して襲撃してきますから、ひょっとすると、この敵は陽動潜水艦で、われわれをこっちに引きつけておいて、他の奴が船団を襲撃するかもしれません」

　艦長のことばにも一理ある。この暗さでは戦果の確認もむずかしいし、本艦も、そう長時間にわたって敵潜を制圧しているわけにもいかない。司令もうなずかれ、艦長が航海長に合図された。松本航海長は背中を磁気羅針儀にもたせかけて、しぶい押しころしたような声で、伝声管に口を寄せる。

「オモカージ」

本艦は左舷に傾斜しながら、艦首をふるわせて回頭をはじめた。二十度、三十度、六十度、九十度……ちょうどその時、左舷で見張りをしていた通信士が大声でどなった。

「雷跡(らいせき)、左九十度、近イ！」

さっと視線を左九十度にうつすと、まさしく雷跡。波頭の合い間に、それとわかる気泡を見せて、一本ぐぐっと迫ってきた。万事休す。回避の余地なし。面舵反転があだとなったのだ。あのまま直進していれば躱(かわ)せたはずの魚雷だが、運なるかな、命なるかな。敵にとっては幸運快哉の面舵変針が、われにとってはまったく不運の転舵となったのだ。

私は、海図台のカーテン棒をしっかり握った。雷跡を見つめて下腹に力をいれる。吸い込まれるように、雷跡が一番煙突付近に筋を引いたかと思う瞬間、炸裂の轟音と、ものすごいショックが艦をふるわせた。左舷中部を見おろすと、魚雷は一罐室に命中し、高圧四十キロの真っ白い蒸気が、空気をひき裂くような音をたてて噴き出した。

被弾の場合、水雷長の私は応急指揮官となる。

「防水、信号兵、ラッパ、防水」艦内の電気通信系統は、もちろん破壊されてしまっている。右舷中部に、ぱっと火の手が上がる。重油に引火したらしい。このうえ火災を起こされてはたまらない。

「右舷中部火災、一番連管員は泡沫消火器、防火隊員中部」

旗甲板より身を乗りだして、私は指揮をつづけた。幸い、火災は大事にいたらず、まもなく鎮火した。詳細はわからないが一罐室、二罐室、三罐室は浸水したらしい。中部がだんだん沈下していく。私は、とりあえず艦長に状況を報告するために艦橋にもどった。

「三罐室とも浸水したようです。機械室は大丈夫でしょう。一番連管の甲板が水につかりました。一番連管付近で、船体が二つに切断するかもしれません」

「そうか」と司令は落ちついている。相変わらず、艦橋右側の猿の腰かけにすわって、前方を見つめている。被雷してから、一度も後ろを振りむかれない。

射撃指揮所から砲術長が旗甲板の私のところへ、音もなく降りてきた。

「水雷長、どうかね？」

砲術長の顔を見ると、とつぜん門司出港前夜の会話が、フット脳裡をかすめた。思いなしか砲術長の顔には生気がない。

「どうも一番連管のところから船体がちぎれそうですね。艫（とも）の方は大丈夫でしょう」「そうかなあ」

話しているうちに、はやくも一番煙突より前部の方が、左舷に傾きはじめた。もう猶予できない。

「前部員、上ニ」「一、二カッター用意」

一カッターはだめだ。左舷傾斜がひどくて、とても降ろせない。私は、旗甲板から二カッター乗艇作業を指揮する。私があわてれば、士気に影響すると考えたので、つとめてゆっくり号令する。

「あわてないで、落ちついてやれ。ユルメー、ハナセー」旗甲板から見下ろしても、もう人の顔は暗くて定かでない。

「あわてないで、落ちついてやれ」私の号令を、そのまま伝令している者がいる。白石主計少尉のようだが、分からない。

「チャージはだれか」「主計長」カッターの中から、主計少尉が答えた。「ヨーシ、後部は沈没しないようだから、後部の方に漕いでいけ。いいか、離せーっ」

二カッターは、三十名近くの乗員を満載して左舷をはなれた。気がつくと、傾斜は早くも四十五度をこしている。私は旗甲板から艦橋にもどった。艦橋には航海長と砲術長のみ。人影はない。

「航海長、司令や艦長は？」「右舷に出られたよ」

「出ましょう、航海長」「出よう」

航海長、砲術長につづいて、私は、ぐんぐん傾斜をましてくる艦橋の窓から這いだして艦橋の側面を伝いながら、右舷側に出た。後方を見ると、艦尾は浮き上がり、中部は水につかり、前部は左九十度に傾斜して、いまや切断寸前である。

ひとあたり波の衝撃をうけると、ついに前部が切断した。前部の防水区画の密閉がよくできているらしく、前部はなかなか沈まない。前部にとり残されたわれわれは、右舷側に一団となった。人員点呼する。司令、砲術長、航海長、私、岡田候補生、ほか総員三十四、五名——。

「前部が万一にも沈没したら、後部に泳いでいくように。水泳の赤帽はいないか。候補生は何級か」「特級です」

順々にきいてみると、司令をのぞいて全員が水泳には相当の自信があるようだ。そこで、ただ一個しかない救命ブイを、辞退される司令に、無理に頭からすっぽり身につけていただいた。

暗夜の海上にただ一人

ふと気がつくと、前後部の距離が、だんだん開いていくようだ。後部は風力によって流され、前部は海流によって流されている。

これはまずいことになった。もっと早く後部に移動していればよかったと思ったが、最早それもできない。気のせいか、一秒、一秒、後部が遠くなっていく。頼みとする前部の浮力も、だんだん減少している。うずくまっているわれわれの足許にも、海水がドドッと打ち寄せるようになった。

前部にいる、われわれの眼高はひくい。波の谷に落ちると、頭上に覆いかぶさってくる波頭しか目に入らない。闇に吸い込まれるように、後部のかげが、だんだん薄れていく。月もなく星もない闇夜に、時にぽつんと、かすかに後部を見うるにすぎなくなってしまった。

頼みとする前部も、いよいよ浮力を失い、横倒しのまま棒立ちになりはじめた。いよいよ沈没である。全員声もない。

「後部はこの方向、約三百メートルぐらい、みな塊まって泳いでいけ」最後と判断して指図した。

前部員は、つぎつぎと海中に身を投じた。前部は、だんだん垂直に立ってくる。もう、ぐずぐずしてはいられない。私も飛び込む気で海面を見ると、なにやら人の頭らしいものが、ごろごろ浮かんでいる。

「いま飛び込めば、だれかを傷つける」私は、とっさにそう判断した。そこで、ほとんど垂直に海面に立った前部の右舷側の手摺を伝いながら、私は、とうとう艦首の旗竿までよじ登った。このとき、左舷の錨がスリップがきれて、ガラガラッと物すごい音を立てて、海中に落下していった。何千メートルもの海底に――。

私は、ふと船乗りの格言を思い出した。「乗り急ぎはするとも、降り急ぎはするな」その言葉が脳裡をかすめると、私はなにかしら満足したような、心の安らぎをおぼえた。なぜなら、前部員の中で最後まで前部に残っていたのが、私だったからだ。

真っ黒い海面が、ぐいぐいっと迫ってきた。いよいよ沈没だ。私は渦に巻きこまれると観念した。急に、冷たい海水の感触が押しよせてきた。われに返ると、私はそのまま海上に浮かんでいた。不思議である。ぜんぜん渦に巻きこまれない。果たして、あのとき渦が巻いたかどうか確かめる余裕など、もちろんなかったのだ。

波に漂いながら、私は短靴をぬぎすてた。つぎには使いなれた双眼鏡を首からはずすと、そうっと海中に沈めた。なんともいえぬ愛惜の念——その思いをふき破るかのように、真っ白い波頭が覆いかぶさってきた。

私は波の山にのったとき、まだ浮かんでいる後部の黒い姿を望み見た。しかし、波の谷間に入ると、その姿をまったく見失った。私はゆっくり平泳ぎで、後部を目ざして泳ぎはじめた。暗夜、まさに暗夜である。目標にする星も見えない。さっき飛びこんだ連中はと、泳ぎながら探してみたが見当たらない。みんなどこにいったのだ? 忽然とかき消えたように、話し声もない。ただ耳に入ってくるのは、風と波の音。ひとり残されてしまった。

かすかに見えている後部も、だんだん闇の中に吸い込まれそうだ。しまった。後部の流され方がはやい。距離はますますひらくばかり——こう気づいたとき私は慄然とした。頼りない孤独感に胸をしめつけられた。広漠たる南シナ海の暗夜の海上に、ただひとり私だけが浮かんでいるのではないか。だれも助けにきてはくれない。

私は、ひとりぼっちになって、初めて恐ろしくなった。まだ死にたくない。頭の中で、親しかった人々の顔が、あわただしく浮かんではきえていった。

ついでながら、昭和十九年六月、母と潜水学校で再会したときに聞いた話によれば、一月十六日の夜、父母は京城の自宅で私が濡れて二階に、しょんぼりと黙ってすわっている夢を見たそうだ。また福岡県在住の私の従兄も、この夜、私の夢を見たそうだが、あまり不吉な夢なので、私から生存の便りが届くまで、みんなが自分ひとりの胸にしまって、このことを話さなかったという。それにしても霊妙ふしぎなことである。

ともあれ、私はこのとき、暗夜の海上を漂いながら呉の手相見の老人の言葉を思いだしていた。「あなたは近く水難にあうけれども、ことに処してあわててはいけない。絶対に生命には別条ないから」そう言われたのである。

私は急にまた元気がでた。そして防暑服の上衣を脱ぎすてると、こんどはクロールで泳ぎだした。ところどころに重油が浮かんでいるらしく、重油特有のにおいが鼻をついた。そして、しばらくすると左手に黒い頭を発見した。

「おーい」と声をかける。「おーい」と返答がくる。航海長の声だ。

「航海長、艫(とも)の流され方がはやい。クロールでゆきましょう」

「水雷長、わかった」

水しぶきとともに、航海長の声が返ってくる。

後部の姿がだんだん海面上に大きく映りだしたとき、ようやく安心感がわいてきた。私は後ろをふりかえって見た。航海長の黒い頭は、もう闇に消えて見えない。

右舷中部に泳ぎながら近づく。ポンポンと単調な音をたてて、発電機がまわっている。闇にすかして見る。船上には人影がない。なんだか幽霊船のようで、薄気味がわるい。

私は徐々に近寄る。波が荒いので、へたをすると、身体を船体にうちつけられそうだ。私は波の山に乗ると、そのまま右舷中部のダビットの上に這い上がった。

漂流をつづける天津風の後部。矢印は泳ぎついた真庭英治中尉

わが艦の下半身とともに

私はダビットの上から、後甲板の方をうかがった。人かげもなければ、声も聞こえない。みんな一体どうしたんだ。あっ、だれかくる。黒い人かげが、発電機室の上までできて立ち止まる。「おうい」と呼ぶ。すると、呼ばれたその人かげは、びっくりしたように、こっちをすかして見ている。

やっと、ダビットの上の私を見つけると、「水雷長ですか。どうしたんです。降りられないんですか」という。掌機長の声だ。

「いま泳ぎついたんだよ、降りるよ」といって気がついたら、なるほど、まだダビットの上に猿のようにしがみついていた。はなはだ、見ばえのしない図だ。恋人には、ゆめ見られたくない姿である。

人気のあるのに安心して、急に勇気百倍、甲板にとび降りて後甲板にゆくと、みんなが一団になっている。

「水雷長」と呼ぶ。航海士だ。「おい、艦長はどうされたか」「三番砲塔のそばにおられます」

私は、いそいで三番砲塔にいった。そこには、前後部士官が集まっている。

「艦長、水雷長まいりました」「おお、水雷長、君はやられたと思ったよ」

聞いてみると、艦長、航海士、通信士は、前部が切断される前に、後部に移っていたとのこと。

まもなく航海長と、大分県南海部郡出身の水測長日高上曹が後部に泳ぎついた。

だが、二カッターが、まだ到着していない。どうしたことだろうと闇に目をこらしていると、よいしょ、よいしょの懸け声とともに、主計長チャージの二カッターが着いた。主計長に聞いてみると、水雷長が後部のほうに漕いでいけといわれたが、どうも後部も沈没しそうに思われたので、いままではなれて様子を見ていたという。

「ばかな奴だ。艦長に心配させて。なぜはやく連絡をとらぬ」

叱ってはみたが、まあ良かった。生存者が三十名近くも増加したので、みんなの士気もあがった。

私は機械室の被害状況を調査するため、機械室に降りた。三罐室との隔壁は、弓のように水圧のために壊れている。その隔壁を何十本もの円材で補強して、からくも浸水を防いでいる。もしも、この機関部員の応急処置がおくれたら、機械室に浸水し、艦一番の浮力源である区画をうしなって、後部もまた沈没の憂き目を見るところだったのだ。私は、この高度に訓練された機関部員の作業のあとを見て、手を合わせたい気持だった。

私は、ふたたび後甲板にもどった。その後、まだだれも泳ぎついていない。結局、前部にいた三十何名かのうちで、後部に泳ぎついたのは、航海長と私と日高上曹の三名のみだったのだ。私は黙然と、前部の沈没した海面の方を眺めていた。だれか泳いできはしないかと思いながらである。

司令も、砲術長も、候補生も、他の乗員も、遂にいままで待っても泳ぎつかなかった。水泳錬達の士ばかりが、どうして泳ぎつけなかったのだろう。途中が暗闇のため、後部の方角を見失ったのだろうか。あるいはまた、泳ぎに自信のない司令をかこんで、円陣のまま、ゆっくり泳いでいるうちに、しだいに距離が開いてしまったのだろうか。とつおいつ、私はひとり砲塔天蓋の上に腰をおろして考えこんだ。

腕組をしたとき、私は右手前膊に長さ十五センチ、幅五ミリぐらいの怪我をしているのに気づいた。しかし、どこで怪我をしたのかわからない。左手で傷をおさえる。門司港でお別れした砲術長のお母さんの後ろ姿が、ふと瞼をかすめる。

「砲術長、やっぱり門司の士が最後だったですね。さようなら」「司令すみません」「岡田候補生、貴様は水泳特級だというから、俺は安心していたんだ。かわいそうに、さようなら」

ほんとうに、長い悪夢のような一夜であった。やがて東天が白み、真っ赤な雲を水平線に眺めたとき、生存者一同、生気をとりもどした。視界のおよぶかぎり、煙一条、マスト一本見えない。昨夜の惨事も、この洋々たる大海にのまれて、何事もなかったように静まりかえっている。英霊とことわに鎮まります海原――。そして、この日から天津風の南シナ海漂流がはじまったのだ。

頼りは雑誌の付録地図

漂流第一日――。砲術長が戦死されたので、私がこれを兼務。対潜水艦戦にそなえて、応急戦闘部署を定める。敵潜水艦浮上の場合は、二番、三番砲塔、砲側直接照準射撃。潜航中の場合は、二番連管装備の魚雷四本を発射できるように配置訓練をおこなった。

一方、味方に本艦の被害状況を伝えるべく、通信装置を点検したところ、幸運にも後部送信機室の送信機、受信機が共に異状のないことがわかった。だが、暗号書が前部とともに亡失していたので、通信が送れない。暗号員を呼んで、応急暗号をおぼえていないか、ときくと、おぼえているという。いささか機密度はひくいが、これで暗号文をおくれる。

ほっとしていると、もう一つ問題がふえた。艦位がわからないのだ。海図もなければ、六分儀、羅針儀、経線儀などの必要な航海器具が、ぜんぶ失われてしまっている。なにか海図らしいものはないかと、後部をさがさせたら、月刊雑誌キング新年号の付録「大東亜共栄圏地図」をもってきた。さすがにみんな苦笑したが、ないよりはましだと、この地図をかこんで推測位置をだした。

しかし、最後の天測艦位をはかったときから、すでに十八時間も経過しているので、いかなる名航海長といえども、これでは適確な艦位を出せるはずがない。だが、いまはもうこの推測された艦位に従うしかない。艦長が電文を起案した。それを暗号員が応急暗号に訳す。

「発」天津風艦長。「着」二艦隊司令長官、第〇護衛部隊指揮官。「通報」千歳、雪風、高雄、マニラ、サイゴン各通信隊。「本文」天津風機密第一七〇〇〇番、電。

「本艦一六日〇〇〇〇敵浮上潜水艦ヲ発見、タダチニ船団ヨリ離脱、単艦追撃、敵潜水艦制圧中、魚雷一本左舷一罐室ニ命中、船体中部ヨリ切断、前部沈没、後部漂流中。戦死者司令、砲術長他〇〇名、暗号書亡失セルニツキ応急暗号ニテ送ラレタシ。本艦推測位置、東経〇〇〇度〇分、北緯〇〇度〇分」

送信のため、ディーゼル発電機を起動する。昨夜の被雷のショックで、発振周波数がくるい、各無線所が受信してくれるかどうか心配していたが、高雄通信隊よりまもなく「貴艦捜索ノタメ、サイゴン空ヨリ一式陸攻発進ス」と知らせてきた。

本日は波は高いが、晴天にして視界良好。乗員一同は、天をあおいで陸攻機の到着をまった。だが、一時間、二時間、三時間たっても現われない。

ついに第一日は暮れた。高雄通信隊より「貴艦推測位置アヤマリナキヤ」との通信がきた。われわれは、またキングの地図をかこんだ。だが、結果は同じだ。

高雄通信隊にあてて、「海図流失セルニツキ正確ナル艦位期シガタキモ、ホボ誤マリナキモノト認ム」まったく苦しい回答だが、致し方ない。

高雄通信隊よりさらに「本日、サイゴン陸攻一機、終日、貴艦推測位置付近ヲ捜索セルモ、ツイニ発見スルニイタラズ、明朝日出時ヨリ第二次捜索ノタメ、陸攻一機発進ノ予定、御健闘ヲ祈ル」といってきた。

方位測定に成功す

漂流第二日――。曇天、視界不良。昼すぎより小雨。冷え込む。砲塔の上や後甲板にケンバスを張って雨露をしのぐ。この日、視界不良のため陸攻機は捜索を中止して帰投したとの知らせが、ふたたび高雄通信隊より入った。

漂流第三日、第四日――。天気回復の兆しなく荒天。捜索機発進せず。

漂流第五日。――シンガポールより内地帰投中の船団が、本艦の推測位置付近を北上する旨の入電があった。乗員たちは、後部マストの上まで見張りに上がって、四周水平線の付近を厳重に見張りをしたが、ついに船団を発見することができない。本日は、捜索機発進したが、機影を認めず。

漂流第六日――。天候やや回復し、雲切れ、ときどき青空を望む。糧食ようやく欠乏。窮余の一策を案じて、機関科員は真鍮のパイプで一間ぐらいの銛(もり)を三、四本つくった。

この近海は鱶(ふか)が多い。罐室の戦死者の遺体が、まだ収容されていないので、その死体のにおいを嗅ぎつけてか、四六時中、舷側付近を二メートル前後のやつが遊弋(ゆうよく)している。そこで、この一番近くにやってきたやつを、甲板の上からねらいを定めて、真鍮(しんちゅう)の銛三、四本をうちこみ、暴れるやつを騙(だま)しだまし、上甲板にひきあげた。

円材で鱶の脳天を砕く。まったく恐ろしいほど太い。人間の倍くらいもある。これを手わけして料理し、海水で塩炊きして食う。まったく旨い。この一週間、食事らしい食事もしていなかったので、とくに旨かったのだろう。こうして終日、鱶づりに暮れた。

漂流第七日――。いままで、敵潜水艦に傍受されることを警戒して、できるだけ無線通信量を制限していたが、いたずらに捜索を長びかせ、また万一、荒天に遭遇したら、機械室の隔壁もどうなるかわからない。幸い、いまはどうやら円材の補強で、くの字になって浸水をくいとめてはいるが――。

艦長は、本艦の艦位を確認するため、無線方位測定用の電波を発射する決意をされた。そこで、その旨を各通信隊に連絡し、周波数を定めて中波を発射した。

この方位測定は成功した。高雄、マニラ、サイゴンの三無線所が、本艦の電波を方位測定し、この三本の方位線によって、本艦の艦位をだし、それを通報してくれた。それによると推測位置と、約百浬ぐらいも違っていたのだ。これでは飛行機は、まったく違った方面の海域を捜索していたことになる。

鱶の海の戦慄

漂流第八日――。陸攻発進の報が入った。今日こそはと総員対空見張りに懸命だ。午前十時近く、視界良好。「飛行機」という喜びの声。ついに発見したのだ。西南西の方向に、芥子粒一点のように見えた飛行機が、だんだん海面を這うようにして近寄ってきた。一式陸攻だ。高度四千メートルぐらい。まもなく上空に達した。

総員、狂喜雀躍して上甲板で両手をふる。搭乗員も風防をひらいて手をふっている。機は低空で、本艦の四周を旋回する。その轟音の中に、私は瞼がじいーんと熱くなり、陸攻機のマークが、識別番号が、ぼうっとかすんできた。不覚にも、嬉し涙が頬をつたっていたのだ。

何度目か、陸攻機が低空で本艦の上空に達したとき、機から通信筒が投下された。ところが残念なことに、風にながされて、通信筒は艦尾より六十メートルぐらいはなれて海面に落ちた。さっそく、砲術科の先任下士官が身体にライフラインをつけ、さらに鱶(ふか)を警戒するために六尺長さの白布を褌(ふんどし)にたらして、艦尾から海中にとびこんだ。

ところが、ものの十四、五メートルも泳ぐと、急に引き返してきた。「どうした？」ときくと、「鱶です」という。見ると鱶の群れが、獲物をさがして遊弋(ゆうよく)している。このとき、私は物もいわずに防暑服の上下をぬぎすてて、褌一つになった。「よし、俺がいく」私は、今もってこのときの気持がわからない。直情径行というものだろうか。

つぎの瞬間、私は飛び込んでいた。海水の冷たい感触で、はっと冷静にかえると、しまったと思ったが、いまさら衆人環視の中で、おめおめと引き返すことは私のプライドがゆるさない。ロープを付けてくれればよかった。六尺の白布を褌にたらしてくれればよかったと、一瞬、後悔の念が湧いたが、万事あとのまつりだ。

「よし、なるようになれ」とばかり、クロールで波の中に突っ込んでいった。だいたい六十メートルぐらい離れていたなあと、頭の中で計算しながら、額ごしにグリーンの海水をとおして前方を見つめた。この一週間で、体力が相当に消耗しているらしく、泳ぎが非常にきつい。バタ足もきかない。

一分ぐらいたったであろう。息をするために左側に顔をあげた瞬間、目の前に小さい通信筒が浮かんでいた。「しめた」私は、ひとりでに口許がほころんだ。左手で摑むがはやいか、一八〇度方向転換して、最後の力をふりしぼった。

ふと海中を見ると、いる、いる。鱶が、私より三、四メートル下の方で、ゆうゆうと私とならんで泳いでいる。その数は一匹ではない。ときどき白い腹が、瞼に焼きついてくる。いままで気がつかなかったのか、それともいま急に現われたのか分らない。私は、この瞬間、白状すると脳天から尻のところまで、ずーんと凍結したような戦慄を感じた。するとたんに、手足のバランスが破れて、泳ぎながらも、なんだか身体がばらばらに動いているように感じられた。

夢中だった。いまくるか、いま足をやられるかと、頭を突っこんで鱶を見つめながら、息をするのも忘れて泳いだ。だんだん舷側が大きく見えてきた。あと二十メートルぐらいだ。死物ぐるいとは、このことだろう。オリンピックの記録をはるかに更新していたことを断言する。笑いごとではない。あと十五メートルぐらいの長く感じられたこと、筆舌につくしがたい。

やがて目の前いっぱいに、水線下の赤の錆どめの色がひろがると、私は甲板をふり仰いだ。すぐにジャコブが投げられてきた。私は、両手でジャコブをにぎるや否や、水面からとび上がった。助かった。舷側を見る。まだ鱶のやつが泳いでいる。ものたらなさそうに、うろう

米潜レッドフィンの雷撃をうけ艦首切断後、仮艦首をつけ回航中の天津風

ろしている。ちくしょう、睾丸はちぢみ上がっていた。

　通信筒を艦長にわたす。通信筒はこけし人形だった。きっと陸攻機のマスコットだったのだろう。発光信号でも通信ができるのに、わざわざ通信筒がわりにこけし人形を投下してくれた搭乗員の心もわれわれと同じように、きっと、嬉しかったのだろう。こけしの頭をぬいて、中から紙片をとりだすと、鉛筆の走り書きで、「貴艦ノ位置、サイゴンノ七十五度四五〇浬、ワレ今ヨリ駆逐艦朝顔、駆潜艇ヲ誘導ス。御健闘ヲ祈ル」

「有リ難ウ、有リ難ウ」本艦からも手旗を送ると、さらにこんどは発光信号で、「朝顔ノ位置、貴艦ノ〇〇度四十浬、〇〇〇〇頃到着ノ予定」と知らせてきた。

　本艦より「了解」の信号を送る。

「暫ラク待タレタシ」の発光の信号がくると、陸攻機は二、三度、名残りおしそうにバンクして、みるみる遠ざかっていった。

朝顔に曳航されてサイゴンへ

急に艦内は生色をとりもどし活気づいた。私は後部兵員室で身体をふき、防暑服を着ながら乗員たちに取りまかれ、一度に話しかけられていた。

みんなの顔も明るい。手拭いでふいてくれるもの、靴を貸してくれるもの、看護長は医務室のとっておきのアルコールを一瓶さげてきて、気付け薬だからぜひ飲んで下さいという。私は、せっかくの好意、有難く頂戴することにした。こうみんなに奉られては、面はゆくて仕方がない。動悸がなかなか止まらない。

しばらく兵員室の腰かけの上で横になった。消耗した体力では、やはり過激な運動だった。それにアルコールの快い酔いも手伝って、安心と同時に、私はいつしか寝入ってしまった。

うとうとしていると、「水雷長、きて下さい。カッターが来ましたよ」と呼び起こされた。上甲板に出ると、左舷側にカッターが二隻横付けになっている。そして、真っ白い握り飯を甲板に運びあげている。近くに朝顔と、駆潜艇が一隻漂泊している。海面はだいぶ凪いでいる。

後甲板で、本艦側と朝顔艦長と駆潜艇長との間で、サイゴンまでの曳航（えいこう）の打ち合わせができた。なんといっても、本艦の田中正雄艦長が最先任であるゆえに、曳航される身とはいえ、すべて曳航作業を指揮することになった。

駆潜艇は対潜掃蕩（そうとう）のために前路の警戒任務につき、朝顔の艦尾から本艦の艦尾に、真っ白い新品のマニラロープが張られた。その長さは約二百メートル。夕刻にいたって、曳航準備が完了した。二番砲塔の上に、艦長と航海長と私。朝顔から発光信号――。

「機械ヲカケテヨロシキヤ」「サシツカエナシ」

スピードマークが、するすると上がった。

「朝顔、機械カカリマシタ、前進微速」

信号員の声もはずんでいる。ロープがぐいぐいと緊張して、ロープの中間に吊り上げられた団子の錨鎖の先端が、海面に頭をだしてきた。ロープがきしむ。本艦は一度、大きく身ぶるいすると、何日かぶりで艦尾が波を切りはじめた。暮れゆく西の方にむかって——。

「手空キ総員後甲板」「帽トレ」「黙禱（もくとう）」

私は、北方の暮れなずむ海面にむかって、このとき、静かに頭を垂れた。

駆逐艦の発達五十年

生い立ちから防空直衛艦や戦時急造艦をうむにいたるまでの進歩変遷の歩み

戦史研究家　山内　隆

十九世紀の後半に魚雷と黒色火薬が発明されると、この新兵器を積んだ小型で高速の水雷艇は、大型艦の脅威となった。はたして、一八九四年（明治二十七）の日清戦争においては、日本の水雷艇隊は敵の戦艦二隻その他を撃沈して、その威力を示した。

まもなく、水雷艇にたいする最良の防衛は、もっと大型でもっと速力のはやい艦艇で対抗するのが一番だということがわかった。

そこで、英国は一八九三年に、航洋水雷艇ハヴォックおよびデアリングを造って、ドイツの水雷艇に対抗させようとした。

さらに一九〇二年、英国はリヴァー型をつくって水雷艇駆逐艦と称したが、この約六〇〇トンの艦がいわゆる駆逐艦のはじまりとなった。はじめは、砲力と速力に重きをおいたが、後から水雷艇台を付け加えたものだった。

いち早くこの艦種に目をつけた日本海軍では、そのころ英国に十六隻（雷（いかづち）、東雲（しののめ）型）を注

雷型３番艦「曙」(上)。下は東雲型５番艦「陽炎」。これら英国製駆逐艦を参考にして設計、横須賀＆呉工廠で初めて国産されたのが春雨型７隻である

文したが、この駆逐艦は日露戦争に大いに活躍して水雷日本のため万丈の気焰を吐いた。また、最初の国産で春雨（はるさめ）型をつくった。

米国海軍は米西戦争（一八九八年）の間に四二〇トン型を十六隻建造し、フランスやイタリアも同じタイプのものを国情に応じて発達させた。ただ、ドイツはその後も駆逐艦とは呼ばずに大型水雷艇と呼んだ。

戦闘艦艇の中で、もっとも多方面に向いた艦種である近代駆逐艦は、こうして五十年の発達ののち、一大躍進をとげた。水雷艇を追い払うためにつくられたわずか二四〇トンの艦は、その間に十倍の二五〇〇トンに成長し、水上といわず空中や水中の敵に対しても攻撃を加える押しも押されもせぬ存在となった。

その間に、駆逐艦の発達は三つの段階を経た。第一次大戦までに、この艦種は七〇〇トン～千トンの排水量をもち、小口径砲台と平

均六門の発射管を備えていた。

戦争が複雑になるにつれ、駆逐艦にも多くの装備を積み込む必要がおこった。第一次大戦のドイツ潜水艦戦の成功は、連合軍の駆逐艦に探知装置や爆雷を積み込ませることになり、速力も増大することになった。

第二次大戦では、飛行機の発達が駆逐艦の対空防禦の強化を必要とし、二重の目的をもった大砲が装備されたうえ、自動火器の数もうんと増えることになった。さらに、護衛駆逐艦という対潜専門の型も出現した。

近代駆逐艦は、かつて造られたもっとも複雑な機械となり、各国海軍にとって必要欠くべからざるものとなった。その発達のあらましを略記すれば表の通りとなる。

年代	記事	排水量	速力	発射管	備砲
1893	駆逐艦の出現	240	27	45×1	8×1
1905	日露戦争	340	29	45×2	8×2
1914〜18	第一次大戦	700〜1000	30	53×6	10×4
1929	一次大戦後	1400	34	53×6	12×4
1937	二次大戦前	1700	36	53×8	13×4
1939	護駆の出現	1200	25	53×3	13×3
1945	二次大戦末期	2400	38	53×10	13×6

日本海夜戦と駆逐艦

一九〇四年（明治三十七）日露戦争がはじまったとき、日本海軍は駆逐艦二十一隻（雷型、春雨型）をそろえ、ロシアの太平洋艦隊は二十五隻を持っていた。十年前の日清戦争では、日本の水雷艇群が大いに活躍したのだが、今度は駆逐艦群が加わって、またもや敵に一泡吹かせようというのである。

こうして、二月九日、三隊よりなる十隻の駆逐艦は旅順港外にロシア艦隊を奇襲し、二隻の戦艦と一隻の巡洋艦を大破させ、坐礁させて最初の海戦を飾った。

さらに、有名な日本海海戦の夜戦（一九〇五・五・二七）においては、二十一隻の駆逐艦は十九隻の水雷艇と協同、敵の敗残艦隊に襲撃をくり返して伝統の水雷戦法の威力を見せた。

駆逐艦といっても、当時のものは三〇〇トンそこそこの小艦であり、いかに荒海で苦心したかは次の一文に明らかである。

「大海の真っ只中に探照灯は闇をつらぬき、砲戦落下の水煙と風浪のくだけるしぶきに、全艦をひたしながら、六十度の大動揺のなかに夜襲を決行、敵に肉薄して魚雷を放った」

その結果、戦艦一隻は撃沈され、さらに戦艦一、装巡一、軽巡一は大穴をあけられて大破浸水し、つぎの朝沈没してしまった。駆逐艦が航行中の戦艦をみごとに撃沈した戦例はながく戦史を飾り、日本水雷部隊恐るべしの声は決定的なものとなった。

ジュットランド海戦と駆逐艦

もともと駆逐艦は英国海軍がドイツの水雷艇を撃退するために創り出したものだったが、この考え方の根本は第一次大戦でも依然として変わらなかった。英国がそれを広く使おうとするのに対し、ドイツは大艦の雷撃に重点を置いていた。

英国の思想は、敵の駆逐艦を撃破するのと大型艦を攻撃することのほかに、味方の主力を水雷攻撃から防ごうという目的を合わせ持っていた。そこで英駆逐艦はドイツ駆逐艦よりも、

に伴い桜型の図面を流用、10隻が急造された。排水量595トン、30ノット

かならず強力な大砲を備えていた（ドイツの九センチ砲に対しては一〇センチ砲を、一〇センチに対しては一二・五センチというふうに）。

つまり、駆逐艦の使い方は防禦的の観念が強く、敵の戦艦を攻撃するよりも味方の主力部隊を護ろうというのであるが、これは大海軍国の共通の考え方だ。これに対し、兵力の少ない海軍国は、駆逐艦の奇襲によって兵力差を切りくずそうとして、敵主力艦攻撃を重視しようとする。ドイツも日本も同じような考えである。

第一次大戦がはじまったとき、英・独の保有駆逐艦は一九〇隻対七十九隻だった。そして、有名なジュットランド海戦には七十八隻と六十一隻が参加した。この海戦で、最もはなばなしく勇敢に戦ったのは、両軍の駆逐隊だったが、中でもドイツ側はだんぜん活躍し、損失も多かった（沈没十三隻）。

ドイツ側の三十隻は三十一本の魚雷を発射して

樺型駆逐艦。一次大戦時、地中海派遣第二特務艦隊に属した。樺型は大戦

英国大艦隊を左方に避退させ、味方主隊の危機を救ったのである。このとき敵の一弾は、司令駆逐艦G41に命中し、水雷長ワグナー中尉以下の数名を倒した。全身血に染んだ中尉は片手を失いながらも、隻手で魚雷二本を発射した後、出血多量のためニッコリほほえんで息絶えたという。

またV48は、魚雷一本を英戦艦マルボローに命中させ戦列から落伍させたが、全員一人残らず壮烈な戦死をとげてしまった。このとき、英国駆逐艦オンスローは艦上に死屍るいるいとなりながら、ドイツ駆逐艦とわたり合った。その後、二十数年をへて、奇しくも二代目オンスローとV48艦長エッコルト少佐の名をとった駆逐艦が、ふたたび北海に相見えたのだった。宿縁というべきだろう。

一方、英国駆逐隊は、魚雷五十本を放って、ドイツ旧戦艦ポンメルンおよび旧巡エルビングを撃沈した。また、その速射砲は、夜戦において敵の大艦の艦橋を掃射し、百名以上の死傷者を生ぜしめた。そこで、この海戦後、駆逐艦の砲力は重視され、口径と数の増加は、魚雷威力の強化とともに艦型増大をもたらした。

地中海に旭日旗ひるがえる

第一次大戦中、ドイツのUボートに対抗して駆逐艦は、その攻撃兵力として最適な艦種であることが実証された。とくに爆雷の発明後はこの対潜兵器を活用して、ドイツ潜水艦作戦にかなりの打撃をあたえたが、当時は機雷敷設による方法に重点がおかれていた。

第一次大戦において、ドイツ潜水艦の撃沈は合計二百隻に達したが、第一位は機雷によるもの四十二隻、第二位は哨戒艇の三十七隻、第三位は駆逐艦の三十一隻となっている。これによって、爆雷攻撃が対潜攻撃上もっとも有効なことは疑う余地がなかった。

一方、日本の駆逐艦は地中海に出動して、船団護衛に非常な功績をあげた。それは、樺(かば)級八隻と桃(もも)級四隻の十二隻と軽巡一隻よりなる第二特務艦隊と呼ばれるものだった。

日本の駆逐艦は魔の海といわれた地中海に一年半行動し、護送回数は三五〇回（七八〇隻）に達した。その間、ドイツ潜水艦との交戦は三十六回におよび、そのうち少なくとも十三回は相手を撃破または損傷をあたえた。損害といえば、榊(さかき)がクレタ島付近で敵潜と交戦のさい、雷撃されて艦首を大破し、艦長以下五十九名戦死し、十二名負傷したぐらいのものだった。

日本駆逐艦に護衛してもらえば安全だという絶大な信頼を得ていたといわれ、雷撃された二隻の英船の救助には、乗船英国兵をほとんど全部救出し、幹部は英国皇帝から勲章を授けられるという劇的場面もあった。思えば、時世の移り変わりの何ぞ甚しきやである。

第一次大戦と米国駆逐艦

米国は第一次大戦にたいする駆逐艦建造計画として、ウイックス級一一一隻とクリムソン級一五六隻、計二六七隻を完成した。じっさい、大西洋における米国の駆逐艦作戦はほとんど実戦の機会にめぐまれなかったが、それは、その後の米国の建艦の実行と海軍の訓練にはきわめて有効なものとなった。

戦後、この大量の戦時駆逐艦――四本煙突型とよばれるもの――は長い間、鰯の目刺しのようにつながれたままになっていたが、第二次大戦では、あるいは対英譲渡用駆逐艦として、あるいは掃海駆逐艦、高速輸送艦として大いに活躍した。

なお、米国駆逐艦の名前は、故人となった抜群の功績のあった海軍、海兵隊および沿岸警備隊の海軍軍人のほか、海軍長官、次官、国会議員、発明家の氏名をつけることになっている。護衛駆逐艦の方は、第二次大戦で壮烈な戦死をした海軍軍人の名前をとることにきめられた。

第一次大戦で失った駆逐艦は、全部で一八五隻、英国とドイツが最も多く（六十七隻と六十六隻）、ロシアが二十隻で三番目、米国は二隻、日本は一隻にすぎなかった。

特型「吹雪」の出現

第一次大戦後、英国は嚮導(リーダー)駆逐艦という巡洋艦と駆逐艦の混血児のような艦種をつくり出した。ダグラス級というのがそれだ。

それまでの駆逐艦はだいたい、千トン、一〇センチ砲四門というところだったが、この型は一躍一五〇〇トン、一二センチ五門という砲力を特に強化したものだった。仏伊海軍もこれにならったが、フランスのチグル級六隻は二二〇〇トンにまではねあがった。

米国は大戦中の計画の一二〇〇トンを完成させるのにいそがしく、日本も峯風(みねかぜ)型と樅(もみ)型およびその改良型をつくって、別に大型駆逐艦には関心を示さなかった。ロンドン条約によって保有トン数が制限されていたことも、日米両国が大型艦を造らなかった一つの理由である（仏・伊は制限なし）。

一九二八年（昭和三）に吹雪(ふぶき)型が出現した。

この特型(とくがた)と呼ばれる艦型は、砲装と雷装が飛躍的に強化されたうえ、すぐれた航洋性を持ち、近代駆逐艦の要素を十分に備え、世界海軍の注目の的となった画期的なものだった。旧式の軽巡はとても太刀打ちできない強力な駆逐艦である。

十五年間も駆逐艦の建造をやめていた米国は、ついにファラガット級八隻の一四〇〇トン型の建造をはじめて、これに対抗した。また英国も一九三〇年以後は、一四〇〇トンのA級、B級の建造に相ついで着手した。フランスもご多分にもれず、一四〇〇トン級（アルシオン型十四隻）の仲間入りをしたし、イタリアも一六〇〇トン級（ビガトリ型十二隻）に踏み切った。
こうして、一五〇〇トン駆逐艦時代の幕が切って落とされたのである。第二次大戦十年前のことである。

第二次大戦の前夜

第一次大戦いらい沈黙を守っていたドイツ海軍は、一九三五年に新鋭駆逐艦十六隻の建造にとりかかった。二三〇〇トンのマース級である。大砲もトン数も、それまでのどの駆逐艦よりも大きな駆逐艦の超大型艦である。イタリアも一七〇〇トン級四隻、一六〇〇トン十二隻をつくりはじめた。

英国もこれを黙って見送るわけにはいかないが、さりとて大型艦だけで対抗するわけにはいかない。数も要る。そこで、一九〇〇トン十六隻と一七〇〇トン十七隻（Jクラス）の建造をいそいだ。フランスもあわてて一八〇〇トン級十二隻（ル・アルディ型）の龍骨をすえつける始末だった。

こうして、一九三九年（昭和十四）九月一日に第二次大戦がはじまったとき、欧州四強国の駆逐艦兵力は、英国＝米国からの譲渡五十隻をふくむ二一九隻が完成、五十二隻を建造中。フランスは七十五隻が完成、二十四隻を建造中。ドイツは十七隻完成、十六隻を建造中。イタリアが六十一隻完成、八隻を建造中だった。

一方、そのころ日本では太平洋戦争の主力となった二千トンの陽炎型十九隻がぞくぞくと

3基、発射管3連装3基、出力5万馬力、速力37ノット、航続力14ノット4500浬

吹雪。昭和3年竣工。基準排水量1680トン、全長118m、幅10.4m、12.7cm連装砲

完成しつつあった。また、米国では一六〇〇トンのシムス級十二隻が就役中だった。

駆逐艦の艦型はすでに二千トン級に突入せんとしており、ほとんど二十年間にわたるあらゆる種類のものが出そろいつつあった。しかし、各国の戦略的要求は、その行動海面に従って、高速力に重点をおくイタリアやフランス式のものと、長大な交通線保護と遠洋行動のため大きな航続力を重視する英国や米国式のものとに、ハッキリ区別される傾向があった。

一九四一年十二月、太平洋戦争がはじまったとき、日本の駆逐艦兵力はすでに絶頂に達しており、米国は第一次大戦の五倍にもおよぶ未曽有の大建艦計画がすべり出したところだった。開戦時、日本の一一一隻に対し、米国は二六四隻――この数字は、内容から見ればむしろ日本に分があったともいえる。

しかし、戦時中の恐るべき建艦能力――それは前大戦で試験ずみだったが――は、その後の彼我の状況をまるで釣合いのとれないものに変えてしまった。

戦時中の駆逐艦

第二次大戦中には、二つの型の駆逐艦が発達した。艦隊型駆逐艦とよばれる従来のものと護衛駆逐艦である。つまり任務の専門化である。米国に例をとれば、新式駆逐艦はまず一九四二年のフレッチャー型二一〇〇トン（一一九隻）である。

マスプロが得意で好きな米国は、造るとなれば同型艦十隻とか二十隻とかいわずに、いきなり百隻以上をまとめて造ろうというわけだ。むろん、それには建造計画をたてのことだが、この物すごい計画は次のようになっていた。

①一一％海軍拡張法案（一九四〇・六）＝二一〇〇トン×二六隻、一六三〇トン×一二隻＝計三八隻

②両洋海軍法案（一九四〇・七）＝二一〇〇トン×九六隻、一六三〇トン×五六隻＝計一五二隻

③真珠湾以後の緊急追加＝二一〇〇トン×一七隻

④珊瑚海以後（一九四二・六）＝二一〇〇トン×一四四隻

⑤ソロモン作戦後（一九四三・一）＝二二〇〇×七二隻

総合計＝四二三隻である。

フレッチャー級はさらに追加が五十六隻あったので、合計二一〇〇トン級は一七五隻造られることになった。この型は発射管五三センチ十門、大砲は一三センチ高角砲五門、四〇ミリと二〇ミリ自動砲を約二十門、さらに多数の爆雷砲や進歩した射撃指揮装置や対空対潜兵器を装備したもので、日本の夕雲（ゆうぐも）型に匹敵するものだった。

さらに二二〇〇トン級が五十八隻、二四〇〇トン級が一〇五隻計画された。最後のギヤリング型は大砲の五門を六門に増したもので、ちょうど日本の秋月（あきづき）級に対抗する最新鋭のものだった。米国の戦時計画は四二三隻に達したが、このうち三三四隻という巨大な数が就役した。

英国は一九四二年以後、十二のタイプを八隻内外ずつ建造し、合計百隻以上を就役させたが、最後のものは二三〇〇トンに達し、ほとんど米国の二三〇〇トン級と匹敵していた。

ドイツは戦時中に二十六隻を建造したが、Z23型と同じく二六〇〇トンの大型艦だった。イタリアは十隻を新造（いずれも一六〇〇トン級）、フランスは十五隻を起工したが、この型は一千トンのもので、大部分が敗北のため完成前に自沈するか壊されてしまった。

日本は開戦後六十三隻を就役させたが、その内訳は二七〇〇トンの防空直衛艦秋月型十二隻をはじめ、戦時急造型の松、橘級三十二隻を主力とするものだった。

こうして、戦時中の駆逐艦は二七〇〇トンに達し、その数も開戦前の総数とほぼ同じ五六〇隻を数えたが、その半数は米国海軍だけの増強だった。

護衛駆逐艦の登場

連合国はドイツのUボート作戦に本格的に対抗するため、護衛空母と護衛駆逐艦を大量就役させることを考えた。とくに米国がこの護衛駆逐艦（一四〇〇トン）の建造にいかに力こぶを入れたかは、その建造計画が約一二〇〇隻にのぼったのを見てもうなずける。

しかし、じっさいに戦時中に就役したのは、六つのクラスにわかれた合計四一二隻だった。トン数は計画通りの一二〇〇トン内外で、エゾール級とJCバトラー級が、それぞれ八十五隻ずつで最も多かった。兵装は大砲は一三センチ三門、発射管は五三センチ三門で速力は二十四～二十八ノット。

英国も六種の護衛駆逐艦を合計一四五隻就役させた。トン数は九〇〇トンから一四〇〇トンまで分かれ、発射管を積んでいなかった。大砲も八センチ三門と自動火器多数というところ。これらの多数の対潜艦と飛行機、レーダー装置によってドイツの潜水艦作戦は挫折の憂き目を見るにいたったのである。

日本駆逐艦造船論

造船技術界の至宝が自ら手がけた駆逐艦の長所短所を明かす建造秘録

元海軍造船官・海軍技術大佐　牧野　茂

終戦後の数年間、日本造船界の虚脱時期に海軍の造艦技術をふりかえってみて私が気づいた事実は、日本造艦技術の歴史は、拡大と模倣と無理とが大部分をしめていることであった。

これを聞いた先輩は、それは酷評だ、明治以後きわめて短い年月の間に、海軍があれだけの発達をとげるためには、それはやむをえない事実であって、あそこまで技術的に発展したことを賞めるべきだと諭された。

牧野茂技術大佐

私がもっとも寂しく感じることは、明治時代はいたしかたないとしても、大正・昭和にいたって、日本は世界の三大海軍国の一つとなって、その建艦量は米英につぐものであったにかかわらず、その間に日本は、エポックメーキングと称せられる、造船上の大変革を記録していないことである。

その機会にめぐり合わなかったからではなく、やはり独創性に乏しい国民性のせいではないかと思われる。

もちろん大正・昭和の新造艦には、いろいろの新機軸・新着想が盛り込まれていることは認めるが、それは諸外国が追従して建艦技術に大変化をきたすようなものではなく、つぎつぎに消えていくような着想が大部分だったのである。

しかしながら、それだからといって、誤解されないように説明をくわえるが、日本の造船家の偉大さがそこなわれるものではない。模倣といったとて、私の指摘するのはアイデアの模倣であって、それを現実にまとめあげる技術力は偉大である。拡大も同様に、しっかりした技術の基礎を身につけているからこそ、出来たのである。

私が、あえて日本技術は模倣と拡大と無理の三語につきると唱(とな)えるゆえんは、自分自身を鞭うち、また後進諸君が、その轍(てつ)をふまないよう警告したいためである。

私は大正十四年（一九二五）、東大の船舶科を出てただちに海軍に入り、明くる大正十五年に佐世保工廠に勤務したときには、明治末期に建造された桜(さくら)、橘(たちばな)、桐(きり)、樺(かば)という近代駆逐艦の元祖が連合艦隊に所属していた。

レシプロ三軸、混焼罐をもった駆逐艦で、水線付近の外板にボロボロと穴があく状態になっていて、私はその大修理を担当した。それ以後の各型の駆逐艦も、たいてい手がけたのである。

樅(もみ)型、峯風(みねかぜ)型は当時の第一線級駆逐艦であった。とくに峯風改型の睦月(むつき)は、佐世保工廠で新造中であったし、あとで詳述する吹雪(ふぶき)型の東雲(しののめ)、浦波(うらなみ)の新造にも関与した。そして昭和三年から十一年末までの間に、前後五年あまり艦政本部で駆逐艦の設計を担当したので、特型以後、建造の駆逐艦は陽炎(かげろう)型までは厚薄の差はあるが全部関係したことになる。

だから私は、日本海軍の駆逐艦について語る資格に欠けることはないとともに、その間における駆逐艦の発達についての責任を感ずる立場にある。なかでも、もっとも縁の深い陽炎型は、わずかな変更がくわえられた夕雲(ゆうぐも)型とあわせて、戦争中まで正規駆逐艦として建造をつづけられ、合計三十八隻が竣工し、太平洋戦争中の水雷戦隊の主力であった。

これらの駆逐艦は日本造艦史のなかでは、わりあいに外国の模倣ではなく、独自の道を歩んで発達したものである。

日本海軍は、水雷戦隊の整備充実には異常な情熱をそそぎ、いわゆる水雷屋というカテゴリーの将校が乗り組んで、日夜猛訓練をかさねてきたので、日本の駆逐艦は、きわめてきびしい兵術的要求のもとに設計建造された。とくに船殻艤装はずいぶん思いきった軽構造である。

戦後建造の海上自衛隊の警備艦は、駆逐艦に類別されるものであるが、旧海軍の駆逐艦にくらべると、いかにもノンビリした設計である。

根本は用途、経済性、乗員の練度など建造の基本方針の相違からくるもので、その優劣は主要項目だけで論ずべきものではない。

新造時の峯風。1215トン、速力39ノット。英国式を脱した日本駆逐艦の原型

主力駆逐艦の元祖峯風型

駆逐艦は旧水雷艇から発達して、しだいに艦型を増大して航洋性をくわえるとともに、魚雷と砲力を強化してきた。はじめは三〇〇トンだったが、しばらく停滞していた。大正初期に、それが一躍一一五〇トンに飛躍した。海風（うみかぜ）と山風（やまかぜ）がそれである。その後、改良がくわえられて峯風型となり、さらに改型の神風（かみかぜ）型、改改型の睦月型となって、これらが前大戦後から昭和初期にかけての、連合艦隊の水雷戦隊の基幹をなすものであった。峯風型の一艦である島風（しまかぜ）は、公試運転に四十ノットを越えたと記録された。

これらの諸艦は、はじめ艦橋は吹きさらしであり、中央部も乾舷が低く、航洋性がずいぶん良くなったとはいえ、まだまだ凌波（りょうは）性は悪く、それにもまして居住性はひどいものであった。

船体構造は、当時すでに六十キロハイテンを一部に使用し、驚くばかりの軽構造であった。昭和二年、水雷戦隊が東シナ海で、かなりのウネリにあって頭を突っこみ、船首楼甲板が陥没するという事故をおこし、復旧して船内支柱を増強したことが記憶に残っている。

純日本式設計の特型

前大戦後、米海軍が呼号した太平洋の渡洋出撃を迎撃して、わがお家芸の水雷戦隊の襲撃を効果的に果たすため、駆逐艦の行動海面はいちじるしくひろがったので、峯風型に対して、凌波性の画期的増大が要求された。

したがって艦型の増大と、それによって得られる砲水雷兵装の躍進的強化をねらい、同時に当時の内外を風靡(ふうび)したデモクラシー思想にこたえて、居住性の向上もくわだてられ、大正末期に大がかりな特型駆逐艦対策委員会が設けられ、多数の試設計をおこない検討をかさねて生まれ出たのが、すなわち通称特型(とくがた)駆逐艦とよばれた吹雪型である。合計二十四隻が建造された。

海風から睦月までは、日本独自の設計になるものであるとはいえ、外観をはじめ、構造、艤装ともに英国流をぬけきらないものであった。

それにひきかえ、特型はまったく日本独自の設計であって、艦型をはじめ諸性能の与え方、兵装、機関など、すべて純日本式であった。終戦にいたるまでの日本海軍の駆逐艦および水雷艇は、全部この特型の流れをくんだものであるといっても過言ではない。

▽凌波性

特型は、すべてが特長ばかりという艦であるが、その第一は絶大な凌波性である。私は特型の公試運転や戦技訓練、あるいは演習などでしばしば乗艦し、体験もしたが、当時の駆逐艦の司令や艦長は口をきわめて優秀な凌波性をほめちぎったものである。

いわゆる五五〇〇トン型巡洋艦が水雷戦隊の旗艦で、動揺にあえぎあえぎ波をかぶりながら、先頭を切ってゆく後ろから、特型が悠然と頭をあげ波をけって進む光景は、まさに偉観であった。また、あまり端然として向かってくると、古鷹型巡洋艦と見まちがえられることさえしばしばあった。

凌波性のタネあかしは、艦橋の後ろにまでのびた船首楼甲板と、艦首に極度の弦弧をつけて艦首を高め、また艦橋の前の甲板の幅を広くして、舷側に大きなフレーヤをつけたことにつきるが、中央部でも舷を高くして、さらに舷側にわずかながらフレーヤをあたえ、これによって風型の名所「親しらず」を解消したのである。わかりきったようなことであるが、当時としては、設計者の苦心と英断なくしては、実現できなかったものである。

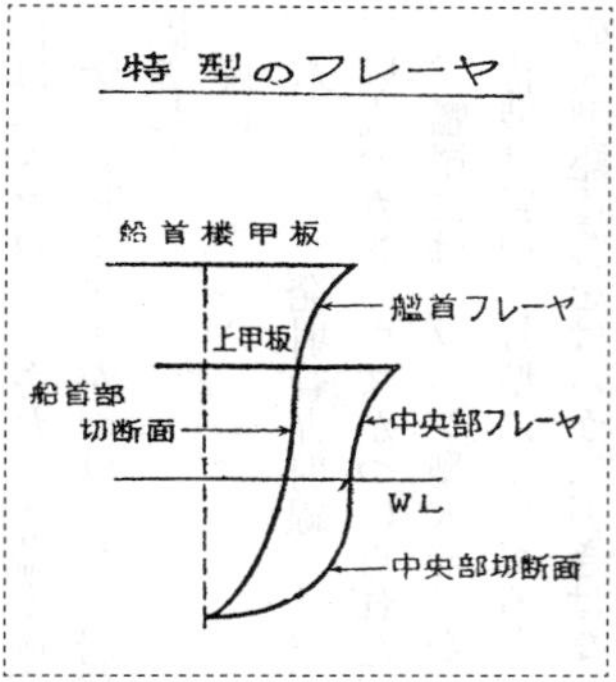

▽行動力

高速の発揮、重兵装の実現にくわえて、長期行動能力もかくだんに増した。特型から、小さいながらも船体つくりつけの冷蔵庫が設けられ、冷凍機が装備された。艦

特型のフレーヤ

船首楼甲板
船首フレーヤ
上甲板
船首部
切断面
中央部フレーヤ
WL
中央部切断面

橋はエンクローズされ、天蓋が固定された。機動通風が強化され、石炭ストーブにかわって、スチームヒーターがつけられ、居住区もゆったりととられた。はじめて駆逐艦に治療室も設置された。

▽兵装

六一センチ発射管九射線（三連三基）に十八本の魚雷が搭載され、砲は連動の連装砲架に砲塔式のガンハウスがつけられた、一二・七センチ連装砲塔三基（六門）という強大なもので、艦尾にはパラベン型大掃具か、三十六個の爆雷と爆雷投射機のいずれかが装備された。特型は風型、月型にくらべると、戦闘力の画期的強化をとげたものであり、当時の諸外国の大型駆逐艦をはるかに引きはなした優秀なものであった。

しかし、特型にも欠陥がなかったわけではない。いや、きわめて重大な欠陥が芽生えつつあったのである。

艤装の軽量化に成功

特型は二軸で五万馬力、約一七〇〇トンの常備排水量で計画されたが、公試運転は一九八〇トンの公試状態で行なわれた。推進効率が意外に悪く、四六ないし四八パーセントであった。プロペラの深さが浅いこと、船体とプロペラチップとの間隙がプロペラ直径の約一六パーセントで過小であったことなどが原因と考えられる。

▽復原性能

これまでの駆逐艦が英国の流儀で、低い重心と小さいGMをあたえていたのに反して、比較的高い重心を許すかわりに、GMは計画公試状態で一メートルという、当時としては巡洋艦なみの値であった。

▽構造強度

船殻構造設計に縦強度上の新しい考え方をとりいれて、前後部の長さの四分の一ぐらいの縦強度材の寸法を、中央部にくらべ思い切って落とすこと、また一つの切断面では中正軸付近、すなわち水線付近の外板の厚さを極度にうすくすること、肋骨心距を、いままでは六十センチていどのものを八十ないし九十センチとして、横強度材重量を節約すること、リベットを板厚のわりあいに小さくし、また連結山形材のフラジ幅を小さくすることなどが、それぞれ技術的根拠のもとにおこなわれ、それによって達成された船殻重量の軽減は、見るべきものがあった。

もちろんこうした構造法によると、部材の数がまし、リベット数は激増、工作上の困難もくわわるから、船殻工数は増加し、いわば性能向上のためには金に糸目を惜しまないというたとえに近いものであった。

▽艤装

新たに軽量の駆逐艦制式が制定採用されて、非常な重量低減に成功した。もちろん耐久性がいくらか低下したことはいなめない。

▽軽合金の利用

艦橋や大型通風筒は軽合金製であった。はじめジュラルミンが強度の関係でもちいられたが、海水による腐蝕がはなはだしかったので、しだいに純アルミ材にかえられるとともに、使用範囲も縮小された。

船体部のこのような重量対策の努力に対して、機関部や兵装関係では思ったほどの成果があがらず、けっきょく完成重量は計画にくらべ、百数十トンの超過をきたし、これが後日、強度上の重大事故を起こす原因となった。

特型駆逐艦の功罪

特型は前記のように、昭和四年から数年間、日本海軍の花形艦として活躍し、用兵者から非常な賞讃を博した。私は基本設計にあずからなかったが、その内容はつぶさに研究した。まことにすぐれたものである。

不幸にして損傷や欠陥がつぎつぎとあらわれたために、全く失敗した設計であると、一部の人からは考えられたこともある。

部分的にはたしかに失敗もあったが、設計理念および綜合的成果は、それを補ってあまりある功績を残したといってよい。故障欠損により、高価な実艦実験が期せずしておこなわれ、その後の設計上に非常に役に立ったのである。

▽強度上の欠陥

部分的欠陥も、時と場合によっては致命的に発展するものであることは注意を要する。あまりに船殻をいじめすぎて、強度上の欠陥を生じたこととと、重心が高くなって復原性能上の不具合を生じたことが、欠陥の要点であるが、前者を分析すると、前後部の長さの四分の一ぐらいで、縦強度を落としたさいに、派生的に生ずる局部的弱点、たとえば板の座屈についての検討は加えられはしたが、不幸にして完成重量の増加もくわわり、けっきょく前後部上甲板の座屈強度の不足が、つぎにしるす事項の原因となった。

米機の攻撃をうけつつ全力航行中の特型駆逐艦・白雪

昭和十年九月の大演習中、津軽海峡東方海面で赤軍艦隊が出合った稀れにみる台風(たいふう)によって、特型の二隻初雪と夕霧は、艦首を艦橋の直前で切断し、そのほかの同型艦も、この部分あるいは後部四分の一あたりに座屈を生じた。世にいう第四艦隊事故の中心をなす損傷である。

当時、私は大演習の技術審判官として大湊にあった。大演習は一時中止となり、損傷艦が後進自力で大湊要港に入ってきたのを迎えたときの凄惨な光景は、今なお眼底に焼きついてはなれない。中央部の底外板の厚い鋼板の部分の、横縁のリベット接手がわずかに漏水する現象もあった。ちょっと考えると、中央部の縦強度が不足するようであるが、これは肋骨心点を大きくした結果、リベット接手の強度計算上に盲点があることを見のがされたためであった。中央部の縦強度には欠陥はなく、また肋骨心点を広くしたため、横強度上の欠陥もおこらなかった。したがって、肋骨心点を広げることは成功したわけである。

▽復原性能

復原性能については、吹雪型の基本設計はじつに適正であったと思う。とくに高い重心に対して、大きいGMをあたえたことは設計者の達見であった。初期建造の特型が、すべての点で用兵者の満足するところであったことは証明するにあまりある。

不幸にしてその後、兵装の増強が切実に要望されたため、初期の簡素な連動二連装砲塔は、独立俯仰の、しかも大仰角のかかる機力給弾までついた連装砲塔に進化し、くわうるに立派な方位盤射撃装置が装備され、艦橋構造物は巨大となった。さらに魚雷の発射管には、雄大な風波除けの覆いがつくなど、上部重量、風圧面積のいちじるしい増加があり、また悪いことには、後期の艦ではボイラー一個がへって三個となることによる、下部重量の減少さえおこなわれたので、しだいに復原性能は低下した。

昭和十一年の第四艦隊事故対策として船体が補強される機会に、欠陥であったこれら復原性能の改善もほどこされ、三十トンから八十トンの固定バラストが船底に搭載された。

▽特型の成果

特型は一見、満身傷だらけのようになって、排水量も二五〇〇トン内外に増加したが、なお速力は三十四ノットをたもち、凌波性は依然として満足すべきものであったから、太平洋戦争では大いに活躍した。特型で成功したことはもちろん、部分的に失敗したこともすべて原因が究明されて、その後の駆逐艦の設計の教訓となった。

だから特型は、艦それ自身が海軍の最強力駆逐艦としての役割を完全に果たしたうえに、駆逐艦設計上にきわめて大きな貢献をしたものであって、特型の出現は、すべて功績ばかりであったと信ずるものである。この設計を実施された先輩、故藤本喜久雄造船少将の偉業を、私はつねに思い出して、尊敬と感謝の念を新たにする次第である。

兵装第一主義の犠牲となった初春型

特型につづいて、昭和六年度の補助艦補充計画として登場したのは、初春型駆逐艦であり、同型六隻についで白露型十隻、朝潮型十隻をへて、陽炎型となるわけである。

初春型は完成時トップヘビーで、バルジを装備してGMを大きめにされたが、友鶴事故後の復原性能対策で兵装配置をかえ、艦橋を縮小するなどして重心を下げ、バルジはとりはずされた。

この型には経済的昼戦襲撃用として、多大の期待がよせられたが、緊縮予算の圧迫もくわわり、設計上にあまりに無理をしたため、計画通りに建造がおこなわれなかったことと、いまーつは、兵装第一主義がはびこって、全体の調和を考えずに、小さな艦に、むやみに技術の粋を集めたことが、復原性能を悪化させた原因とされている。

しかしなんといっても、造船屋が自分の守備範囲をお留守にした責任はもっとも重大である。

初春型の五、六番艦有明、夕暮は、初春のバルジ装着によって初めから幅を広くしてつくられたところが、船台上でまた、もとの初春の幅に改造を余儀なくされた。

この二艦は傾斜型二枚舵によって旋回性能を良くしたうえに、旋回中の傾斜をすこしでも少なくしようとしたところが、旋回性もよくならないうえに、最高速力が約半ノットもへったので一枚舵にもどされた。

あとの白露型ぜんぶが二枚舵を準備していたので、大変なオシャカを出してしまったわけである。終戦後、米国の駆逐艦ギヤリング型が二枚舵を持っていることがわかり、調べてみると、半平衡舵にしているから、厚さが小さくて速力に対する影響がないのであった。二枚舵は完全に日本の負けであった。

白露型、朝潮型は友鶴事故後に、前の設計をすべてご破算にして、あらたに設計されたが、工事なかばにして第四艦隊事故対策がとられ、改造された。

白露型は公試運転で、一ノットも速力が超過するような成績が出た。朝潮型は高速で舵をとると旋回圏が急に大きくなるので、検討の結果、舵の空気吸い込みであることがわかり、船尾端の幅をひろげて、これを防ぐことができた。その改造のさい、つぎに述べる陽炎型の設計で、すでに研究ずみの船尾端水線にナックルをつける形状にしたところ、速力も向上して、得をした面白い経歴をもっている。

体験と教訓をいかした陽炎型

昭和十一年末で軍縮条約は消滅するものと思われ、同年春ころから作業がはじめられた。昭和十二年度、艦艇補充計画、通称㊂計画の諸艦艇の設計は、いままで条約の制限などのため無理をしてきた、その足かせ手かせから解放され、ノビノビとした気持で進められたのを特長とするが、駆逐艦の設計では、その影響はわりあいに少ない。

㊂計画で軍令部が要求した駆逐艦の要点は、大きさが、行動の隠密性と襲撃時の操縦の軽快性とから、特型より大きくないこととの強い条件があり、兵装は朝潮型とおなじで満足とされ、速力は三十六ノット、航続力は十八ノットで五千浬というものであった。

艦の長さを特型どおりとして、公試排水量を二五〇〇トンにおさえると、速力を三十五ノットとするか、航続力を四五〇〇浬にへらすかのいずれかを引き下げないと、なりたたない。軍令部は特型いらい、宿願の航続力延長を希望し、速力は三十五ノットで我慢することになった。馬力は朝潮よりも二千増しの五万二千馬力にきめた。

排水量、長さ、速力および馬力については、前年に高速駆潜艇でちょっと研究した新型線図をつかって、従来型より抵抗をそうとう減らすメドがついていたので、さらに推進効率を特型の最高のものに予定して計画をすすめた。

善の必要に迫られ艦型を一変。この姿で完成したのは初春と子日だけであった。

新造公試中の初春型２番艦・子日。排水量1400トン、12.7cm砲５門。復原性能改

ずいぶん危ない橋を渡ったわけだけれども、白露型の速力超過一ノットが、不愉快でたまらなかったので、あえて危うい橋をえらんだと思う。航続力算定の十八ノットの軸馬力についても、おなじような推定を行なったが、この方は機関部が、いつも燃料消費量に過大な見積りをする例があるので、それを補う意味でも軸馬力を小さく見積る必要があった。

陽炎型は特型、朝潮型とほぼ同大で、タイプシップにめぐまれ、友鶴・第四艦隊の二大事故によって、またとない実艦実験がおこなわれ、各種の資料は豊富であるうえに、用兵家は造船屋にたいして多分の同情をもっており、いわゆる苛酷（かこく）な要求を行なうことが少なかった。思うような設計を行なうことができた造船屋は幸いであった。

陽炎型の設計にあたって、最初に考えたことは、特型から朝潮型まですべてが前後二回にわたる性能改善で、そうとうの改善をほどこされ、無傷に育ったものは一つもない状況下で、今度こそは初めから間違いのない、立派な基本計画をやらなければいけないということであった。

いまひとつは、事故後の対策は人情として、ゆきすぎになることが否定できないので、これを是正する必要があることなどで、復原性能でも強度でも、事故をくりかえさないため設計基準が設定されたが、真に合理的かどうかを検討し、合理的設計の出発点としたいとも考えた。

バランスのとれた陽炎型

もともと創造力に欠ける私が、基本計画を担当したため、これという目のさめるような特長もなく、いわば小手先的成果にとどまり、結局、平凡な設計に終始したというほかはない。だから、しいて特長をあげれば、平凡でわりあいに釣合いのとれた艦ということであろうか。

▽船図の改良

特筆することをしいて求めると、艦尾端形状の研究の成果が出たことである。これまで通りの楕円形デストロイヤ船尾（水線面の後端部の形が楕円）であって、水線面の後端部に、ごくわずかの長さだけナックルをつけ、水線下のその部の形を平らにし、かつ幾らか下向きの湾曲をあたえた形とした。

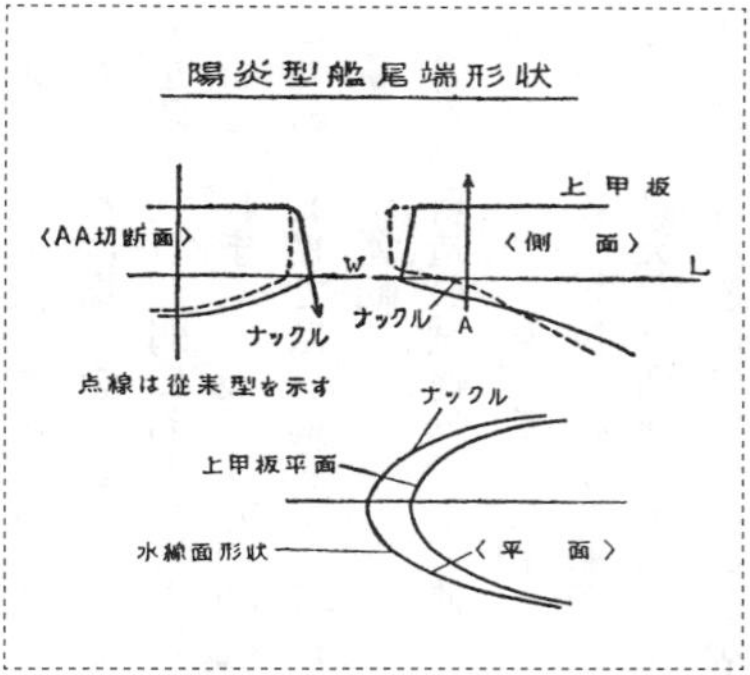

陽炎型艦尾端形状

〈AA切断面〉
〈側　面〉
上甲板
W
L
A
ナックル
ナックル
点線は従来型を示す
ナックル
上甲板平面
水線面形状
〈平　面〉

　この船型は前年に、一五〇トン、二十五ノット要求の高速小型駆潜艇にこころみたところ、目黒の水槽試験で好成績をえたので、さらに駆逐艦型で本格的にとりあげたもので、これまでの船型にくらべると、全力ふきんで約八パーセント、十八ノット巡航あたりで三パーセントの抵抗減があることが、水槽試験で確認された。

　全力で七パーセントは、三千六百馬力の利益に相当し、もし従来型線図で馬力をそのままとすれば、速力は〇・

五ノット以上低下する計算になるから、速力は三十四・五ノット以下で我慢する必要がある。さもなければ馬力をまして速力を確保するかわりに、五十トン分だけ重油をへらして、航続力を四千五百浬弱におとすほかはない。

なおこれまで、最高速力で抵抗をへらすと、巡航速力の抵抗がますのが普通であったのに、この艦型改良では、巡航でも抵抗がいくらか減るのは、また別の収穫であった。

▽陽炎公試運転

陽炎の新造公試運転では、速力は計画の三十五ノットを切る成績しかえられなかった。当時、私はすでに呉工廠に転勤して、大和などの建造にあたっていたが、艦政本部の要路の造船官の中に、抵抗の極小な船型よりも、推進効率を良好にする船型を採用すべきだとの説をとなえ、陽炎が計画速力を発揮できなかったことが、計画の本質的な欠陥と考えられたと聞き、はなはだ遺憾に思ったことがある。

その後、目黒技研でプロペラの空洞現象と、その対策の研究がおこなわれ、翼断面をエーロフォイル型から、円弧型にかえ、空洞現象の発生を抑制することに成功し、陽炎型で、三十五・五ノットを出した。これにより、やはり駆逐艦では最小抵抗の船型が必要であるという、わかりきった原則が確認されたわけである。

▽巡航タービン二段減速

巡航速力の燃料消費量の減少をはかるために、巡航タービンの回転数を高め、二段減速歯車を介して、低圧タービン軸に接続する方法がとられたのは、陽炎が初めてである。当時、主タービンの二段減速はまだ考えられなかった。

煙突間の発射管を極力低く装備するため、煙路を極端につぶすように造機担当者に要求したところ、快諾をえて実現し望外の好結果をえた。この発射管の次発装塡魚雷を、発射管の前方、すなわち一番煙突の外側に配置することにより、前後部の魚雷群の誘爆をふせぐことにした。

絶讃をあびた雪風

故伊藤正徳氏は産経新聞紙上で、「連合艦隊の栄光」と題する戦記の最後の筆で、陽炎型の一艦である雪風の生涯をたたえるにあたり、陽炎型は日本海軍の傑作とほめられるの光栄を私にあたえた。恐縮のほかはない。もし幾分でも、それらしいことがあるとすれば、それは軍令部の基本要求が適切であったことと、艦政本部各部の担当者が、基本設計に協力したおかげで、バランスのよい艦が生まれ出ることができたのだと思う。

▽私の非力

第四艦隊事故後に定められた厳しい電気溶接使用制限令のもとに、私はなんとか拡張解釈をして、かなり使用範囲を広めることができたように思うが、縦強度上もっとも合理的な縦肋骨構造方式を私はかねてからとりあげようと検討をくわえていたが、横強度材すなわち、いわゆるトランスバースの強度を決定するのに決め手がえられず、ついに上司の同意を求めるにいたらず、見送ってしまった。

駆逐艦要目表

	海風	峯風	睦月	吹雪	白露	朝汐	陽炎	はるかぜ	あきづき
基準排水量トン	1030	1215	1315	1680	1685	1961	2000	1800	2400
公試排水量トン	*1150	*1345	*1445	1980	1980	2370	2500	2110	2890
水線長m	88	99	100	115	108	115	116	106	115
速力ノット	33	39	37	37	34	35	35	30	32
馬力PS	20,500	38,500	38,500	50,000	42,000	50,000	52,000	30,000	45,000
主砲口径cm×数	12×2	12×4	12×4	12.7×6	12.7×5	12.7×6	12.7×6	12.7×3	12.7×3
その他の砲〃	8×2						25×4	40×4	8×4
発射管径cm×数	45×4	53×6	61×6	61×9	61×8	61×8	61×8	—	53×4
魚雷数	8	12	12	18	16	16	16	—	8
完成年	明44	大11	大15	昭3	昭11	昭12	昭14	昭30	昭35
備考	1. 計画値を示す ※　常備排水量								

また機関室の配置が旧態依然として、主機室に両舷機を収める方式で、軸系の左右非対称なるがゆえに好ましからずとする機関設計者の反対を押し切れず、前後機室に一軸あての主機を置く配置すらも、実現できずにひきさがった。この二つは私の非力を証明するもので、まことにはずかしい次第である。

重厚な風格あきづき型

昭和二十八年度、千七百ノット型警備艦の建造予算が海上自衛隊に計上され、私は財団法人船舶設計協会の設立に協力し、そこでいわゆる再軍備艦艇の設計を、防衛庁から委託せられることになり、戦後ふたたび駆逐艦の設計に関係することになった。

海上自衛隊の警備艦は、やや速力が小さいほかは、その要目はほとんど駆逐艦とかわりはない。しかし、その速力が低いことが造船上に大きな変化を生ずるものである。警備艦の主任務は対潜護衛であるから、旧海軍の艦隊型駆逐艦とは、だいぶ異なった要素がある。速力はいくらか低くてよいが、航続力はむしろ増大する必要がある。

また荒天中の航行能力が、対潜であるために必要とされる航続日数の増大は居住性の向上を要求するから、貯蔵設備として冷蔵庫の本格的装備、治療室設備、娯楽休養設備、通風、暖冷房設備などを強化することになる。

▽耐久性

日本海軍の駆逐艦は、戦傷をうければ喪失はやむをえない。すなわち駆逐艦は消耗品であるとの考えのもとに建造された。戦訓によっても、それが事実であった。戦後建造艦としては、乗員の保護、経済上の要求から、戦傷にたいする耐久性を、格段に増加する必要があると考える。そのためには、船体の主横隔壁をまし、それらの強度も増加し、また日本海軍の駆逐艦の共通の弱点であった前後に近い部分を強化すること、同時に耐用年数を増加し維持費を少なくてすませることになり、経済的要求にも合致することになる。

以上のことは速力の低下だけでなく、兵装も過大にしないことによって可能となる。幸いにして防衛庁当局により、これらの基本方針が確認されることができたので、警備艦の設計は、わりあいに順調に運んだように思う。

▽平甲板型の採用

日本海軍は、船首楼甲板型を特型いらい採用するに反して、米国海軍は前大戦いらい主として、平甲板型を採用し、上甲板上に長い甲板室を設けている。いずれが適当かがまず検討されたが、結局、強度の連続性と、中央部上甲板の乾舷が大きいことの二つは、平甲板型が有利であり、艦橋付近の乾舷がやや小さくなることと、居住区面積については平甲板型が不利となる。

はじめ予定された乗員数ならば、平甲板型で十分収容できること、甲板室を上甲板上に長く置いても、重心位置や風圧面積がそれほど悪くならないことなどが確認できたので、このさいは米海軍に敬意を表し、平甲板型を採用することになった。

ところが設計の末期にいたって、乗員数が大幅に増加したので、結局、苦しい居住になってしまい、平甲板型は二十八年度艦（はるかぜ型）だけしか用いられなかった。

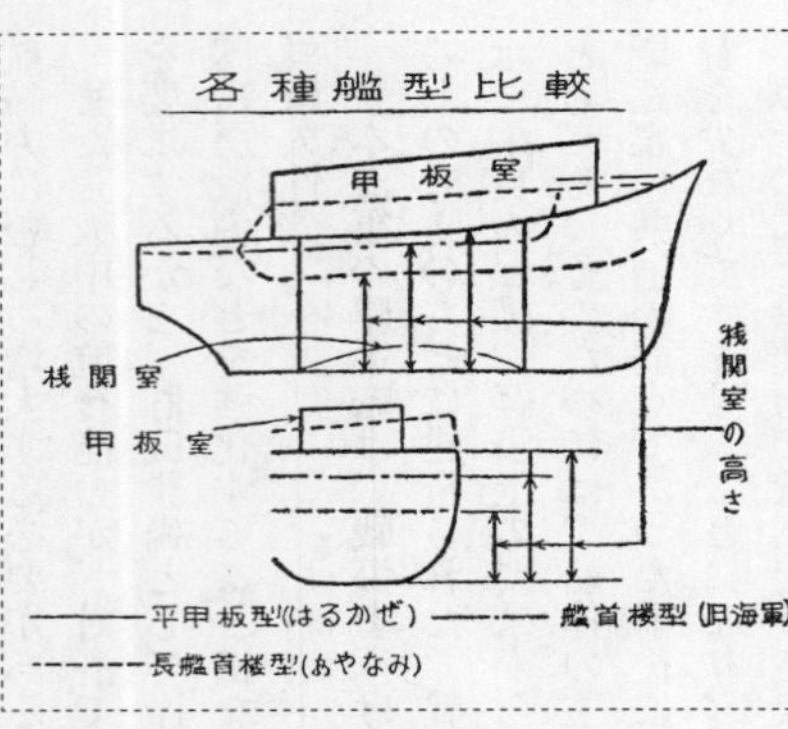

▽長船首楼型の採用

三十年度艦（あやなみ型）では兵装も少なくされて、とくに居住性の向上を希望されたので、比較検討の結果、長船首楼型とすることになった。中央部の中甲板の高さを、平甲板にくらべて、機械室の必要とする最小の高さまで下げることが成否のカギである。

そうすれば風圧面積も減るし、重心もそう上がらず、充分すぎる乾舷が復原性能を救ってくれる。上甲板までの深さに対する重心の高さを、平甲板船の深さと同じように考えると、重心の高い船になって、乾舷では救われなくなる。吃水とKGとの比について検討するなど、注意しないとまちがいを起こす。

長船首楼型のおもしろいところは、後部に主砲を背負式に配置するに便利なことである。兵装の都合によっては、長船首楼甲板を、さらに後端までのばした形が可能となる。

あやなみ、むらさめ、あきづきの各型では、船首楼端を傾斜甲板として、あたかも平甲板型のようにしてあるが、強度の連続性による重量節約と、放射能灰の流出を容易にするのがねらいであった。あのくらいの傾斜は、良質のすべりどめ塗料ならば問題はないはずであるのに、梯子（はしご）のようなものをつけたのでは意味がない。

長船首楼型では居住区面積が増大し、また諸戦闘区画もゆったりとれ、近代艦の特長であるエレクトロニクス装備が容易となる。米海軍も、しだいに平甲板型をすててゆくようである。

▽強度構造

船殻は、ほぼ全溶接構造とし、米英の例もあって縦肋骨構造を採用した。はるさめ型から、すでに溶接性のよい高張力鋼が採用できたことは、うれしかった。また米駆逐艦にならって、水線付近に弾片防禦をほどこしたことは、耐久性増大のためであるが、日本の駆逐艦では及びもつかないことである。

長船首楼型では、強度甲板までの深さが大きいので、船殻の板厚が小さくてすみ、結局、有利である。上甲板の板厚は縦応力より、むしろ座屈で押えられるので、高張力鋼利用の必要性が低下する。縦強度上の問題としては、溶接構造船における許容応力を、いかに付与するかという点で、未解決のまま、リベット艦と同じ標準にしている。

船殻重量は、溶接の全面使用によって約一五パーセントうき、これをもって耐久力増強にあてたり、舷側弾片防禦を行なったりしているので、船殻重量配分は、あまり増してはいない。もっとも速力の低下で船の長さが短くできるから、それでも船殻重量はういてくる。

▽速力低下

警備艦は旧駆逐艦にくらべると重厚な風格をそなえ、あきづき型の艦内は、巡洋艦のような錯覚すらおこすのも、もとをただせば速力の低いことが根源であろう。速力は駆逐艦の生命であるとして、速力の発揮に若い生命をうちこんだ私が、年齢とともに速力にたいする熱情を失ったなどと、読者諸君よ思うなかれ。

陽炎型駆逐艦の高性能を支えた七つの要点

無条約下にうまれた強力艦艇の対空、魚雷、電波兵装や機関の秘密

「丸」編集部

▽建造計画

陽炎型駆逐艦は昭和十二年度海軍補充計画(㊂計画)で十五隻、ひきつづき昭和十四年度計画(㊃計画)で四隻の合計十九隻が建造された。㊂計画では、はじめ十八隻の建造が計画されており、第十七号艦〜第三十四号艦の仮称艦名があたえられたが、第三十二号艦〜第三十四号艦は起工されず、十五隻が建造された。

ところで、この第十七号型駆逐艦にたいする軍令部の要求性能は、つぎのようなものであった。

①速力三十六ノット以上。②航続力十八ノットで五千浬(かいり)。③兵装はおおむね特型ていど。④船型は視認性と取扱いの見地から特型を限度とする。

陽炎型の前級である朝潮型は友鶴事件や第四艦隊事件による技術的な教訓をとりいれて建造され、船体強度、復原性能とも良好であった。しかし最高速力三十五ノット、航続力十八

ノットで四千浬では速力、航続力とも不足で、用兵者側からは、この二点の増大が強くもとめられていた。

海軍艦政本部で研究した結果、速力を三十五ノットとすれば、軍令部の要求性能を満足させる駆逐艦の建造が可能であることがわかり、最終的に次のような要目で建造が決定した。

基準排水量二〇〇〇トン。公試排水量二五〇〇トン。水線長×最大幅×深さ一一六・二メートル×一〇・八メートル×六・四六メートル。機関出力五万二千馬力。最高速力三十五ノット。航続力十八ノットで五千浬。兵装一二・七センチ連装砲三基、六一センチ四連装発射管二基、二五ミリ連装機銃二基。

陽炎型の建造は、昭和十二年八月三十日に不知火(しらぬい)が浦賀船渠会社で起工されたのにはじまり、ひきつづき十四隻が起工された。そして昭和十六年六月までに㊂計画の十五隻が竣工、㊃計画の四隻も昭和十六年九月までに竣工して、陽炎型全十九隻は開戦の日を迎えた。

建造所は舞鶴工廠が陽炎以下五隻をはじめ、浦賀船渠会社が不知火以下六隻、藤永田造船所が夏潮以下五隻、佐世保工廠が殊勲艦の雪風と磯風、神戸川崎造船所が初風であった。

▽船体設計

陽炎級の計画にあたっては、とくに航続力の増大が要求された。そのため、六二二トンにおよぶ重油を搭載することになり、船体各部には多数の重油タンク区画が設けられた。

重油タンクは満載時と空荷のときでは、船体の復原性能に重大な影響をおよぼす。すなわち空荷のときでは船が軽くなり、重心が高くなって復原性能が低下する。さらに船体にかか

船台から進水する陽炎型６番艦・夏潮。復原性能確保のため、吃水が深い

る強度上の変化も、無視できないものがあった。そのうえ、兵装も装備数は特型駆逐艦と同数であったが、諸兵装ともいちじるしい技術進歩をとげ、いずれも大型、重量大となって、重心の上昇をもたらす原因となっていた。

そのため、充分な復原性能を確保するため、上部構造物の軽量化のほか、船体形状にも特別の配置をくわえる必要があった。また推進抵抗減少の目的からも水中部分の形状は、できるだけスムーズであることが必要である。

これらの諸条件を考慮して、新しい船体線図の設計がおこなわれた結果、復原性能確保のため、船体の長さを短くして、吃水を深くし、肥瘠係数のいくぶん大きめの形状が採用された。水線長と幅の比は、特型駆逐艦では一一・二であったのに対して、本級は一〇・七四で、それだけズングリした船体である。

さらに推進抵抗減少のため、艦尾の外の部

分を平たくし、舷側外板と艦底外板の接合部に、ナックルをつけた船尾形状が採用されている。

この新型艦尾は、朝潮級でも採用されている。当初、朝潮級の艦尾は、設計上では丸型であったが、旋回時に舵が空気吸引現象をおこして、舵の効用をいちじるしく減殺することがわかった。そのため当時、陽炎級用として設計されていたナックル型艦尾を改良して、好結果を得たものである。

ナックル型艦尾は舵の空気吸引を押さえ、旋回圏を小さくしたばかりか、最大戦速で七パーセントの抵抗減少をもたらし、最高速力で〇・五ノットの速力増大を得た。また巡航時の十八ノット付近でも、従来の艦型より三パーセントの抵抗減少を得て、航続力も増大した。

▽主兵装

陽炎型の主砲は特型、朝潮型とおなじく一二・七センチ連装砲三基を、前部一基、後部に背負式に二基配置した。同砲は五〇口径三年式一二・七センチ連装砲と呼称されており、初速九一〇メートル/秒、最大射程一万八四〇〇メートル、一門あたり発射速度毎分十発で、砲架は友鶴事件にともなう重心低減対策のため仰角はB型砲架の七十五度より縮小されて最大仰角五十五度、俯角七度とされ、いちおう対空射撃も可能な両用砲であった。

だが純然たる両用砲ではなく、対空射撃も可能な平射砲と呼ぶのが適切である。俯仰角速度六度/秒、旋回速度四度/秒で、装塡にあたっては砲を適当な角度に固定し、人力により装塡杖で砲弾や装薬を装塡する方式をとっていた。弾丸重量二三・五キロ、装薬七・七六キロで、搭載弾丸数は一砲当たり三〇〇発、合計九〇〇発であった。

射撃指揮装置は、九四式方位盤照準装置三型改一と九四式距離苗頭盤が一基ずつ搭載された。対空機銃は、九六式二五ミリ連装機銃がはじめて搭載され、第二煙突前方両舷の機銃座に各一基搭載された。

しかし第二次大戦中に、激烈な敵の航空攻撃に対処するため、機銃の増備工事が実施されているが、実施時期、要領は各艦により異なるが、まず昭和十八年春ごろ、艦橋前部に機銃座が新設され、二五ミリ連装機銃が搭載されるとともに、第二煙突前方機銃座の連装は三連装に換装された。

昭和十八年末から十九年初めにかけて、さらに徹底した機銃増備工事が実施されたが、二番一二・七センチ連装砲塔が撤去され、かわって二五ミリ三連装機銃二基が、中心線上に装備された。これにより陽炎級の二五ミリ機銃装備数は三連装四基、連装一基となったが、昭和十九年六月のマリアナ沖海戦後、二五ミリ単装機銃十数基が増備された。

装備位置はあまり明確ではないが、雪風の場合、艦橋部甲板両舷に各二基、第二煙突両舷の上甲板両舷各一基、旧二番砲塔付近の上甲板両舷各二基、艦尾上甲板二基の合計十四基が、防弾板とともに装備されていた。
▽魚雷兵装
駆逐艦の魚雷兵装は、諸兵装のなかでも艦隊決戦用としてもっとも重要視された装備で、陽炎型では六一センチ四連装魚雷発射管を第一煙突と第二煙突のあいだに一基（一番発射管）、

第二煙突のすぐ後ろに一基（二番発射管）の合計二基を搭載していた。この配置は朝潮型とおなじであるが、一番発射管の装備にあたっては、復原性能を向上させるために重心を低くする目的から、装備位置をできるだけ低めることが要望された。

一番発射管の下には、第一罐室と第二罐室があって、罐室の給気用通風路が両煙突の付近に配置されており、通風路の配置変更の必要があったが、機関計画との完全な協力によって成功し、一番発射管の装備位置をさげることができた。

発射管は九二式四連装水上発射管二型であるが、この発射管は白露型以降の全駆逐艦にひろく装備されたもので、重量一万八三六〇キロ、旋回動力には空気回転機を使用し、三六〇度旋回を二十五・二秒でおこなうことができる。

搭載魚雷は日本海軍のほこる機密兵器である九三式六一センチ魚雷で、搭載数は十六本であるが、うち八本は魚雷発射管に装備され、八本は次発装填装置つきの予備魚雷格納筐に収納されている。次発装填装置は、予備魚雷を魚雷発射管に装填するもので、ワイヤロープを使用して装填具で魚雷を発射管にまきこむ機構となっており、魚雷装填までの所要時間は三十二秒である。

前部発射管の予備魚雷格納筐は朝潮型では第二煙突の両舷にあったが、つづく陽炎型からは第一煙突の両舷にそれぞれ二本ずつ搭載され、後部発射管用の予備魚雷格納筐は、発射管のやや後方の左舷側に四本分が搭載されることになった。

前後部予備魚雷を分離して搭載し、しかも前部予備魚雷を両舷に二分して搭載したこの配置は、被弾による予備魚雷の誘爆の危険を分散させるもので、防禦上きわめて有利な配置である。

魚雷の発射指揮装置は、九一式発射方位盤、九二式発射指揮盤がそれぞれ二基、九三式二型発射指揮盤一基が装備されている。

▽電波兵装

艦載用電探としては、昭和十七年に対空見張用として二号一型（通称二一号電探）、および対水上見張用として二号二型（同二二号電探）の試作器が完成し、伊勢、日向に搭載されて実用試験がおこなわれた。

この結果、二一号は性能良好で、ただちに量産に入った。だが、二二号は作動不安定で取扱いもむずかしく、制式兵器としては問題があった。が、対水上見張用としては、いちおう有効と判定された。これが小型艦艇の対潜見張用として、駆逐艦以下の艦艇に取り付けられることになった。

陽炎型駆逐艦には、昭和十八年夏ごろより電探が装備された。アンテナは前檣上に搭載されたが、これには三脚檣を補強し、中央に搭載甲架台を新設し、ラッパ型の二二号電探が装備された。

二二号電探は使用波長十センチのセンチ波電探で、最大有効距離は戦艦三十五キロ、駆逐艦などの小型艦では十七キロの性能を有した。艦橋部には電探室が新設され、送受信器も装備された。当初は安定性がわるく、取扱いや調整もむずかしく、艦隊の評価もあまり高くな

理中の不知火。中央に４連装二番発射管、右が二番用の次発装塡予備魚雷格納筐

昭和17年７月、キスカ増援作戦中に被雷、前部(左方)切断曳航により帰投入渠修

かったが、徐々に改良がすすんで、昭和十九年にいたって、ようやく安定した兵器となった。後期の搭載艦では、前檣を電探搭載用に大型の三脚檣に改装しており、三脚檣下、艦橋後部に張出しを設けて、電探室を新設している。

昭和十八年末には対空見張用の一三号電探が開発され、各艦艇に逐次装備された。この一三号は小型軽量のすぐれた電探で、使用波長二メートル、最大有効距離は編隊で一〇〇キロ以上、単機で五キロの性能を有していた。陽炎型では後檣に取付架台が設けられて、一三号電探が装備された。

電探とともに広く搭載されたのが逆探で、海軍では電波探知機と称した。昭和十八年夏ごろより陽炎型にも、E27型電波探知機が取り付けられた。アンテナはラケット型で、艦橋部の前面と側面に装備された。三〇〇キロまでの敵の発信するレーダー波長を受信することができたという。

▽主機関

陽炎級の計画にあたり、軍令部がとくに強く要望したのは、三十六ノットの速力発揮と、十八ノットで五千浬の航続力の実現であった。海軍艦政本部でこの要求をみたすべく基本設計をすすめた結果、公試排水量二七五〇トン、出力六万馬力、全長一二〇メートルをこえる大型艦となることがわかった。速力の増大は大容量の機関を必要とし、大容量機関は機関重量が大となり、また航続力増大のための燃料搭載量の増加は必然的に艦の大型化をまねいた。

しかし当時、駆逐艦用に設計されていた主機械は、朝潮級に搭載された五万馬力のタービンが最大級であり、六万馬力のタービンはあらたに設計せねばならず、造機部門の設計能力から艦の起工は大幅におくれることが予想された。

このため軍令部は、航続力は絶対に必要としながらも、最高速力は三十五ノットでもやむをえずとした。この結果、主機械の出力は五万二千馬力でまにあうこととなり、朝潮級に搭載された五万馬力タービンに若干の改良をくわえたものが搭載されることになった。

主機械は艦本式タービン二基で、合計出力五万二千馬力、タービンは高圧、中圧、低圧および巡航タービンの四段で構成されており、巡航タービンには本艦で初めて二段減速装塡が採用された。主罐は空気予熱器付きロ号艦本式重油専焼罐三罐が搭載されたが、蒸気は圧力三十キロ／平方センチ、温度三五〇度で朝潮級の二十二キロ／平方センチ、三〇〇度と比較してさらに高温高圧罐である。

主機関配置は朝潮級と同様で、艦中央部に三区画の罐室を設け、各罐室に一罐ずつ主罐を搭載しており、第一罐室と第二罐室の排煙は二本の煙道により第一煙突に誘導され、第三罐室の排煙は第二煙突に誘導される。第三罐室の後方に主機械区画があり、蒸気タービン二基が並列配置されている。

燃料搭載量は、造機部門の設計では十八ノットで五千浬の航続力を発揮するため六二二トンと算出され、これに必要な重油タンクが設けられたが、公試運転の結果これは計算ちがいで、六二二トンの燃料をもってすれば実際には十八ノットで六千浬以上の航続力を有することとなった。

▽試作高温高圧罐

無条約時代となって、各国海軍とも新型戦艦の建造に着手したが、これら新型艦の速力は二十七ノットから三十ノットと、条約前の戦艦にくらべていちじるしく高速化してきた。日本海軍が仮想敵国とみなしていた米海軍の新型戦艦はノースカロライナ級二十七ノット、サウスダコタ級三十ノットと高速であった。これにたいして、日本海軍の駆逐艦の最高速力は三十五ノットどまりで、用兵者側より速力不足が強く叫ばれていた。軍令部では、これらの新型戦艦に対抗するため、四十ノット級の高速駆逐艦の建造を計画し、昭和十四年度海軍軍備充実計画で試作艦一隻をつくることとした。

この新型駆逐艦は四十ノットの速力をうるため、軸馬力七万五千を必要とした。三罐のボイラーで所要の馬力を発揮するには、一罐あたりの発生力量は二万五千馬力で、蒸気効率のたかい高温高圧罐としなければならない。このため、蒸気圧力一平方センチあたり四十キロ、蒸気温度四〇〇度Cの高温高圧罐が設計された。そして高速試作艦への搭載にさきだち、陽炎型の一隻に試験的に搭載されることになり、同型九番艦の天津風がえらばれた。

天津風に搭載された試作高温高圧罐は、空気予熱器付きロ号艦本式ボイラーで、蒸気圧力一平方センチあたり四十キロ、蒸気温度四〇〇度Cと高速試作艦用のものと同温同圧であるが、機関出力は陽炎型とおなじ五万二千馬力とされた。

高温高圧蒸気の採用は、タービンの効力化と機関のコンパクト化ができ、燃料消費量の低減をもたらす。天津風の場合、全速時における一時間一馬力あたりの燃料消費量は三〇五グラムで、陽炎型の三四五グラムにくらべて、一〇パーセントの改善となっている。しかし、巡航時の燃料消費量はあまりかわらず、さすがの高温高圧罐も、航続力の増大にはあまり寄与しなかった。

天津風に試験的に搭載された高温高圧罐は、天津風での実用試験の結果をふまえ、高速試作艦の島風に搭載された。かくて島風は日本海軍の軍艦のなかで最高速力の四十・四ノットを記録したのである。

駆逐隊別「陽炎型駆逐艦」全作戦行動ダイアリィ

第四、第十五、第十六、第十七、第十八駆逐隊 太平洋奮迅録

戦史研究家 落合康夫

第四駆逐隊（嵐・萩風・野分・舞風）

◆昭和16年

3月31日 萩風竣工、嵐と四駆逐隊を編成

4月28日 野分竣工、編入す

7月1日 野分を除く

8月1日 第二艦隊第四水雷戦隊に編入される

10月31日 野分、舞風を編入す

12月4日 台湾西方に位置する澎湖島の馬公出港、南方部隊本隊としてカムラン湾方面にて全作戦支援

12月10日 リンガエン湾、ラモン湾上陸作戦支援

◆昭和17年

1月3日 マレー半島東岸（タイ南部）シンゴラ、サイゴン方面上陸陸軍船団護衛

2月23日 セレベス島ケンダリー南方スターリング湾発、ジャワ南方機動作戦に参加

3月26日 萩風、舞風、スターリング湾

発、機動部隊警戒隊として、セイロン作戦に参加
4月2日　野分、嵐、シンガポール出港、ベンガル湾機動戦に参加
5月27日　柱島出港、機動部隊警戒艦としてミッドウェー海戦に参加、機動部隊が被害をうけたのちアリューシャン作戦を支援
7月12日　柱島入港、整備に従事
7月14日　第三艦隊第十戦隊に編入され、機動部隊警戒隊となる
7月30日　嵐、萩風、佐伯出港
8月16日　嵐、萩風、陸軍一木支隊をガ島へ輸送。野分、舞風、機動部隊とともに呉出港
8月19日　萩風、ガ島砲撃後、ガ島付近にて敵機の攻撃をうけ損傷
8月24日　野分、舞風、第二次ソロモン海戦に参加
9月1日　嵐、ラバウル出港、ラビ攻略作戦に参加
9月29日　野分、トラック出港、ガ島輸送に従事
10月8日　萩風、横須賀入港、浦賀船渠で修理
10月22日　野分、嵐、舞風、機動部隊とともにトラック出港
10月26日　南太平洋海戦に参加
10月30日　トラック入港
11月2日　トラック出港、翔鶴を護衛
11月23日　野分、嵐、呉出港、ガ島輸送に従事
12月1日　舞風、呉出港
12月7日　野分、ガ島付近にて敵機の攻撃をうけ大破、舞風に曳航されてラバウル入港

出、ガ島輸送で大破。比島沖海戦では生存者を救助して退避中、砲撃により沈没

公試運転中の野分。竣工後、第４駆逐隊に編入され、昭和17年12月ラバウルへ進

12月18日　野分、トラック入港、応急修理

◆昭和18年

1月5日　舞風、ラバウル出港、ラエ輸送作戦

1月14日　舞風、ブーゲンビル南方沖ショートランド基地を出港、ガ島輸送作戦に従事

1月15日　嵐、ガ島沖にて敵機の攻撃をうけ損傷

1月31日　嵐、トラック出港、ガ島撤退作戦支援

2月1日　舞風、ショートランド出港、ガ島撤退作戦に参加

2月4日　舞風、ショートランド南方で敵機の攻撃をうけ損傷

2月20日　嵐、横須賀入港、修理

2月24日　野分、横須賀入港、修理

2月28日　萩風、修理完成、横須賀出港、トラック〜ラバウル方面で護衛に従事

3月17日　舞風、横須賀入港、修理

4月1日　嵐、修理完成、内海西部にて翔鶴訓練警戒艦

4月29日　萩風、ラバウル出港、ソロモン諸島中部コロンバンガラ輸送作戦に従事

7月9日　萩風、呉出港、トラックまで陸軍部隊輸送

7月11日　嵐、呉出港、21日ラバウル入港

7月23日　舞風、横須賀出港、トラック方面にて護衛に従事

7月25日　萩風、ラバウル出港、サンタイサベル島レカタ輸送作戦に従事

7月31日　嵐、萩風、ラバウル出港、コロンバンガラ輸送作戦に従事

8月6日　嵐、萩風、ラバウル出港、ベ

竣工引渡式の後に浦賀を出港する浜風(陽炎型13番艦)。第17駆逐隊に編入された

ララベラ島東方ベラ湾海戦において駆逐艦の雷撃をうけ沈没
9月15日　山雲、四駆逐隊に編入される
10月10日　舞風、上海出港、ラバウルまで陸軍部隊輸送に従事
10月15日　嵐、萩風、除籍される
11月25日　舞風、トラック出港、マーシャル方面作戦輸送に従事
12月11日　舞風、トラック出港、第三戦隊護衛

◆昭和19年

1月3日　舞風、佐世保出港、マヌス島（アドミラルティ諸島）のロレンゴウ輸送作戦に従事
2月17日　舞風、トラックにて敵機の攻撃と艦艇の砲撃により沈没。野分、トラックにて空襲をうけたが被害なし
3月12日　野分、横須賀出港、内地～サイパン間の護衛に従事
3月31日　舞風、除籍される。満潮を編入
6月13日　野分、ボルネオ北東端沖タウイタウイを出港、マリアナ沖海戦に参加
7月10日　朝雲を編入
7月30日　横須賀出港、父島へ船団護衛
8月15日　横須賀出港、リンガ泊地へ進出訓練
10月18日　ブルネイ出港、比島沖海戦に参加
10月25日　サマール沖海戦で筑摩の救援におもむき乗員を救助後、水上艦艇の攻撃をうけて野分沈没、山雲、満潮、朝雲も沈没
11月15日　連合艦隊付属に編入される

◆昭和20年

1月10日　第四駆逐隊解隊、野分除籍

第十五駆逐隊
（黒潮・親潮・早潮・夏潮・陽炎）

◆昭和15年
8月31日　親潮、早潮、夏潮をもって編成
11月15日　第二艦隊第二水雷戦隊に編入される
11月15日　黒潮を編入す

◆昭和16年
12月6日　パラオ出港ミンダナオ島ダバオ空襲作戦
12月17日　パラオ出港、ダバオ、ホロ（ボルネオ北東方ミンダナオ南西方）攻略作戦に参加

◆昭和17年
1月9日　ダバオ出港、メナド攻略作戦に参加
1月21日　スマトラ東南岸バンカ泊地発、セレベス島南東岸ケンダリー攻略作戦に参加
1月30日　ケンダリー出港、セレベス島東方セラム島南方のアンボン攻略作戦に参加
2月4日　アンボン出港、同日ケンダリー入港
2月6日　ケンダリー出港、セレベス島南西岸マカッサル攻略作戦に参加
2月6日　夏潮、マカッサル沖にて米潜S27の雷撃をうける
2月8日　黒潮、夏潮の救難作業に従事
2月9日　夏潮、黒潮に曳航されたが、浸水によりマカッサル沖（南緯五度五三分、東経一一九度二二分）にて沈没
2月10日　黒潮、マカッサル入港
2月16日　アンボン出港、クーパン攻略

作戦に参加
2月26日　チモール島北西クーパン出港、ジャワ南方機動作戦に参加
3月15日　スターリング湾発、加賀を護衛
3月23日　呉入港
4月17日　呉出港、比島カガヤン攻略作戦に参加
5月10日　黒潮、親潮、マニラ出港、翔鶴を護衛
5月17日　呉入港
5月21日　呉出港
5月28日　サイパン出港、ミッドウェー作戦で第十一航空戦隊直衛
6月20日　柱島着
7月16日　呉出港、ペナン沖で対潜警戒に従事
7月20日　陽炎を編入す

8月21日　トラック出港、ガ島輸送に従事
9月22日　ブーゲンビル島南方沖のショートランド泊地にて敵機の攻撃をうけ小破
10月26日　南太平洋海戦に参加（陽炎欠）
10月30日　トラック入港
11月12日　ショートランド出港
11月14日　第三次ソロモン海戦に参加
11月17日　親潮、ラバウル出港、東部ニューギニア東岸ブナ輸送作戦に従事
11月23日　早潮、ラバウル出港、東部ニューギニア東岸ラエ輸送作戦に従事
11月24日　早潮、ラエ東方にて敵機の攻撃をうけ沈没
11月30日　黒潮、親潮、陽炎、ルンガ沖夜戦に参加
12月12日　親潮、ラバウル出港、ソロモン諸島中部ニュージョージア島ムンダ輸送

作戦に参加
12月15日　陽炎、ムンダ基地に陸兵および基地物件輸送

◆昭和18年

1月17日　親潮、トラック入港、修理
1月28日　黒潮、ショートランド出港、ガ島西北方ルッセル島攻略に参加
1月31日　陽炎、ガ島撤収作戦支援に参加
2月1日　黒潮、ショートランド出港、ガ島撤退作戦に参加
2月4日　黒潮、ソロモン諸島中部コロンバンガラ東方にて敵機の攻撃をうけ小破
2月9日　親潮、呉入港、修理
2月21日　陽炎、黒潮、呉入港、ただちに修理
3月22日　陽炎、呉出港
4月4日　黒潮、親潮、横須賀を出港して大鷹、沖鷹を護衛
4月10日　トラック入港
4月28日　黒潮、親潮、陽炎、ラバウル出港、ムンダ輸送作戦に従事
5月8日　コロンバンガラで触雷して黒潮は沈没、親潮と陽炎は航行不能となったのち、敵機の攻撃によりついに沈没した
6月20日　第十五駆逐隊を解隊するとともに、三隻除籍

第十六駆逐隊

（初風・雪風・天津風・時津風）

◆昭和15年

1月27日　雪風、黒潮をもって編成
1月27日　第二艦隊第二水雷戦隊に編入される
2月15日　初風竣工、十六駆逐隊に編入
11月15日　時津風を十六駆逐隊に編入

12月15日　天津風竣工、十六駆逐隊に編入

◆昭和16年

12月6日　パラオ出港、レガスピー攻略作戦に参加

12月16日　初風、天津風、パラオ出港、ミンダナオ島ダバオ攻略作戦に参加

12月19日　雪風、時津風、ルソン南東岸レガスピー出港、ルソン中部東方ラモン湾上陸作戦に参加

◆昭和17年

1月9日　ダバオ出港、メナド攻略作戦に参加

1月21日　スマトラ東南岸バンカ泊地発、セレベス島南東岸ケンダリー攻略作戦に参加

1月28日　バンカ泊地発、アンボン攻略作戦に参加

2月17日　アンボン出港、クーパン攻略作戦に参加

2月25日　マカッサル出港、スラバヤ沖海戦に参加

3月29日　雪風、時津風、セレベス東方セラム島南方アンボンを出港、西部ニューギニア攻略作戦に参加

3月30日　初風、天津風、ジャワ島バンタム湾発、ジャワ西端南方のクリスマス島攻略作戦に参加

4月30日　雪風、呉入港、修理

5月2日　初風、天津風、時津風、呉入港、修理

5月22日　呉出港

5月28日　サイパン出港、ミッドウェー作戦に参加

6月13日　トラック入港

6月21日　横須賀入港

7月11日　雪風、時津風、横須賀を出港して南海丸を護衛。30日、ラバウル入港
7月14日　第三艦隊第十戦隊に編入される
8月5日　雪風、時津風、トラック出港、最上を護衛して12日に呉入港
8月16日　初風、時津風、天津風、呉出港
8月24日　第二次ソロモン海戦に参加（雪風欠）
9月4日　雪風、横須賀出港、ソロモン方面作戦支援
9月5日　トラック出港（三隻）
10月4日　時津風、トラック出港、大鷹を護衛
10月10日　トラック出港（四隻）
10月26日　南太平洋海戦に参加す（四隻）
11月9日　初風、時津風、呉入港、修理
11月9日　雪風、天津風、トラック出港
11月14日　雪風、天津風、第三次ソロモン海戦に参加、天津風損傷をうける
12月1日　天津風、呉入港、修理
12月10日　雪風、呉入港、修理
12月31日　初風、時津風、横須賀出港、トラックへ瑞鶴を護衛

◆昭和18年

1月7日　初風、時津風、トラック出港、ガ島輸送作戦に従事
1月10日　初風、ガ島沖にて被雷大破、トラックにて修理
1月18日　雪風、呉出港
1月31日　雪風、時津風、ガ島撤収作戦に従事
2月4日　天津風、修理完成、呉を出港して、トラックへ鈴谷を護衛
2月18日　時津風、ラバウル出港、ニュ

ーブリテン島中部南岸スルミ輸送作戦に従事
2月28日　雪風、時津風、ラバウル出港、ラエ輸送作戦に従事
3月3日　時津風、ニューギニア東部フインシュハーフェン南方クレチン岬沖にて敵機の攻撃をうけ沈没
3月7日　雪風、ラバウル出港、ソロモン諸島中部コロンバンガラ輸送作戦に従事
4月1日　時津風、十六駆逐隊よりのぞかれる。除籍
4月6日　天津風、パラオ出港、ニューギニア中部北岸のハンサ、ウエワク輸送に従事
4月14日　初風、呉入港、修理
5月8日　雪風、呉入港、修理
6月30日　雪風、トラック出港、コロンバンガラ輸送作戦に従事
7月12日　雪風、コロンバンガラ島沖海戦に参加
7月20日　初風、修理完成
7月29日　雪風、トラック入港、整備うける
8月17日　初風、呉出港、23日、トラック入港
8月20日　天津風、トラック入港、船団護衛
9月2日　雪風、呉入港
10月8日　雪風、呉出港、シンガポールへ空母護衛
10月30日　初風、トラック出港
11月2日　初風、ブーゲンビル島沖海戦にて妙高と衝突、のち敵艦の集中砲火をうけ沈没
11月15日　雪風、呉出港、トラックへ艦船護衛

◆昭和19年

1月15日　初風、十六駆逐隊よりのぞかれる（除籍）

1月11日　門戸出港、シンガポールへ船団護衛

1月16日　天津風、南シナ海にて敵潜の雷撃をうけ大破

1月30日　天津風、サイゴン入港、修理（11月まで）

2月15日　雪風、呉出港、サイパンへ空母護衛

3月31日　十六駆逐隊解隊、雪風は十七駆逐隊に編入

第十七駆逐隊

（浦風・磯風・谷風・浜風・雪風）

◆昭和15年

12月15日　磯風、浦風をもって編成

◆昭和16年

2月25日　第二遣支艦隊付属に編入される

5月1日　第一航空艦隊第一航空戦隊に編入される。谷風を編入す

6月30日　浜風を編入す

7月18日　第一艦隊第一水雷戦隊に編入される

11月26日　単冠湾出港、ハワイ海戦に参加

12月17日　浦風、谷風は帰途、飛龍の警戒艦となり中部太平洋ウェーク攻略作戦支援

◆昭和17年

1月8日　呉出港、ビスマルク諸島攻略作戦支援

2月15日　パラオ出港、豪州ポートダーウィン機動作戦に参加

2月25日　セレベス南東岸ケンダリー南方のスターリング湾発、ジャワ南方機動作戦に参加
3月26日　スターリング湾発、セイロン作戦に参加
4月10日　第一航空艦隊第十戦隊に編入される
4月22日　内地へ帰投、修理
5月27日　呉出港、ミッドウェー作戦に参加
6月6日　谷風、ミッドウェー作戦にて損傷
6月13日　呉入港、磯風、谷風修理
6月15日　浦風、呉出港、瑞鶴の警戒艦として北方キスカ方面で作戦
7月4日　第三艦隊第十戦隊に編入される
7月13日　柱島入港
8月8日　呉出港、ガ島輸送作戦に従事
8月16日　浦風、浜風、トラック出港、陸軍一木支隊をガ島へ輸送
8月24日　浦風、浜風、ラバウル出港、ニューギニア東端ラビ攻略作戦に参加
9月16日　浦風、ブーゲンビル島南端沖のショートランド泊地出港、ガ島輸送に三回従事
9月21日　磯風、ラバウル出港、ニューギニア東端北方グッドイナフ島所在の佐五特を収容
9月24日　浦風、ガ島沖にて敵機の攻撃をうけ至近弾により損傷
10月11日　トラック出港
10月26日　南太平洋海戦に参加
11月7日　佐世保入港、修理
11月26日　浦風、呉出港、阿賀野を護衛
12月4日　浦風、ラバウル出港、ガ島輸

送作戦
12月4日　谷風、ラバウル出港、ラエ輸送作戦
12月16日　磯風、トラック出港、中部ニューギニア北岸ウエワク輸送作戦に従事
12月25日　浜風、トラック出港、ラバウルへ陸軍部隊輸送

◆昭和18年

1月5日　磯風、浜風、ラバウル出港、東部ニューギニアのラエ輸送作戦に従事
2月1日　ショートランド出港、ガ島撤退作戦に従事
2月7日　磯風、浜風、ガ島西方において敵機の攻撃をうけ損傷
2月11日　浦風、谷風、ラバウル出港、トラック方面にて船団護衛に従事
3月29日　呉入港、修理
4月6日　谷風、パラオ出港、中部ニューギニア北岸ハンサ輸送作戦に従事
4月26日　谷風、トラック入港、トラック〜内地間護衛に従事
4月26日　浦風、パラオ出港、ウエワク、ハンサ輸送作戦に従事
6月16日　浜風、横須賀出港、トラックを経由してギルバート諸島西方、赤道直下のナウル輸送に従事
7月5日　浜風、谷風、ショートランド出港、コロンバンガラ東方クラ湾夜戦に参加
7月9日　磯風、呉出港、ブインへ陸兵輸送
7月13日　浜風、コロンバンガラ島沖夜戦に参加
7月19日　谷風、トラック出港、隼鷹を護衛
8月1日　浦風、呉入港、修理、30日ま

で
8月17日　磯風、浜風、ベラベラ海戦に参加、浜風損傷をうける
9月7日　浦風、横須賀出港、トラック方面にて護衛に従事
9月21日　呉入港、修理
10月6日　磯風、ベラベラ島沖夜戦に参加
11月1日　浦風、トラック出港、ブーゲンビル島へ輸送作戦
11月3日　浜風、呉出港、トラック方面にて護衛に従事
11月4日　磯風、カビエン港外にて触雷損傷
11月18日　磯風、呉入港、修理、12月末まで
12月7日　浦風、呉入港、修理、24日まで
12月20日　谷風、横須賀出港、ニューアイルランド島北端カビエンへ陸軍部隊輸送
12月25日　浦風、呉出港、トラック方面にて護衛に従事

◆昭和19年

1月6日　磯風、横須賀出港、マーシャル諸島西部ブラウンへの輸送に従事
1月10日　谷風、トラック出港、パラオ方面にて護衛に従事
2月10日　トラック出港、21日　リンガ泊地着
3月16日　リンガ泊地発、パラオ、サイパン方面船団護衛に従事
3月31日　雪風を十六駆逐隊より編入し、五艦編成とす
4月21日　雪風、呉出港、リンガ泊地へ大和を護衛
5月15日　磯風、リンガ泊地よりボルネ

オ北東端沖タウイタウイに進出、訓練に従事

5月19日　浦風、タウイタウイに入港、訓練

5月28日　谷風、タウイタウイに入港、訓練

6月9日　谷風、タウイタウイ港外で対潜警戒中、米潜ハーダーの雷撃をうけ沈没

6月15日　タウイタウイ出港

6月19日　マリアナ沖海戦に参加

7月8日　磯風、浜風、呉出港、陸軍部隊を沖縄へ輸送したのち、リンガ泊地へ進出

7月14日　浦風、門司出港、陸軍部隊を輸送しリンガ泊地に進出

8月10日　谷風を第十七駆逐隊より除く（除籍）

9月12日　磯風、浦風、二戦隊護衛のため内地間往復、帰途は雪風同航

10月18日　スマトラ東岸沖のリンガ泊地発、比島沖海戦に参加、浜風は途中、武蔵の乗員救助のためサマール沖海戦には不参加

10月30日　磯風、ブルネイ出港、レイテ島オルモック輸送作戦支援

11月15日　第二艦隊第二水雷戦隊に編入される

11月16日　ブルネイ出港、一路内地に向かう

11月21日　浦風、台湾海峡で米潜シーライオンの雷撃をうけ沈没

11月25日　磯風、浜風、雪風、呉入港

11月25日　呉出港、長門護衛。27日、横須賀入港

11月28日　横須賀出港、信濃護衛。29日、信濃が被雷して沈没したため人員救助

12月29日　磯風、浜風、門司出港、台湾の高雄へ船団護衛、この途中、浜風、商船と触接

◆昭和20年

1月8日　浜風、台湾西方の澎湖島馬公(まこう)で入渠修理

1月10日　浦風、十七駆逐隊より除かれる（除籍）

1月17日　磯風、門司入港。浦風は25日入港

4月6日　徳山出港、大和と沖縄特攻に参加

4月7日　浜風、敵機の攻撃をうけ沈没。磯風、敵機の攻撃をうけ航行不能となり、雪風の砲撃により処分

4月20日　連合艦隊第三十一戦隊に編入される

4月20日　初霜を第十七駆逐隊に編入

5月15日　雪風、舞鶴へ回航、同方面の警備に従事

5月25日　磯風、第十七駆逐隊より除かれる（除籍）

6月10日　浜風、十七駆逐隊より除かれる（除籍）

7月30日　雪風、宮津湾にて敵機の攻撃をうけ損傷

8月15日　終戦とともに第十七駆逐隊は解隊となる

なお、陽炎型駆逐艦は十八隻建造とされていたが、従来、夕雲型とされていた秋雲（昭和19年4月11日、ミンダナオ島西端ザンボアンガ付近で米潜の雷撃をうけ沈没）がじつは陽炎型の最終艦であったことが明らかにされ、今日では陽炎型は十九隻とされているが、そのうち終戦まで残ったのは雪風ただ一隻であった

第十八駆逐隊（陽炎・不知火）

◆昭和14年
6月28日　霞、霰をもって編成
11月6日　陽炎竣工、十八駆逐隊に編入
11月15日　第二艦隊第二水雷戦隊に編入される
12月20日　不知火竣工、十八駆逐隊に編入

◆昭和16年
11月26日　機動部隊警戒隊として単冠湾出港
12月8日　ハワイ作戦に参加
12月23日　柱島入港、整備

◆昭和17年
1月8日　柱島出港
1月14日　トラック入港
1月17日　トラック出港、ビスマルク諸島攻略作戦
1月29日　トラック入港
2月7日　陽炎、横須賀入港、訓練
2月10日　不知火、パラオ入港
2月15日　不知火、パラオ出港、豪州ポートダーウィン攻撃に参加
2月25日　不知火、セレベス島南東岸ケンダリー南方のスターリング湾発、ジャワ南方機動作戦
3月11日　帰投
3月17日　陽炎、横須賀出港
3月24日　陽炎、スターリング湾着
3月26日　スターリング湾発、セイロン作戦に参加
4月23日　呉入港、入渠整備
5月19日　横須賀出港
5月24日　サイパン入港　5月28日　サイパン出港

6月5日　ミッドウェー作戦に攻略部隊として参加、第七戦隊直衛。空母部隊壊滅後、第七戦隊とともにミッドウェー島砲撃にむかうが中止、反転。その後、三隈と衝突して中破した最上の救難にむかい護衛する
6月14日　トラック入港
6月23日　呉入港
6月28日　不知火、横須賀出港。千代田、あるぜんちな丸を護衛してアリューシャン列島キスカにむかう
7月4日　不知火、キスカ島入港
7月5日　不知火、キスカにて敵潜の雷撃をうく。修理
7月9日　陽炎、横須賀出港。菊川丸を護衛してキスカ島にむかう
7月19日　陽炎、キスカ島入港
7月20日　陽炎、駆逐隊よりのぞかれ、十五駆逐隊に入られる（以後の行動は十五駆逐隊の項参照）
8月2日　不知火、艦橋と一番煙突のあいだ切断
8月5日　救難作業終了
8月15日　電に曳航されてキスカ島出港
8月21日　片岡湾発、神津丸曳航
8月30日　小樽出港
9月3日　舞鶴入港、修理
9月15日　第十八駆逐隊解隊
（不知火は昭和18年11月1日まで舞鶴にて修理後、11月15日、九駆逐隊に編入され、19年1月5日、佐伯を出港してウエワク輸送に従事。3月22日、呉入港。入渠して探信儀装備工事。3月28日、出渠）

◆昭和19年

3月31日　不知火、薄雲、霞をもって十八駆逐隊を再編成し、第五艦隊第一水雷戦

隊に編入される
4月2日　呉出港　4月4日　大湊入港
4月6日　大湊出港、千島方面行動、船団護衛
6月12日　小樽出港、樺太東岸方面の対潜警戒
6月21日　横須賀入港、機銃搭載
6月28日　横須賀出港、千島方面にて船団護衛
7月31日　大湊出港、帝洋丸を護衛
8月2日　横須賀入港　8月11日　横須賀出港、木曾、多摩とともに父島輸送
8月14日　呉入港
10月15日　呉出港、比島沖海戦で志摩艦隊に属してスリガオ海峡に突入、ぶじミンドロ島南西方パラワン島北東方のコロン湾に帰投
10月27日　空母機の攻撃をうけた鬼怒の救難にむかったが、パナイ島北方にて空母機の攻撃をうけ沈没
11月15日　十八駆逐隊解隊
12月10日　不知火、除籍

隠密ハワイ航路「陽炎」艦橋で見た機動部隊強し

真珠湾、インド洋、ミッドウェーを疾駆した陽炎の奮戦と不知火の損傷

当時十八駆逐隊軍医長・海軍軍医大尉　林　靖

一年半の揚子江中流における警戒隊勤務をおえて、第十八駆逐隊（十八駆）軍医長として呉に帰着したのは、戦雲急を告げる昭和十六年九月であった。乗艦に指定された駆逐艦陽炎（かげろう）を見たのは、このときが初めてである。灰青色の艦色が黒潮にはえて、新しい巡洋艦型の艦首から百十余メートルの艦尾まで美しいラインが流れている。

三基の砲塔と、おそるべき威力をもつ無航跡の九三式魚雷の四連装発射管二基が、釣合いよく配列されているほかは、上部構造物が極度に簡素化されて、俊敏な戦力を秘めたスリムな姿は、力に満ちていた。

しかも軽快、合理性のゆきつく究極の調和美をあらわしている。現代科学の結晶で、その頼もしさと美しさに胸をうたれた。

日本海軍の最精鋭部隊である第二水雷戦隊の一隊として、豊後水道、周防灘、日向灘で猛烈な編隊訓練、魚雷攻撃をくりかえした。

このようなとき、軍医長ははなはだ手持ち無沙汰、早くいえば暇である。

艦橋の屋根の上にはいのぼって、審判官のように四方の動きをながめているが、まことに絶景。ことに夜間、魚雷が頭部に緑色の電灯をつけて走りきて、艦底をとおりぬけて走り去る光景はスリル満点、百万ドルの価値がある。

魚雷の収容もおわり、士官室で艦長を中心に、テッポウ（砲術長、伊藤義雄大尉）、スイライ（水雷長、山口浩大尉）、コウカイ（航海長、市来俊男中尉）その他、通信士や機関長付などの雑談の輪の中にいると、任官三年半、新前の私も新しい知識を吸収して、ネイビーの気風になじんでくるのだった。

海軍に入って砲術学校、軍医学校、軽巡、水雷艇の鵲（かささぎ）、砲艦伏見（ふしみ）と小型艦をあちこちまわされたが、それ以上の重巡や空母、戦艦などには乗り組んだことがないので、そのあたりの艦の気風は聞くばかり。私のネイビー風はもっぱら駆逐艦風である。

駆逐艦では士官室もガンルームも艦長室もいっしょで、おやじと兄弟の一家のようだった。艦長の横井稔中佐は、あけっぴろげの明朗な人であった。明敏な頭をもち、操艦その他の戦技の腕も抜群で、乗組員の敬愛するところである。

十一月中旬、呉軍港に入港すると、各科長に艦長から、塵紙（ちりがみ）一枚でも陸揚げして艦を軽くするようにと命ぜられた。さてはいよいよ——と察したが、言われるとおり戦時救急医療品のほかはすべて陸揚げした。士官室にあった松の盆栽も、絵もなくなっていた。

燃料を満タンにして、魚雷、弾薬も満載で柱島泊地にむかった。私はその前に、みかんと

ドウェー作戦を戦った不知火。戦艦金剛から蛇管により洋上給油中の光景

抹茶をどっさり買いこんで積みこんでいた。一年後、佐世保海軍航空隊の軍医長になったころには、航空機搭乗員用のビタミン剤ができていたが、このときはまだ見かけず、ビタミンCの補給用にするつもりである。

柱島につくと、空母赤城に「准士官以上集合」の信号があがり、在泊の各艦から内火艇が

陽炎とともに第18駆逐隊に所属しハワイ、インド洋、ミッ

水すましのように集まってきた。飛行甲板に整列して待つうち、南雲忠一中将がみなの前に立ち、

「日米開戦となるやも知れない。わが機動部隊はハワイ真珠湾の敵艦隊を攻略撃滅する」と宣言された。つづいて、参謀長から「被弾損傷した艦は救出できないと思われるから、置き去りにして帰るので、その覚悟をしておけ」とのことである。

駆うさん、お供はツライね

陽炎に帰艦するや、ただちに錨をあげて夕闇の豊後水道をぬけていった。機動部隊の編制、任務、航路などについて、艦長が説明された。十八駆、十七駆と単艦「秋雲（あきぐも）」（従来は夕雲型とされていたが、現在では陽炎型の十九番艦であったことが明らかにされている）は警戒隊で、航空母艦や戦艦群の前方および側方に展開することとなった。

集合泊地である千島列島択捉島（えとろふ）の単冠（ひとかっぷ）湾に入港してみると、全機動部隊が息をひそめて、白雪におおわれた山にかこまれる湾内に点在していた。

観艦式で大艦隊群は見たが、あれはパレードであり、お祭りである。しかし、いまここに北太平洋の雪の海に展開している各艦は、最大限の戦闘力をもち、満を持して出番を待っているのである。乾坤一擲（けんこんいってき）の壮挙を前に、ピンとはりつめた闘魂と決意が、お互いにかよいあうようだ。空母六隻をはじめ、重巡利根、筑摩など新鋭艦で編制され、文字どおり日本海軍の精鋭部隊である。

戦慄が背すじを走ったのは、北海の風の冷たさのためだけではない。

十一月二十六日朝、艦隊は厳重な警戒隊列で出港した。一路、予定の攻撃発進地点に向かおうとしているのである。空母、戦艦には北太平洋の荒波がくだけ、すべるように走っている。しかし、われわれ駆逐艦は、この北洋の荒海の大波にあうと、水泳の平泳ぎよろしく、艦首は波の下をくぐり、艦橋の上は海水の洪水となる。

食器をならべて食事するなどまったく思いもよらず、天井から吊したザルのなかの握り飯を、足をふんばり、片手で柱をにぎってパクつくのであるが、油断をすると士官室の外の通路まで走り出ることがある。

前方に船影があれば、突っ走って見てこい。側方に潜望鏡らしきもの、行ってたしかめろ。給油船が霧の海で迷子になった、探してこい——と、駆逐艦は前後左右を番犬のように走りまわる。

アリューシャン沖を航行していると、揚子江で水雷艇の鵲にいるとき、ほがらかで大胆な中川実艇長に教えてもらった「奴さん」を思い出した。

〽エー、駆うさんどちら行き、アコリャコリャ、旦那(だんな)お迎えにさっても寒いのに供揃い、雪のネ降る夜も風の夜も、サテ、お供は辛いね。いつも駆うさんは高ばしょり、アリャセ……

曇天、霧、鉛色の海を、空母や戦艦が走る。もう一週間にもなるだろう。加賀の甲板はやや後ろ下がりで、ズングリおっとりして、さすが百万石の殿様だ。赤城は尻上がりで、さしあたり国定忠治の一本刀。飛龍と蒼龍は細身なため、重巡のように見える。翔鶴、瑞鶴こそ、ほんものの空母である。一直線の甲板、余裕のある走り方、艦型がひきしまって完成した美しさを感じる。

十二月二日「ニイタカヤマノボレ」を受電した。遂にきた。かねてから予想し、覚悟していた命令である。みなは一瞬、息をのんで、艦内にピリッとした緊張の波が走った。

ぐっと唇をひきしめて気息をととのえる者、ながいモヤモヤが吹っきれて思わず万歳をさけぶ者、よかったよかったとはしゃぐ者など、さまざまの思いが胸中を駆けめぐっているようである。私も数年来の日本の忍従と、鉄環をしめつけるようなＡＢＣＤ包囲陣に対する鬱屈したかたまりが一気に爆発して、すっきりした爽快感を味わった。

あとは平常通りである。無電が封鎖され、艦隊は口をつぐみ枚(ばい)をふくんで前進をつづける。しかし、耳はすましている。駆逐艦乗組でよかったのは、全海軍の機密電報を傍受できたことである。大艦では、とても見聞できない機密であった。

開戦前後にニセの機動部隊が発する替玉交信や、真珠湾における米軍艦の在泊数や出入港が毎日、ハワイのラジオが知らせてくることなどを、士官室で艦長から聞かされ、この作戦にかける海軍の熱意、周到な用意と防諜を、くまなく知ることができた。

ハワイの北方二〇〇浬にまで南下した十二月八日の夜明け前、空母は飛行機発進の隊形に散開し、わが陽炎は赤城のトンボ吊り（不時着水機の救難）となって、一千メートルほど後方について走っていた。闇のなかに赤城の甲板にならぶ飛行機のエンジンの回転音がひびき、青白い排気ガスが点滅している。

発進！　エンジンを全開にした轟音が、搭乗員の決意と闘魂の高まりを、ひしひしと伝えてくる。一機また一機と、上空を旋回しながら編隊を組む。両翼をバンクして海上のわれわれに別れを告げると、南の空に消えてゆく。ようやく、上空は明るみかけてきた。

われわれは総員が帽を振り手を振って、俺たちの分まで頼むぞと搭乗員の健闘と武運を祈った。この日このときの感激、印象は、おそらく終生忘れ得ぬものであろう。しだいに星影もまばらとなり、ハワイの空は、かぎろいの虹が色を濃くしていく。

第二次発進がおわってからは、ハワイのラジオに聞き入った。日曜日の朝の祈りが流れている。やがて、第一次攻撃隊の全軍突撃が入ってきた。ラジオはしばらくして突然、「これは演習ではない。実戦である。消防員、警官は部署につけ」と繰りかえし日英数ヵ国語で叫びだした。

攻撃隊からは続々と無電が入る。戦果はすばらしいものであった。

全員の無事帰艦を祈って空をあおぐうち、勇者はつぎつぎと帰投してくる。出撃時より機数がへり、損傷のため着艦できず、海上に着水する機もいたが、われわれはすぐに乗員を救いあげた。

この空襲の威力は、日本人が感嘆する以上に、米国に衝撃をあたえた。米海軍では戦略の転換と、日本からはその後もぬけなかった大艦巨砲主義の放棄を断行させたのであった。

帰途三日目に横井艦長が昏倒された。脳溢血である。ただちに看護兵や従兵の手を借りて、治療につくした。ようやく意識が回復して、呉入港とともに海軍病院に送院することができた。海軍では、直属上官の健康診断や管理は、軍医長でなく、鎮守府軍医長の任になっていた。そのため、前もって艦長の病気に気づかなかった自分の未熟不明を恥じるばかりである。

呉に帰って新聞の大見出しを読み、内地の人々の賞賛の言葉を聞くたびに、なにか実戦と乖離したものを感じ、心が晴れなかった。

慄然とした占領作戦計画書

あらたに有本輝美智中佐が艦長として着任された。冷徹沈着、学者の風があって、毛並みのちがった水雷屋である。

昭和十七年一月上旬、ビスマルク諸島攻略作戦に参加。三月下旬には、インド洋作戦のため呉を出港した。緒戦のハワイ攻略のときのような緊張感はなく、海も南方はおだやかで、平時の航海のようであった。

セイロン島のツリンコマリに入港していた英海軍の小空母と巡洋艦を撃沈して帰途につく。いまや西太平洋、インド洋の制空・制海権は、日本海軍が完全に手に入れたという誇りと感慨が、総員の胸をふくらませた。

インド洋から太平洋に出て、フィリピンの東を黒潮にのって、ゆったりと機動部隊サマのご帰還である。

突如、速力があがった。各艦とも白波をけたてている。なにごとかと士官室におりて、電報箱をあけて見ると、敵大型爆撃機が東京を空襲中であり、機動部隊はただちに来襲せる敵空母を捕捉撃滅せよ——との命令である。

私は思わず失笑した。本土空襲に大本営がいかにたまげたかは想像できぬでもないが、フィリピンの近海にいる機動部隊が、東京の二、三〇〇浬東方の敵空母を追ってみても、とても追いつける距離ではない。一時間ばかりで取消しになったが、無駄な油をつかったものである。

五月に入ると、十八駆は機動部隊をはずされて第二水雷戦隊に入り、横須賀に移動した。ここでわれわれはミッドウェーという言葉を、しばしば聞くようになった。敵の太平洋艦隊をミッドウェーまでおびき出して、一挙に叩き潰してしまおうという考えらしかった。

十八駆は五月中旬、トラック島にむけて横須賀を出港した。そして、ミッドウェー占領作戦の計画書を見た。一見して私は、慄然として慨嘆したのである。

例のごとく一航艦（五航戦欠）は島の西北二〇〇浬からミッドウェー島を爆撃して、航空兵力、地上防禦施設を無力化したのち、占領隊が上陸するという。機動部隊と攻略部隊が主戦部隊で、主力部隊は数百浬の後方を続航する。

この作戦では、敵情の偵察はまったく無にひとしく、わが方の作戦意図や日時は、敵方につつぬけとなっていた。まさに敵の仕掛けたギロチンに、首を突っこみにいくようなものである。

トラックに入港した陽炎は、占領隊の護衛隊となる。大型輸送船十三隻をまもって、二水戦司令官のひきいる三個駆逐隊は一路ミッドウェーに直航した。

予定上陸日の前日の六月四日午後四時ごろ、敵の大型飛行艇が発見された。わが船団が敵に発見されたことは、もはや明らかである。果たせるかな二時間後に、大型爆撃機九機が来襲してきた。しかし、高々度からの水平爆撃であったため、わが方に被害はなかった。

十八駆の栄光が閉ざされた日

六月五日、いよいよ決戦の日を迎えた。予定によれば、早朝にミッドウェー島の航空爆撃がおわり、敵の航空機、地上の防御施設を破壊したうえで上陸作戦がおこなわれるはずで、陽炎と霰が島に近接して、後続の船団を誘導することになっていた。

例によって私は艦橋の屋根にすわり、ミッドウェー島はいつ見えてくるかと前方を注視したり、後方の輸送船団を眺めたりしながら、今日の戦闘では、どのようなかたちで負傷者を収容、治療することになるかを考えていた。

十一時ごろまで、ことは順調にすすんでいるかのように見えた。突如、電報をうけとった。赤城が大破炎上中だという。おどろく間もなく蒼龍と加賀の悲運も知らされた。

ハワイ、セイロン島など、この六ヵ月間、機動部隊の警戒隊として、目のあたり見ていた優秀なパイロットたちが、鉄の浮城ともいえる母艦を、どのような状況下で失ったのであろ

舞鶴工廠に入渠中の不知火。二三番砲塔や艦尾の爆雷投射施設が見える

うか。一片の電報だけでは、とても真実とは思えなかった。

輸送船団は、ただちに反転して帰路についた。われわれは二水戦司令官よりの集合信号にしたがい、旗艦神通（じんつう）につづいて、ミッドウェーにむけて高速で走りだした。七戦隊（鈴谷、熊野、最上、三隈）の重巡戦隊とともに、ミッドウェー島を夜襲砲撃するためである。水雷戦隊ほんらいの魚雷戦ではないが、駆逐艦隊は武者ぶるいしながら走った。ようやく日もおちて、二番艦の霞（かすみ）の航跡が、夜光虫で青白く光って尾をひいている。

そのとき、左前方の海面に炎が見え、大きな赤い船腹が見えてきた。赤城だった。この赤城の沈没寸前の姿を見て、冷酷な真実を信じないわけにはいかなかった。まわりには、救助の駆逐艦の影が見える。さらに敵に向かって、陽炎はひた走りに走る。しかし、やがて作戦は中止され、反転して西に向かったのである。

このとき同行の七戦隊は、思いがけぬ悲運にみまわれた。敵潜を発見し、一斉回頭で避けようとしたところ、四番艦の最上が回頭の角度をあやまって三番艦の三隈に衝突、艦首を大破してしまった。三隈も油槽をやぶられて油の尾をひいていたため、のちに敵機の攻撃によって撃沈された。陽炎は最上を追った。そして翌朝、水平線上にかろうじて生きのびた最上を救援すべく、陽炎は最上を追った。そして翌朝、水平線上にこれを発見した。

しかし、艦首をうしなった最上は、急流に戸板を押したてて遡るかのように白波の山をつくり、精いっぱい走っているが、十ノットにもおよばない速力だ。それでも、トラック島まで護衛して応急修理ののち、横須賀まで送りとどけたのである。

陽炎に休息はゆるされない。入港そうそう、つぎの任務が待っていた。アリューシャン列島のキスカ占領隊の陣地設営に必要な物資をはこぶ輸送船団の護衛である。

六月下旬に出港予定であったが、菊川丸の積荷がおくれたので、陽炎はこれの護衛のために残り、他の三隻が船団をまもって先発した。

菊川丸をともなって横須賀を出港したのは数日後であったが、到着予定の三日前に、十八駆の僚艦である霰が、キスカ湾口で潜水艦の雷撃で二つに折れて沈没、不知火と霞も同時に、艦橋下に魚雷をうけて大破したと無電が入った。

いままで数々の海戦に参加し、走りまわった無傷の十八駆が、一挙に三隻を失ったのである。なんともいいがたい思いが、胸中をかけめぐる。

霧のふかいアリューシャンの海を、艦長以下総員が厳重な警戒のもとに、無事、菊川丸をキスカ湾につれこんだが、そこで会ったのは、あの精悍な駆逐艦不知火（しらぬい）と霞ではなく、不知火（陽炎型二番艦）は一番煙突から前部を切りとられた無残な姿（一〇五頁写真参照）で、霰は一片のかけらもなくなっていた。

八方破れ「時津風」が演じたガダルの奇跡

ガ島撤収作戦に一役かった時津風に訪れたダンピール海峡の悲劇

当時「時津風」主計科員・海軍上等主計兵曹　芝田博之

昭和十七年二月二十七日、米英蘭豪の四ヵ国の連合艦を迎えうって繰りひろげられたスラバヤ沖海戦は、航空機をともなわない彼我両艦隊が、砲雷戦で応戦した最初の水上戦闘である。

この日、ジャワ上陸をめざす陸軍今村兵団の輸送船を護衛して、巡洋艦那智（なち）、羽黒、それに第二水雷戦隊旗艦神通（じんつう）と、その傘下であるわが乗艦の時津風（ときつかぜ）（陽炎型十番艦）をはじめとする駆逐隊が、その前方を索敵、哨戒しながら航進していた。

午後十二時三十分ごろと思うが、「敵艦見ゆ」の報告が入った。戦いは、第二水雷戦隊旗艦神通の初弾発砲によってはじまった。彼我の砲声は殷々（いんいん）と空にとどろき、落下する無数の砲弾が白い水柱を吹きあげた。

遠距離砲戦のあとは、いよいよ肉薄魚雷戦である。突撃信号旗をマストに高くかかげた神通を先頭に、第二水雷戦隊は最大戦速で弾雨の中をくぐりぬけて、猛然と敵艦隊の前面に立ちふさがるように肉薄した。

こうして、敵の煙幕帯を突破して、魚雷発射がおこなわれた。無航跡の九三式酸素魚雷が波しぶきをあげて、水面におどりこんだ。相前後して、味方各艦から一斉に砲弾と魚雷が、敵艦に集中した。白色の作業服に防毒マスクをつけた私たち戦闘員の顔は硝煙でドス黒く、また白服装も硝煙と海水のしぶきをうけて、すすけたように薄汚れてしまった。

時津風はじつによく戦った。大砲も魚雷も射った。その魚雷は、かならずや敵艦に命中したものと思う。そのときの零発射の自信のほどを、当時の水雷長で先任将校でもある川口源兵衛氏は、何度も何度も私に語ってきかせてくれた。「打ち方やめ」で発砲を中止した砲身にさわると、焼けるように熱く、塗料がはげ落ちていたという。

昼間の海戦がおわって、付近の海域を哨戒しながら北上しているとき、漂流している敵将兵の姿をたびたび見かけた。しかし、三十ノット以上の高速で航走しているので、あっという間に波間に消えていく。そのときの彼らの顔面には、なんとも表現しがたい悲哀がただよっていたのを、いまでも憶えている。

さて、夜が明けた。朝の太陽が輝き、スラバヤの海は、南海特有の静かな海面にもどっていた。その広い海面には、昨日も見た敵の将兵たちが、浮遊物にすがりながら、浮き沈みしている。一見、真夏の海水浴を思わせるが、実際、苛烈で悲壮な光景でもあった。

わが時津風も、海上から彼らをひろいあげ、負傷者には手厚い看護をしてやった。また、それぞれの階級に応じた待遇がとられた。これも、緒戦いらい戦況が有利に展開しつつあっ

陽炎型駆逐艦――水雷戦隊の中核として、また空母直衛や船団護衛に奔走した

て、まだこちらにも気分的な余裕があったためである。救出された将兵のなかには、海水で濡れた夫人や恋人の写真を烹炊所の外壁に張って乾かす者もいた。

真っ黒な顔に眼だけを光らせた異様な姿。しかし、彼らは命の助かった喜びを隠そうともしない。表情もすごく明るい。態度もほがらかであった。「生きて虜囚の辱しめを受くるなかれ」と「戦陣訓」で教えこまれている日本兵にとっては、まったく異様といってもいい、彼らの態度であった。

なお、討ちもらした敵艦は、この日、第三艦隊の足柄、摩耶などが捕捉して、巡洋艦一隻、駆逐艦二隻を撃沈したとの報を聞いた。

龍驤を直衛した南太平洋海戦

スラバヤ沖海戦後、ミッドウェー作戦をへて南太平洋海戦に参戦した時津風は、航空母艦龍驤（りゅうじょう）の直衛艦として作戦に参加した。たしか昼すぎごろだと記憶しているが、龍驤より零戦、艦攻、雷撃機が敵艦隊攻撃に飛び立ったあと、まもなく「敵艦見ゆ」の報が入って、全員が戦闘配置についた。

約三十分におよぶ砲撃のあと、洋上を見ると、龍驤は左舷を航走していたが、ふいに、みるみるうちに右舷に約四十五度かたむいて、停止してしまった。敵の急降下爆撃機にやられたらしかった。

それから、どのくらいたったかははっきりしないが、龍驤の零戦のみ十数機が帰投した。そして、上空を旋回中、急に一番機が補助燃料タンクを落として、胴体着水をはじめた。ただちに艦橋より、「救助艇員集合、救助せよ」の命令がくだって、川口艇長以下、八名が短艇で救助に向かった。

そのうち、一番機を見ならって上空を旋回中だった零戦が、つぎつぎに胴体着水をはじめた。これらの搭乗員を全員救助し、そのあと乗組員の救助が、薄暗くなるまでつづけられた。

おなじ海軍の兵隊といっても、泳げない者もおり、そんな連中は、「ボートを母艦に接艦してくれ」と大声で叫んでいる。しかし、なにぶん母艦は四十五度ほども傾いており、その上うねりが高いので、五十メートルぐらいまで接近するのがやっとであった。泳げる人たちは、かなりの人数を救助した。

そのうち薄暗くなったころ、突然、龍驤は艦尾の方から沈んでいった。沈むまで懐中電灯の明かりが、方々で照らされていたが、そのちらちらした光の点滅が、いまでも目に焼きついてはなれない。

四百機の敵襲をものともせず

南太平洋海戦後、ひさしぶりにトラック島に帰投した。これでしばらくは骨休めもできるだろうと思っていたところ、入港四日目に急遽、出港することになった。

ブーゲンビル島南方のショートランドに回航して、南東方面艦隊司令長官の指揮下に入ることになった。こうして連日連夜、ガ島周辺にたいする作戦に専念することになった。当時、この方面の戦況は激烈をきわめていた。以後、十回近く、ガ島通いを経験することになるが、昭和十八年の二月、いよいよ撤収作戦が開始された。ショートランドには、日本の最優秀駆逐艦が二十数隻あつめられ、じつに頼もしく壮観な眺めであった。

撤収作戦は、前後三回おこなわれた。つねに二十隻が二列縦陣で、横四千メートル、前後千メートル、三十ノットの高速で、約三百浬（かいり）のガ島めがけて一目散につっ走る。毎回、往きに二百機、帰りに二百機の爆撃をくらうが、これを物ともせず、しかもガ島の敵在泊艦船の有無にかかわらずに任務を強行するという、まったく命知らずの作戦であった。

にもかかわらず、敵が戦艦であれ、巡洋艦であれ、いっこうに恐れず、われわれ駆逐艦が二十数隻もおれば、これを撃沈して任務を全（まっと）うしてみせる、との凄まじい意気込みをもっていた。これには、味方の練度と酸素魚雷の威力に全幅の信頼をおいていたためだが、まったく恐れを知らぬ駆逐艦乗りたちであった。

それでも往きに二百機、帰りに二百機の急降下爆撃をうけると、いくら操艦に自信があるといっても、一隻や二隻がやられるのは当然であろう。しかしながら、それに屈することなく、つねに二十隻が正午前に行動をおこし、夜の十時ごろから十二時ごろの、まったくの暗夜を選んで、ガ島での撤収作業をおこない、翌日の昼前後にショートランドに帰投する、という作戦である。

敵機も勇敢で、上空三千メートルくらいまで降下して爆弾を落とし、海面すれすれに避退する。味方は三十ノットの高速で右に左にのたうちまわって、爆撃を回避する。たがいに百メートルくらいまで近づくので、搭乗員の顔や姿がよく見えた。味方の機銃が敵機に当たってはねかえる。ときどき、敵機は水面に飛び魚のごとく飛びこみ、あとは水しぶきを少しあげるだけである。

激戦三十分、味方は傷ついた艦を残し、何事もなかったように、もとの隊列をくんで、三十ノットでまっしぐらにガ島に向かう。じつに心強く、頼もしいかぎりである。海も空もすみきって、まことに美しい。ガ島ではカミンボ付近に、陸岸から二百～三百メートルの沖合いに二隻ずつ漂泊し、他の十八隻はあらかじめ定められた外側に、二重に警戒をして順次、陸兵を収容するのである。

収容に要する時間は、おおよそ二時間ぐらいと記憶している。帰途は、艦は陸兵を満載しているので、復原力がにぶくなっている。敵機来襲のときなども、大砲がやっと廻るくらいである。

引揚者のほとんどは、マラリアにかかっていたり、栄養失調や下痢になやまされていた。

正常な人はきわめて少なかった。みな〝ホネカワ筋右衛門〟以下の人であり、なかには風船を膨らませたように、ブクブク膨れあがった人もいた。

その人たちには、まったく頭のさがる思いがした。わずか半日の乗艦であっても、その間は、できるだけの歓待をして慰めてあげたいと思ったものである。

この瘦せ細った人たちが、真っ先に欲したものは、なんと味噌汁と沢庵であった。しかし、固形物は、艦隊軍医長からの示達で禁止されていた。あまりにもひどい体の衰弱を考慮したためである。それでも、郷愁といってもよいほどの強い要望があったので、ごく細く切った沢庵と味噌汁を出して喜んでもらった。

さて、最終回の最後の艦は、私の乗艦する時津風である。最後に陸地からはなれた大発（上陸用舟艇）が、まさに接舷せんとするとき、ひときわ元気のよい頑健なる船舶工兵の曹長が、勇ましく右手を垂直にあげて、「これで終わりです」と大声で報告した。

これは、きわめて印象的な光景として、いまでも私の脳裏に焼きついている。これは撤収作戦前にあらかじめ屈強な陸軍一個大隊と船舶工兵若干名を、ガ島に送りこんで、収容の事前工作をおこなっていたものである。

そのあと一、二分で作業が終わると、「大発を沈めます」と艦橋にいる司令、艦長にむかって、曹長の声が凛々（りり）しくひびいた。ただちに「大発沈め」の号令で艇栓をぬくと、艦側で大発が沈んでいった。

舷側では、まだ若干作業が残っているが、航進には支障がない。艦長が先任将校に「機械

停泊する陽炎型駆逐艦。海軍公表写真で艦橋には防弾鋼板が貼られている

をかけるぞ」と声をかけると、

「ちょっと待ってください」との返事だ。すでに最後の大発が陸岸をはなれてから、かれこれ十五分は経っている。

陸岸では火が燃えはじめている。たぶん、遺留物の処分に火をつけたのであろう。ブチブチという火の音のなかに、どうも人声がまじっているように聞こえてならない。これが最後だ。まだ人が残っているのではなかろうか。耳をすませて心で聞き入る。やはり人の呼び声にも聞こえるのだ。

再度、艦橋から「機械をかけるぞ」の声があって、「待ってください」というやりとりがある。すでに僚艦は作業終了の報告をすませ、われわれの三百メートルほど横を、白波をけたてて一目散に増速しながら、帰投していく。

三度目の「機械をかけるぞ」の声があって、ようやく艦は動きはじめた。ぶじ大任を果たしたあとの清々しい気持と、「アメちゃん、ざま見ろ」といった痛快感、それに戦局の重大さを思う気持が複雑に錯綜しながら、艦はサボ島沖を三十ノットの快速でつっ走っていた。

ビスマルク海の惨劇

昭和十八年三月一日、東部ニューギニアのラエに向かう陸軍の精鋭と陸戦隊および多量の弾薬、糧秣を満載した八隻の輸送船団を護衛して、わが時津風は僚艦雪風ほか六隻、計八隻とともにラバウルを出港した。

船団を真ん中にして、両側に駆逐艦がならび、ジグザグ運動をおこないながら対潜、対空警戒を厳にしつつの航行である。

船団は速力が遅いうえに、ときどき黒い煙をあげるので、われわれとしては気が気でない。やがて水平線上に敵機の触接をうけたが、その日は何事もなく、ぶじに暮れた。

暗黒のビスマルク海は、気味が悪いほど静かである。なにかものさびしい感じがするとともに、身がときめく思いがする。と、突然、側方上空にパッと閃光がひらめいて、海面はたちまち照明弾にさらされた。

一時はどうなることかと心痛したが、ことなく終わった。しかし、これで敵に察知されて、いよいよ、これからが大変である。決戦は明日だろうと思うと、その夜はよく眠れなかった。

明くる三月二日、きょうは必ず大空襲を受けるだろうと予期していたが、そのとおりに、敵の大編隊に蹂躙(じゅうりん)された。百雷のごとく激しい対空戦闘がくりひろげられた。なにがなんだかわからないうちに戦いは終わった。時津風はぶじであった。遠く近くに、被弾した輸送船が大火災を起こして燃えている。そして誘爆を起こしながら沈んでゆく。

「今日も終わった。命があった。明日までおあずけだ」誰かがつぶやいている。

三月三日は、晴れわたった朝を迎えた。

いまかいまかと待つことしばし、遂に敵の大編隊があらわれた。轟々と空を圧する大編隊である。キラリキラリと翼を輝かせながら、編隊をといて攻撃にうつってくる。味方艦は必死に応戦する。凄惨な地獄絵図が展開された。

時津風は、もはや輸送船にばかりかまってはいられなかった。増速するとともに、対空火器が敵機にむかって咆哮しはじめた。卓越した操艦ぶりで、いくたびか敵弾を回避しながらも、味方駆逐艦のあいつぐ悲報がつげられる。

やがて時津風も、ついに被弾してしまった。

舵機が故障して、航行不能におちいった。そして万策つきはてて、ついに涙をのんで総員退去が命ぜられた。われわれ生存者は、艤装いらいの僚艦である雪風にぶじに収容されたのである。薄暮が終わり、やがて暗黒の闇を迎えたころ、軍艦旗のはためきもない傷ついた時津風は、英霊を内蔵したままわびしく、ぼつねんとただ単艦で、海上の波にまかせたまま浮かんでいた。

敗残の艦とはいえ、これを敵手にゆだねるにしのびず、僚艦雪風の魚雷によって、ビスマルク海の海底深くに葬り去られたのである。

いまもなお、ときどき海上に孤影悄然と浮かぶ、悲しい時津風の姿を夢みることがある。思えば、潮騒のなかから英霊の呼び声が聞こえるのを感ずるのである。

天津風艦長三次ソロモン海戦の死闘

比叡霧島と共にガ島沖に突入、乱戦下、敵巡二隻を屠った艦長の手記

当時「天津風」艦長・海軍中佐　原　為一

原為一中佐

「敵襲、敵襲！」とさけぶ日本軍哨兵の頭上に、砲弾と爆弾が同時に炸裂した。

昭和十七年八月七日未明、いまだかつて夢想だにしなかった敵の大船団が、機動部隊の支援のもとに、突如としてわが軍の守備するツラギとガダルカナル島（ガ島）にたいし、怒濤のように押しよせた。主翼の星のマークもあざやかに米艦上機数十機が暁の空をおおい、まだ薄暗い静かな海上には、見なれぬ大小の艦艇百余隻が、朝霧の中におぼろに浮かびあがっていた。

これより先、わが海軍は米豪両大陸を遮断するための作戦基地として、ツラギ方面に飛行艇を配備して洋上哨戒にあたるとともに、ガ島には設営隊を派遣して、もっぱら飛行場の構築に全力をそそいでいた。八月五日ころには工事もほとんど完了していたが、ラバウル基地

航空隊の兵力不足のため、飛行機だけはまだ進出していなかった。（三二頁地図参照）

そのうえ八月五日、六日の両日は天候が悪く、ツラギ方面のわが飛行艇が、二日間もつづいて洋上哨戒ができなかった。この絶好のチャンスを敵がのがすはずはなく、米軍はこの時とばかりに大挙して来襲したのである。当時わが方の配備兵力はガ島に三千人、ツラギ方面に七百人、飛行艇五機、水上戦闘機五機のほか、山砲や機銃が数門配属されていたにすぎなかった。

このようにきわめて貧弱な装備しかもたないわが守備隊が、百倍以上の兵力の大軍、しかも山もくずれるほどの艦砲射撃や空爆をうけたのであるから、結果はきまりきったことだった。「ツラギおよびガダルカナル方面、敵大部隊の猛撃をうけつつあり、午前五時」「全軍突撃を決行す、午前六時」という悲痛きわまる電報二通を発信して、連絡は完全にとだえてしまった。

この急報に接した基地航空隊の指揮官は、ただちに反撃を令するとともに、自らテニアンからラバウルに進出し、また同方面にいた海上部隊の指揮官三川軍一中将も、ラバウルに在泊する艦隊にたいして、急きょ出動準備を発令した。

山本五十六連合艦隊司令長官はミッドウェー海戦後、瀬戸内海で訓練、修理中の夜戦部隊および機動部隊にたいし、ただちに出動準備を命ずるとともに、旗艦大和の出撃をいそいだ。

私は当時、駆逐艦天津風（あまつかぜ）の艦長として、近藤信竹中将の夜戦部隊に編入されていた。

ツラギ守備隊玉砕の報に、もっとも深刻なショックをうけたラバウル基地航空隊の中島正少佐は、ただちにニューギニア東端ラビ飛行場空襲の予定をかえて、みずから戦爆連合の四十五機を指揮してガダルカナル島沖の敵輸送船団に殴り込みをかけた。だが、ガ島に近づくにつれて、グラマン戦闘機や軽快な艦爆などの迎撃をうけ、戦果は思ったほどあがらず、わずかに敵輸送船二隻に火災を起こさせたていどにすぎなかった。

一方、「米軍ガダルカナル島に反攻」の急報に接し、急きょ戦備をととのえた三川中将指揮の第八艦隊は、その日の午後三時半、旗艦鳥海を先頭に、青葉、衣笠ら巡洋艦七隻、駆逐艦一隻の計八隻がラバウルを出撃、明くる八日の夜半、ガ島沖の米艦隊泊地に突入し必殺無音の魚雷網をあびせかけ、わずか三十分たらずのあいだに米豪の艦艇七隻を撃沈破するという偉勲をたてた。

しかし、この第一次ソロモン海戦において、今もおしまれるのは、すぐ近くの海面で荷役作業中であった数十隻の敵輸送船団には一弾をもくわえることなく戦場を引き揚げ、米上陸軍撃滅のチャンスをのがしたことであった。

大本営陸軍部では、米軍の反攻時機は早くても昭和十七年中期という説が支配的であって、駐ソ陸軍武官から入手した諜報なども「米軍の反攻は単に飛行場の破壊が目的で、まもなくガ島を引き揚げるであろう。ことに米軍は、日本陸軍を非常に恐れて士気はふるわない」と聞かされた陸軍は、おおいに気をよくしていた。そこでまず、第十七軍の先遣部隊として、一木清直大佐のひきいる歩兵一大隊を基幹とする兵力をガ島東岸のタイボ岬に上陸西進させ、もっとも得意とする夜襲をかけさせた。しかし、敵陣地の東端テナル河畔で激しい銃火をまじえた結果、逆にこちらがやられてしまった。

わが陸軍としては、この敗戦の理由をよく研究吟味して、米軍の真の戦力を見ぬき、一挙に一個師団以上の大兵力を注入すべきであった。だが、大本営も方面軍も、まだ怪我負けくらいにしか思わず、一木支隊にちょっと毛がはえた程度の川口旅団を第二陣にえらんだ。そして、この川口旅団の輸送に関連して、第二次ソロモン海戦が起こったのである。

夜空をこがす焼夷砲撃

敵のガ島反攻にたいするわが陸海空の第一次反撃は、思ったほどの成果をあげることができず、いたずらに時をすごしていた。

一方、敵はその間に、ブルドーザーなどのものすごい機械力を投入して飛行場をつくりあげ、八月二十一日には、もう小型機がどんどん発着しはじめたのである。そればかりではなかった。近海には戦艦をふくむ敵機動部隊が警戒待機しているので、川口旅団のガ島増援もじつに困難な状態となった。そのため、やむをえずわが連合艦隊主力の来着を待って、一挙に地上軍のガ島輸送と、敵機動部隊の捕捉撃滅を期することになったのである。

八月二十三日、南太平洋に大艦隊をすすめてきた山本連合艦隊長官は、八月二十四日、空母龍驤を基幹とする別動隊（重巡利根、駆逐艦天津風、時津風）をもってガ島飛行場を空襲させるとともに、敵機動部隊を牽制し、ふいに側方よりわが機動部隊の主力（空母翔鶴、瑞鶴）をして一挙に敵航空兵力を撃滅し、ガ島奪還のわが陸兵輸送を容易にしようと計画した。

ラバウル湾内の陽炎型駆逐艦。艦橋には防弾鋼板や防禦用ロープが見える

八月二十四日、わが龍驤隊はガ島の北西二五〇浬付近で、予定どおりガ島攻撃隊（納富健次郎大尉指揮の戦爆連合二十一機）を発進した。曇り時々晴れの天候で隠密偵察と奇襲には、おあつらえむきであった。はたして、約二時間後に「爆撃成功」の快報をうけた。しかし、その後の午後三時ごろ敵艦上機数十機がおそいかかり、空母龍驤は必死の防戦のうえついに被弾して沈没した。

一方、わが連合艦隊の主力部隊は、スチュワート島（ツラギの北東約一五〇浬）付近に敵空母二、戦艦二、巡洋艦三、駆逐艦十六隻よりなる機動部隊をとらえ、関衛少佐は戦爆連合の三十七機、高橋定大尉はおなじく三十六機をもってこれを攻撃、そうとうの戦果をおさめた。

さらにこの戦果を大きくするため、夜戦

によって敵に止めをさすことになり、近藤信竹中将のひきいる第二艦隊が、急きょ進撃にうつった。だが、彼我の距離があまりにも遠くはなれすぎていたため、二十五日午前零時、ついに追撃を断念せざるを得なかった。

肝心のわが輸送船団は、ガ島基地から発進した敵飛行機の空襲により旗艦神通（じんつう）が被爆、司令官は駆逐艦に移乗し、船団を北西方面に避退させた。それとともに南進中の川口旅団の上陸を断念して、ラバウルにひき返したのであった。

この海戦を公平にみれば、敵は大型空母一隻を大破し、われは小型空母一隻を失ったうえ、陸兵輸送に失敗した。四分六分でわが方の敗けであった。この海戦に参加した私は、一対一の空戦において、訓練がいかに大切であるかを深刻に教えこまれた。

一敗地にまみれた川口旅団についで登場した第三陣は、日露戦争の〝名門〟第二師団であった。

十月十三日夜、戦艦金剛と榛名がおそるべき威力をひそめた新兵器の三式焼夷弾一千発をガ島の飛行場にたたきこみ、敵飛行場を火の海と化した。敵陣はガソリンや爆弾の誘爆や、大火災が数時間もつづいて夜空をこがした。この機に乗じて、わが輸送船団はぶじにガ島に入泊し、夜間のうちに八割以上の荷役をおえることができた。しかし、翌十五日は早朝から敵の猛反撃がはじまり、輸送船二隻があいついで火災坐礁、他の三隻も洋上に避難し、そのままラバウルに引き揚げてしまった。

さらに、つぎの日の早朝には、敵駆逐艦と大型爆撃機がやってきて、貴重なわが揚陸物資の大半を焼きはらってしまった。焼け残った三割たらずの弾薬、軍需品しかもたない第二師団の総攻撃が、十月二十三日夜に決行された。ところが川口清健少将の右翼隊が、とんでもない方向へいってしまい、せっかく敵飛行場の外郭陣地に突入した那須弓雄少将の左翼隊に協力することができず、那須隊は払暁とともに大損害をうけて、ついに敗走したのである。

不落の要塞への殴り込み

第二師団の失敗は、いままで敵の意図が単に飛行場の破壊くらいに考えていた大本営陸軍部にとって、痛烈な衝撃であった。敵の上陸後、すでに三ヵ月がすぎていたが、陸海軍の首脳は改めて作戦の研究を根本からやりなおして、対策をねらざるを得なかった。

「いかなる犠牲をはらっても、ガ島を奪回する必要ありや」が中心の問題となって、ガ島の戦略的な価値が再検討されたのも笑いごとではなかった。

結局、米軍は戦力物資の大増産とともに、オーストラリア、ソロモン、ニューギニアを攻略目標として本格的な反攻に出る公算がもっとも大きく、ほかには適当な進出路がなかったからと見られた。したがって、米豪両大陸をむすぶ戦略拠点のガダルカナルは、決戦を賭しても敵が死守するであろうし、われはどのような犠牲をはらっても奪回しなければならない重要地点である、との結論に達したのである。まことに結構な意見であるが、時すでに遅かった。ガ島はもう、日露戦争時の旅順以上に難攻不落の大要塞と化していたのである。

この情況判断にもとづいて、いよいよ本格的に総攻撃を決意し、三十八師団、五十九師団あわせて兵力三万、砲三百門、軍需物資三万トンをガ島に増強することになった。そして、それまでの夜間奇襲をやめ、重火器を主用する正攻作戦にあらためたのである。しかし、この輸送には、駆逐艦ならば延べ八百隻、輸送船ならば延べ一五〇隻という膨大な輸送作戦が前提となるので、わが航空兵力、船舶問題などを考えても、延びきった当時のわが国内情勢から見て、非常にむずかしいことであった。

このため、いよいよ十一月十一日の月暗期を利用し、総攻撃の主力の三十八師団と重火器を輸送船十一隻に満載してガ島を増強するため、三川艦隊が船団を護衛して出撃した。また比叡と霧島などの高速戦艦隊は、かつて大成功をおさめた金剛隊にならい、十一月十二日の夜、ふたたび三式焼夷弾千発をガ島飛行場に射ち込むこととなった。しかし、敵の制空権下にあるガ島にたいし、十ノット以下という低速船団が、はたして三百浬（かいり）をぶじに航海できるだろうか。さらに二度もくり返す、焼夷弾作戦がはたして成功するであろうか。

ここに乾坤一擲の第三次ソロモン海戦が勃発するのであるが、当時、私は天津風艦長として、比叡とともにガ島に突入していったのであった。

阿部弘毅少将指揮の三万トン、三十ノットの高速戦艦比叡、霧島、軽巡長良および駆逐艦十四隻は十一月十二日朝、ガ島の北方三百浬の洋上で主隊とわかれ、半月型の警戒隊形をとりながら、インディスペンサブル海峡を横切り、ガ島の西北端に近いサボ島に向かった。その頃にはもうすっかり日が暮れて、ガ島の山々の稜線もはっきりとは見えないくらいであった。

間もなくスコールがやってきた。これを避けるため反転して様子を見るうちに、やがて雨はやんだ。そこでふたたび反転、混乱した警戒隊形のままガ島に突入した。速力二十ノット、それから間もなくの午後十時ころ、突然、ガ島飛行場の方面に、パッと小型の探照灯がついた。上空にむけて何気なく照射している。

「信号でもやるのかな」としばらく注意していたが、その気配もないので、こちらもあまり気にとめなかった。ガ島の海岸付近は非常に暗く、艦船そのほかの敵情はまったくわからない。

サボ島をすぎて間もない十時半ころ、わが艦隊が飛行場砲撃の予定航路に向かい、まさに変針しようとしたとき、先の敵の探照灯は突然に消え、間髪をいれず、ガ島からは一斉に真紅の鉄の火玉が比叡の艦橋に集中した。あの探照灯は、戦闘開始を命ずる敵の合図だったのだ。米軍は万全の準備をして待ち構えていたのである。

目前にそびえる黒い艦影

したがって、今回の攻撃は奇襲ではなく、まったくの強襲であった。数千発の機銃弾や砲弾は、たちまちわれわれ駆逐艦のまわりにひろがり、さらには全戦場を埋めてしまった。真っ赤な拳ほどの無気味な弾丸が、ヒューヒューと唸りをあげてわれわれの面前を飛びくるい、顔を動かすのも気持が悪いほどだった。

目がくらんで何も見えない。恥ずかしいことだが、無意識のうちに頭がさがっていた。まさに壮観凄烈、名状すべからざる光景であった。二、三十分もたったろうか、機銃弾はやや下火になったが、いまだに敵の姿は見えない。それに比叡は火災を起こし、艦橋は猛火につつまれており、その惨状が二千メートルも前方にいる天津風から手にとるように見えた。

憎むべき敵にたいし、魚雷攻撃をくわえてやりたいが、真っ黒な背景と弾丸の眩惑作用で、敵影は一隻も見えない。味方の艦影だけがところどころにボウッと浮かび、とても危険で思いきった攻撃ができない。ふと前方に巡洋艦の長良をみとめたので、そのあとにつづいた。待望の三式弾は、一発も発射されていない。

「比叡はともかく、霧島はどうしたのだろうか」と、もどかしい気持で後方を見渡したが、霧島らしい姿はどこにも見えない。

突然、右側の初風(はつかぜ)らしい駆逐艦が短時間の照射砲撃をしたかと思うと、たちまちわが艦隊は、ガ島方面から反撃してきた十数隻の敵艦隊と反航態勢で近接、たちまちのうちに、あたりは彼我入り乱れて死にものぐるいの血戦場となった。右翼の先端に進出していた駆逐艦夕立から「敵見ゆ」の第一電が飛んだ。艦長は満身これ胆のかたまりのような吉川潔中佐であった。

右後方にいた駆逐艦暁（艦長・高須賀修少佐。第六駆逐隊司令・山田勇助大佐坐乗）が、突如として敵陣に突入したように見えたが、たちまち敵の十字砲火をあびて、どす黒い火炎とともに、一瞬にして姿を消してしまった。「アッ、山田大佐がやられたか」と思った次の瞬間、パッと味方の艦が右前方を照射した。その探照灯の光芒を背景に、見なれぬ大型艦五、六隻が見える。どうやら巡洋艦らしい。
反航態勢、目測五千メートルだと直感した。水雷長の三好大尉が好機をのがすべからずと
思って「艦長、魚雷を射ちます」と叫ぶのと、私が「今だ」と思ったのとほとんど同時だっ
た。
「右魚雷戦反航、発射はじめ!」八本の酸素魚雷は、さっと海中に射ちこまれ、青いかすか
な尾を曳いて敵にむかって矢のように走った。

敵は味方の探照灯に眩惑されて、魚雷発射に気づかないらしく、回避運動もやらない様子
であった。はたして発射後約三分、右前方に一大火柱とともに、真っ赤に燃えあがる大型艦
をみとめた。見張りの岩月上曹がびっくりしたように、「アッ、魚雷が当たった」と叫んだ。

襲撃運動に夢中になっていた私は、僚艦を見失ってしまった。やがて島影に行きあたった
ので反転し、小さい灯をつけて漂流している比叡にむかった。

左前方のガ島沿岸付近の暗い海面には、ときどきピカッと照らす青い探照灯や、どす黒い
炎、真っ赤な機銃弾が、黒い煙幕のあいだからチラッ、チラッとみとめられた。村雨、
五月雨(さみだれ)、夕立などの精鋭が奮戦しているらしい。

ふと、私が艦橋左舷に顔をだすと、同航の大型艦がポカッと浮かびでた。距離はせいぜい
五、六百メートルである。背景が悪く、またあまりに距離が近すぎるため、かえってその艦
の全貌がわからない。一瞬、敵か味方か判定がつきかねた。どう考えても味方ではない。
「やはり敵だ!」そう直感した。喰うか喰われるか、もう一瞬の猶予もならない、せっぱつ

まった態勢であった。私は早口に、「左砲戦、左魚雷戦」と命じて、大いそぎで攻撃準備をととのえ、念のため敵味方をたしかめようと探照灯の照射を命じた。

「敵だ！　巡洋艦だ」松田兵曹長の叫び声が聞こえた。

「砲撃はじめ」私の号令とともに魚雷は発射され、六門の大砲は一斉に火ぶたを切った。敵にそなえがなかったか、わが探照灯に眩惑されたためか、何ら反撃してくる様子もなく、全弾が命中して炸裂するのがよく見える。

われ巡洋艦二隻を撃沈せり

「わが潜水母艦の迅鯨（じんげい）に似た艦だ」と思っているると突然、ドシンというものすごい轟音とともに、敵の艦体が大きくゆれ動き、急に左旋回をはじめた。魚雷が命中し、舵が故障したらしい。

天津風は士気が大いにあがり、なおもさかんに砲撃をつづけていると、いつの間にか、どこから射っているのか、天津風にどんどん弾丸が命中し、たちまちにして被害が続出、艦内の各所に火災がおこった。消音消炎火薬の砲撃にまったく気がつかなかったのだ。

「しまった。やりすぎた」と気づいて、私はただちに煙幕を展伸すると、照射砲撃の中止を命じた。しかし、もう手遅れで、舵がきかなくなっていた。速力二十ノット、艦は右へ右へと旋回をつづけて止まらない。バリ島の海戦で、親友吉川潔中佐の駆逐艦大潮が照射砲戦中、側方の敵から猛撃されて大破した貴重な戦訓を耳で聞いたことがあったが、まだ私の身につ

陽炎型駆逐艦の一番連装砲と艦橋と後檣——艦橋は鋼板で防禦されている

いていなかったのだ。

「舵故障、舵故障！」何回も悲鳴にちかい報告がくる。やむを得ず艦を停止し、ただちに人力操舵にかえるよう命じた。駆逐艦生活二十年、夜戦にはそうとうの自信をもっていた私も、今夜のような混戦にのぞんでは、つくづくわが身の未熟を痛感させられた。戦闘に関する号令命令、応急処置まで指揮し、緊張しすぎたためか、咽喉がかわいて声がでない。水筒を片手に、水を飲みつづけであった。

舵の故障は操舵員の処置がよかったのか、十数分で応急操舵ができるようになり、さいわい艦内火災も鎮火した。それでもなお、艦首を二、三十度も左右にふりながら、やっとサボ島近くまで避退してきた。

比叡はじめ味方はどこでどうなったのか、一隻も見えない。といって、報告されてきた電報を読むひまもなく、人に読ませて聞く余裕もなかった。

艦は満身創痍、大砲は黙り、魚雷も射てない。力とたのむ部下は先任将校をはじめとして四、五十人が戦死している。ただ、さいわいにも、藤沢機関長はじめ機関科員の敏活な応急処置により、なんとか二十ノットの速力をだすことができた。

しかし、比叡を援助する余力はない。右左によろめきながら、辛うじてインディスペンサブル海峡まで退いたとき、東の空がボウッと薄明るくなってきた。時刻はもう午前三時をすぎていたのだ。

ソロモン北方の洋上でふたたび友軍と会合したのは、午後三時ころであった。初風艦長の高橋亀四郎中佐に友軍の状況を手旗でたずねると、「比叡、夕立は航行不能。暁は連絡なし、沈没か。村雨、雷は損害軽微　貴艦天津風は、いままで沈没のリストに載っていた。生還おめでとう」との返信であった。

私はまた金剛坐乗の栗田健男中将にあてて、戦闘概報をおくった。「天津風の戦果、巡洋艦一隻轟沈、一隻大破（確実）。わが損害、戦死清水大尉以下四十三名、船体被害、直径一メートル以上の大破口三十余、小破口無数、通常航海は可能なれど、戦闘にたえず」と。

その後、わが天津風は単独でトラックに向かった。南太平洋の真ん中で、いならぶ僚艦、僚友から「ご奮闘、敬意を表す」「生還おめでとう」の祝辞に、私は涙ばかりこみあげて、答える言葉もなかった。

めでたいどころか、多数の部下を失った艦長の心は、まさに断腸の思いであった。艦内にはいたるところ、愛する部下の肉片や屍体が散乱していたのである。生き残った戦友が、これらのとうとい遺骸を湯水できよめ、白布でおおうて鉄錘をつけ、総員が整列して黙禱のうちに、「海行かば」のラッパを吹奏しつつ、青く清くすみきった南太平洋に水葬したのである。艦はなおしばらくその場に、円をかきながら踏みとどまって、永遠の別れを惜しんだ。

その後あきらかになったところでは、その夜の米艦隊は重巡以下十三隻の警戒部隊で、そのうち巡洋艦二、駆逐艦七が一挙に沈没、わが方もまた比叡、暁、夕立を失ったのであった。大本営は、十二日から十五日にわたる第三次ソロモン海戦の戦果を、軍艦マーチもにぎやかに発表したが、作戦目的である船団輸送は完全に失敗におわり、ガ島の戦局打開はおろか、食糧補給さえ思うにまかせぬ状況となった。

快速輸送「早潮」兵員物資の積み降ろし秘法

命がけのネズミ輸送〝東京急行〟に従事した揚陸指揮官の苦心惨憺

当時「早潮」分隊士・海軍少尉　岡本辰蔵

昭和十七年十月——いまガ島で戦っている日本軍にとって、もっとも必要としているものは一粒の米と、一発の小銃弾であり、これこそ不可欠の大切な戦力となっていた。そのため、どのようなことがあってもこれだけは送り込まねばならない、と考えていたのは私だけではなかっただろう。

当時、私の乗艦であった駆逐艦早潮（はやしお）（陽炎型四番艦）は、第二水雷戦隊第十五駆逐隊に所属し、昭和十七年九月、ガ島増援揚陸作戦部隊に編入された。それいらい単艦で、十月三日、六日、九日、十一月七日と四回の東京急行便をつとめて各回とも成功した。私はそのつど、揚陸時の短艇隊指揮を命ぜられたので、その体験をもとに、兵員や物資の輸送および積み降ろしの方法を述べてみたい。

まず、兵員の場合であるが、輸送した部隊は各回とも陸軍の歩兵であった。しかし、部隊名も出身地なども記憶がなく、各回の員数は約一四〇～一五〇名くらい（約一個中隊）であった。彼らが装備していた兵器は、小銃と軽機関銃だけで重火器はなかった。しかし、兵隊たちは弾薬糧食など、持てるものは体力の限度いっぱいまで身につけており、それはまるで雪ダルマのようにふくれていた。

それに彼らは、菊の紋章のついている小銃をどのような場合にも、絶対に手から放さなかった。この小銃が狭い短艇でも、また陸地にあがるときにも、どんなに彼らの体の動きを拘束したことかしれない。限られた時間で切迫した場合にあのような鈍感な動作は、日頃いかなる荒天でも、高速航行の場合でも狭い艦内で迅速、確実をモットーに立ちふるまっているわれわれ駆逐艦乗りには、見ていてまったくもどかしいかぎりであった。しかし、あとで聞いた話であるが、ある艦では小銃をあつめて束として積み降ろしをしていたと聞いて、感心したものであった。

基地において陸兵たちを艦に収容する場合は、私は甲板士官としてなにかと手伝いをする義務があった。しかしほかに分隊士、掌砲長としての大切な役務も持っていたので、場合によっては手伝うことができなかった。

まず、陸兵たちが乗り込んでくると、途中、戦闘が予想されるのでできるだけ危険の少ない居住区に入ってもらうが、南方だけに暑くて、狭い居住区よりも広い甲板に、三々五々と車座になっている兵員のほうが多く目についた。もちろん物資を積み込むスペースはあけてあるのだが、やがて物資を積んだその上によじのぼって、心地よい海風に吹かれているものたちも随分いた。

このように、私は搭載物件の置場所や兵員の居住区などを指示するていどであった。これは内地を出発していらい、長い船の旅をして明日には激烈な戦場におもむく彼らに、互いの運命はどうなるかわからないが、せめて輸送中の短い間なりともといった、いたわりの気持で接したことは事実であった。彼らもわずか十四時間あまりの艦上での航海を楽しんでいたようであった。

制限された物資搭載量

陸兵たちとともに輸送する物資は、若干の弾薬箱、糧食およびごくわずかの医薬品の梱包だけであった。それもあまり大きくない箱に入れて梱包されていた。

それというのも駆逐艦には短艇用のダビッドはあったが、デリックはなかったからである。ダビッドでは使用の範囲がかぎられていて、デリックのように作業能率が上がらなかったので、一般重量物の積み降ろしには適さなかった。また、ガ島のような戦場には積み降ろしの施設もないので、重量物の荷揚げは不可能だったからである。

また、駆逐艦に搭載されていた短艇は、内火艇二隻、全長六メートルあまりのカッター二隻、このほか部隊が携行していた折畳式の浮舟が二艘あるだけであった。これだけでは一回の積載量にかぎりがあり、よけいに積み込んでもいざ降ろすというときになって困るので、基地を出港する前に量まで制限されていたのであった。

これらの物資は、降ろすときの手間も考えて甲板に積み上げられている。夜間、しかも敵

ガ島にむけ航行する東京急行。揚陸作業効率化のためドラム缶輸送も行なわれた

の攻撃も予想されるので、船倉に入れていては降ろすのに時間がかかり、ややもすると駆逐隊全体の致命傷にもなりかねない。このさい、私たちは置場所を指示するが、一二・七センチ砲や魚雷発射管、その他の火砲の旋回範囲内および操艦に支障をきたす場所をさけて、甲板に露天積みするのである。

こうして駆逐艦に搭載された兵員たちと物資は、途中、敵の妨害にあいながらようやく目的地につく。と、手ぐすねひいて待機していた艇員たちが、急ぎそれぞれの受持短艇に乗りくみ、ついで六艘の艇が駆逐艦の両舷につけられるや、ただちに揚陸部隊の乗艇が開始される。

この作業は闇を利用して行なわれるので危険きわまりないものであり、また迅速も要求されるのであった。重装備の陸兵たちも慣れない動作でヨタヨタと短艇に乗りうつり、荷物もうつすと、三百メートルほど先に薄暗く見える陸岸にむかって航行を開始して、揚陸するのである。

決死のドラム缶輸送

ガ島への輸送作戦も回をかさねてくると、敵の執拗な妨害も熾烈になってきた。そこで、これまでの大発や短艇に積み換えて揚陸する方法は、時間がかかりすぎ、駆逐隊におよぼす危険も大きくなった。そこではじめられたのがドラム缶輸送である。

私はこのドラム缶輸送を行なったことはないが、後になって聞いた話では、いとも簡単なものであった。すなわち、駆逐艦の左右の甲板上に四、五十個ずつ数珠つなぎにして縛ったドラム缶四、五組を搭載して、目的地にむかう。そしてあらかじめ決められていた目的地に到着すると、走りながら一挙にそれらのドラム缶を海中に投げ込むのである。ドラム缶は、あらかじめ空気をいれて密閉してあるので、海面に浮くようになっていた。

そのあと駆逐艦は、ただちに反転し、つぎの輸送物資を受領のための基地に帰投するのである。すると陸上から駆逐艦のそばまできていた陸軍の大発が、ドラム缶を数珠つなぎにしてある索の端を引っぱって、陸岸に引きあげれば、つながっているドラム缶すべてがズルズルと芋蔓式に陸上に上がってくるという方法である。

これならば時間的に非常に短縮され、成功の確率は高かった。だが、一回の輸送で運べる量は、〝餓島〟で戦う日本軍にとって焼け石に水のようなものであった。

それでも陸軍のため、われわれはいかなる犠牲をはらっても、非能率的な東京急行を繰り返さなければならなかったのである。それは病める祖国のために、であった。

乗艦「舞風」「萩風」ネズミ輸送の悲惨を語れ

駆逐艦の損傷相次ぎ風雲急を告げるソロモン戦線五ヵ月の体験

当時　四駆逐隊付・海軍少尉候補生　戸田専一

私が第四駆逐隊付として乗艦したのは、昭和十八年一月より五月までのわずかの期間で、戦艦武蔵において内海西部で約三ヵ月の乗艦実習を終えたばかりの新米少尉候補生のときである。経験、知識ともに未熟なときであるが、時あたかも日米の海軍がソロモン諸島の攻防をめぐり、血みどろの激闘をつづけていたときであり、その印象はまことに強烈であった。

戸田専一大尉

一月現在、第四駆逐隊の動ける無傷の艦は舞風のみで、ほかの三艦はみなガダルカナル増援輸送作戦などで損傷をうけ、野分はトラックで、萩風と嵐は横須賀において、それぞれ修理中であった。いかにガダルカナル島（ガ島）をめぐる攻防がすさまじいかを物語っている。

内地よりトラックへは空母翔鶴で、トラックからは第十六駆逐隊の一艦に便乗して、ラバウルをへて最前線基地ショートランドにおいて四駆逐隊の司令駆逐艦である舞風（陽炎型十八番艦）に着任した。司令は有賀幸作大佐であり、のちに沖縄水上特攻で戦艦大和の艦長として艦と運命を共にされた方であり、名将である。艦長以下乗組員は歴戦のベテランである。（三六頁地図参照）

司令より、着任したばかりの三名の候補生（園田義喜、大河信義、私）は、ただ一隻の可動艦である舞風に乗艦を指定され、正規の通信士以外に園田は航海士、大河は機銃指揮官、私は見張士（兼水測指揮官）として分隊士勤務を命ぜられた。平時であれば遠洋航海についている期間を、激烈な戦闘に明け暮れる南の最前線における実戦のなかで教育をうけることとなった。

一月下旬、ショートランド基地には連合艦隊の可能なかぎりの全駆逐艦が集結され、ガ島撤収作戦の準備におおわらわであった。ブインやバラレ飛行場はショートランド基地の近くにあったため、毎日、昼ごろになると日課のように飛行場にたいして連合軍の爆撃機による空襲があり、いつ艦のほうに来襲するかもしれないので、航海直のまま漂泊し、日没近くなれば島陰に錨泊する状況であった。

二月一日午前九時、われわれはガ島撤収作戦のためショートランド泊地を出撃した。参加した駆逐艦の数は二十二隻で、帝国海軍が創設されていらい初めての撤退作戦であり、またそれまでの数十回におよぶガ島輸送作戦の二、三倍の兵力であって、米軍が『東京急行』と称したわが駆逐艦のみの高速編隊航行による今次大戦最大のものであった。

舞風。嵐、萩風、野分と第4駆逐隊を構成。19年2月トラック空襲で沈没

それらの駆逐艦は、二列の縦陣で、空襲にそなえて間隔も距離約一浬（二千メートル）とし、速力二十八ノットで中央航路を一路ガ島へと向かった。警戒隊は八隻、あとは輸送隊でこの高速で大発を曳航していった。舞風は警戒隊として右列の先頭に位置した。最後尾までの距離は約十浬（約二万メートル）もあり、各艦が白波をけたてて高速ですすむ艦隊はじつに壮観であった。

出撃時より哨戒直は戦闘配置の一直であり、見張士として艦橋の天蓋の上で立直した。高速なので十三・四メートルの向かい風をうけて非常に爽快である。当時、対水上用電探（レーダー）は米海軍においても精度が不十分であり、夜戦においてはわが優秀な九三式魚雷とともに、見張りによって敵水上艦艇を制圧していたのであった。大型双眼鏡の見張りを中心に、数名の見張員が区分をわけて八倍の眼鏡で必死の見張りをつづけていた。

アイアンボトムで敵魚雷艇撃破

午前十一時ごろ、見張員から「敵哨戒機コンソリデーテッドB24が北方より触接しあり」と報告があった。そのためその方向を眼鏡で見ると、報告どおり距離二、三万メートル付近のわが射距離外を飛んでいる。まもなく通信士より、敵電を傍受した、との知らせがあった。司令への報告によれば、敵機は平文でガ島基地へ「駆逐艦二十隻、二縦列、速力、針路、位置」を打電したとのことである。まもなく敵機の来襲があると緊張しつつ南下する。

それから約一時間ののち、コロンバンガラ島の北西海面付近で敵の戦爆連合約三十余機が北方より来襲した。左列の先頭艦から煤煙幕によって敵機発見の信号があって、その方向を見れば敵大編隊がやってきている。ただちに全速前進が下令され、つづいて「対空戦闘」の命令があって左列の先頭艦より射撃を開始した。

敵はそれまで戦訓によってか、左列先頭の二艦と右先頭の舞風の三艦に約十機ずつが集中攻撃をしたようである。左舷より三機編隊の急降下爆撃機がつぎつぎと襲ってくる。五インチの主砲を発射してまもなく、爆弾を避けるため取舵一杯にして全速力で回避したが、三艦がおもいおもいに回避しているので、当事艦の艦橋から見れば大混乱をきたしており、白い航跡をえがいてのたうちまわっているように見える。

艦首前方に三弾、左横に三弾と爆弾が投下され、四、五十メートルくらいの水柱が立った。だが、艦は三十ノット以上の高速なので水柱のなかに突入する。艦橋の上にいると海水のなかに突っ込むようで、びしょ濡れになった。左舷の五百メートル付近に敵機が撃墜されたが、海中へ突入したときの衝撃で爆発して火炎をあげている。わが機銃か、それとも僚艦によるものかはわからない。

と、まもなく左舷より二機、右舷より一機の雷撃機が、低空で距離一千メートル付近で魚雷を発射した。しかし左のは躱したようであるが、右のが危ない。艦長はただちに面舵一杯を下令した。航跡がわが方に向かってくるのがはっきり見える。この間二、三十秒であったろうか、時計の針が止まっているような感じであった。

艦橋付近にいるものはみんなわが身をその方向にむけて、はやく回避をしたいと願った。やっとのことで魚雷は舷側スレスレを通過したのであろうか、なにごとも起こらなかった。どうやら助かったという心境であった。

敵は魚雷を発射したのち、機銃掃射をわれわれに浴びせながらマストをかすめて飛び去った。敵搭乗員の姿もはっきり見える近距離であった。急降下爆撃もなかなかみごとで勇敢であり、敵もなかなかやるなと感じた。あとでわかったことだが、この敵襲で左先頭の旗艦巻波が被弾中破した。だが、司令官は白雪に移乗されたとのことである。

敵機発見から被爆までの時間はながく感じられたが、約五分くらいのものであったろうか、近代戦のはやさを物語っている。さいわい舞風は損傷なく、もとの陣形に復して一路ガ島エスペランス岬へと進撃した。ガ島とサボ島間の海峡に到着したのは午後十一時ごろであった。

警戒にあたっていると間もなく、見張りから距離二、三千メートルに敵魚雷艇を発見、との報告があって、ただちに砲撃を開始した。と同時に左前方に命中爆発し、砲術長は「初弾命中」と高らかに報告、さらに斉射をおくった。見ると米魚雷艇は二百トンくらいの大型で、延々二時間近くも燃えていた。われわれは快哉を叫んだのであった。

敵の駆逐艦以上は、われわれとの夜戦をきらってか付近には来襲せず、かわりに魚雷艇が闇を利用して白波をたてないように低速で射距離に接近して、魚雷を発射したあとは全速で退避する戦術をとったようである。しかし、わが優秀な見張りによって撃破された。他艦によっても二隻が撃破されたが、輸送隊の巻雲は被雷し、味方艦によって処分された。

付近の海面には敵か味方か不明であったが、飛行機が飛来していた。しかし戦況は不明であった。月のない暗夜であり、そこは米軍が「鉄底海峡（アイアン・ボトム）」と名づけた魔の海峡である。緊張に身の毛もよだつ感じであったが、ふたたび行くことはなかった。

明くる二日、輸送隊は部隊を収容して、もとの航行序列でショートランドへの帰路についた。だが早朝、こんどは後尾の輸送隊に戦爆約三十機が来襲した。このころすでに制空権は敵方がいくぶん優勢とはいえ、敵も必死であり近いところを攻撃したようである。わがブインを基地とした零戦も十機くらい掩護にかけつけたが、敵の来襲するまでに間に合わない状況であった。

被爆した艦はわが艦より十浬（かいり）近くはなれていて、主砲の射程外である。したがってまったく対岸の火事を見物している感じであるが、一、二艦に十数機が攻撃し、林立する水柱に艦影はまったく没し去ってしまった。しかし、やられたか、と思っているとやがてもとの艦影をあらわした。被害はなかったのである。だが、爆撃を受けるのはいつもコロンバンガラ島

（コ島）付近であった。この島は円錐形で、ソロモン富士と呼びたくなる地形であり、天然色映画を見るにまさる光景であった。ソロモン諸島のなかで私にとって、もっとも印象に残る島ともなった。

傷つき単艦で内地帰投

第二次輸送は、二月四日の午前十時に出撃したが、第一次とおなじ陣形であった。そして例によってコロンバンガラ島付近で約三十機の来襲をうけ、艦長の必死の操艦にもかかわらず左舷中部の至近弾によって第二罐室に浸水し、中破ていどの損害をうけた。至近弾であったが、爆弾は水中に落ちても炸裂するのである。水線下の被害で、直撃より被害が大きい場合がある。

艦は停止し、約五〜十度くらい傾斜した。艦橋付近も艦首前方の水柱に突っ込んだため、爆弾の破片が散乱した。戦死一、行方不明二、負傷数名を出したが、明らかに来襲せる敵機の一機をみごとわが艦の機銃で撃墜して仇をうった。それでも、魚雷が誘爆するのではないかと海中投棄をするやら、そのほか応急処置におおわらわであった。

被爆してから二、三十分くらいたったであろうか、わが艦は、最初は先頭にいたのであるが、三十ノットの高速の僚艦約二十隻はぜんぶ視界外に去ったのである。ただコロンバンガラ島が見えるだけである。いまやまったく見捨てられた感じがした。

しかし再度の敵襲にそなえて見張りを強化しなければならない。と東方より、みるみるう

修理をほぼ終えた野分。17年12月、ガ島輸送作戦で大破、内地に帰投した

ちに一隻の駆逐艦が接近してくる。長月が救援のため引き返したのである。こののち長月に曳航されてショートランドに帰投した。こうして第四駆逐隊の駆逐艦はぜんぶ損傷したのである。

二月下旬、トラックで野分（陽炎型十五番艦）の応急修理が終わったので、司令駆逐艦に指定された。そして候補生一同を乗せて内地の横須賀にむけ、回航することになった。だが、野分は左舷のみの片舷航行である。後部の機械室には、応急修理で右舷側の鉄板を二、三メートル四方くらいの大きさで張りかえてあった。速力は最大二十ノットていどしか出ない。

トラックから内地までは直航するのが通例であったが、今回はサイパンに寄港して、なるべく列島線にそって行くことになった。

やがて懐かしい内地に近づきつつあった。しかし、冬季の日本近海は、荒々しい海の難所として世界的に有名である。風速は平均十五メートルくらいはある。軍艦のなかでも駆逐艦がもっともよく揺れる。左右動揺（ローリング）は平均二十度くらいで、最大は三十五度くらい。ものに寄りかかってでないと、立ったり歩いたりするのがむずかしい。上甲板は層をなす海水に洗われて、命綱（ライフライン）をしっかと握りながら歩かないと海水にさらわれる。海中に落ちれば最後である。なにしろ荒天で救助はできない。

艦橋付近にいても、しぶきでびしょ濡れになる。兵学校受験の身体検査に、片手懸垂十秒間という項目があったが、なるほど、こういうときの生死の問題であると痛感した。荒天の波の衝撃というものは物凄いものである。右舷の応急修理をした鉄板が、波の衝撃によって内側からみると五十センチくらいへこんだり出たりしている。このため速力、針路を調節して、いたわりながら航行するのである。単艦であるので、もし破れでもすれば艦全体の最後である。

大島沖であったろうか、富士山が見えだした。ヤレヤレ帰ってきたという感じであった。富士山が見えるのは風の強い冬季が多い。海上より富士を見たのは戦時中はそのとき一回きりであった。

やっと横須賀軍港に入港した。一週間ほどで真夏から真冬になったようなもので、じつに寒い。また揺れどおしであったので、陸上を歩いていても寝ていても、二、三日は揺れている感じであった。

寝耳に水の第十五駆逐隊の悲劇

僚艦の萩風（陽炎型十七番艦）が横須賀で修理をおえていたので、萩風が司令駆逐艦となり、候補生一同も乗りかえた。そして三月上旬、再就役訓練のため瀬戸内海にむかった。呉を基地として内海西部で、水雷発射、艦砲射撃などの戦闘訓練を実施した。期間は二十日間くらいであったと思うが、当時すでに対潜護衛兵力が非常に不足していた。そのため再度にわたり訓練をかねて、豊後水道の沖ノ島の南方一〇〇浬まで南下して、空母などの対潜直衛にあたった。

四月にはいってトラック進出を命ぜられて、母港横須賀に寄ることなく豊後水道を南下してトラックに向かった。同水道を通過するのは戦術上、通常夕刻である。右手に九州の山並み、左後方に沖ノ島、四国南部の山々などが夕霞にかすんで水平線のかなたへと没し去っていく。もうこれが内地の見おさめかとだれしもが思う感慨であった。のちに潜水艦勤務になったが、このときも数度、同じおもいを経験した。

トラック基地においてしばらく訓練を実施した。司令が杉浦矩郎大佐にかわった。艦長は畑野健二中佐となったが、いずれもベテランの駆逐艦乗りである。

四月中旬すぎ、前進基地ラバウルに進出を命ぜられ、トラックを出港して翌日の深夜、トラックとラバウルの中間点付近、すなわちニューギニア北方にあるアドミラルティ諸島の東方海面において、浮上中の敵潜水艦を艦首二、三千メートルに発見し、「総員配置につけ」とただちに命令が出た。そして潜水艦に艦首をむけて砲撃をくわえようとしたが、敵もわれわれに気づいたか、潜航をはじめて水面下に没してしまった。

その直上付近で爆雷を四発くらい投下し、また反転して水中探信機（ソーナー）を併用して、再度の攻撃を実施した。私は水測指揮官であったので、水測室と艦橋との連絡におおわらわであった。

再度の攻撃にもかかわらず、ソーナーには敵の艦影があった。当時のソーナーは粗末なものであったが、水測状況は内地付近にくらべて南方海面はずっとよいようであった。多少の被害をあたえたと思われるが、撃沈にはいたらなかったのであろう。兵力の不足や作戦の要求などのため、攻撃をうちきられたのは残念であった。

奇しくもそれから約一年ののち、伊号第四十四潜水艦に乗組中、同海面でこんどは米対潜掃討部隊の海空連合の二十時間にわたる猛烈なる攻撃をうけ損傷したが、さいわい虎口を脱した。同海面に散開していた中型潜水艦八隻のうち五隻は、つぎつぎと制圧撃沈されてしまったのであった。これは彼我の対潜水艦戦の対比をなすべきものであった。

元来、日本の駆逐艦は夜間の水雷攻撃が主兵であり、対潜護衛は二の次であったが、兵力、兵器ともに劣勢になっていたので止むを得なかったのであろう。

このころになると敵の対水上用電探は精度を増し、射撃に直接利用されるようになり、わが得意の夜戦も敵に一歩をゆずるような状況になりつつあった。

ガダルカナル撤退後の最前線基地コロンバンガラ島に輸送作戦を実施していた峯雲と村雨の二隻は、三月五日夜、クラ湾（コ島とニュージョージア島の間）において、敵駆逐艦群のレーダー射撃により壊滅した。わが優秀なる見張りにより敵を発見する前に初弾をうけ、敵の一方的勝利であった。

五月上旬、暗夜を利用してコ島にたいし、第十五駆逐隊三隻（奇数回）と萩風、江風（偶数回）で交互に毎日、連続して輸送作戦を実施することになった。すでにショートランドは敵空襲によって安全ではなくなっていたので、約一〇〇浬後方のブーゲンビル島北端とブカ島のあいだの水道を前進基地とした。そしてショートランドに一時たち寄り、輸送物資（糧食弾薬など）を小型貨物船から移載し、真夜中にコ島の東側に揚陸した。

できるだけ時間を短縮するため、糧食は主としてドラム缶にいれて後部甲板などに搭載し、目的地に着いたならば海中へ投入する。これは数個ずつロープでつなぎ合わせるので、陸上からの舟艇で、のちほど曳航するようにした。弾薬などは手際よく総員を手分して舟艇に積みこむのだ。私は後部の現場指揮官をやらされたが、乗員はガ島以来のベテランである。

艦が目的地（海岸から二〜三千メートルくらいのところであったろうか）に着いて、停止して約十分くらいで終了した。輸送を終わって南西側の狭水道（ブラケット水道）を通って朝方、ブカに帰着した。

こうして第一次、第二次は空襲も敵艦の攻撃もなく、なにごとも起こらなかった。そして五月七日の昼前、第十五駆逐隊三隻は、第三次の輸送のためブカを出撃した。このとき私たちは帽子をふって見送った。

翌日、わが隊はブカを出発し、ショートランドに向かう途中、「第十五駆逐隊三隻は深夜、コ島輸送を終え帰途についたが、つぎつぎと機雷らしきものに触れ、一隻は沈没せるも二隻は漂流中」――との無電をうけた。そして司令部より「輸送作戦を中止しラバウルに帰投せよ」との電令をうけた。「漂流せる二艦は昼間数次にわたる延べ約百機近くの敵機の攻撃をうけたが、まだ沈まず」とのことである。

夕方、わが隊に救出作戦が下令された。最悪の状況である。司令、艦長はともに正装されて指揮にあたられた。まさに決死の作戦である。同海面に到達したのは翌日の午前二時か三時ごろであった。

私は短艇指揮を命じられて、基地に連絡に行くようになっていたが、目的地について艦を停止してまもなく、基地の舟艇で陽炎の先任将校が乗ってきて、「漂流せる二艦も夕刻までに沈没し、生存者はぜんぶ陸上基地の舟艇によって救助収容された」とつたえられた。これを聞いた司令は、任務は終了したと判断され、ただちに帰路についた。

暗夜の狭水道でいつ触雷するかと、じつに不気味であった。だが、ブラケット水道をぶじ通過しおえると、まもなく夜が明けはじめた。機雷にたいしては無事であったが、きのうの状況より判断すれば、敵機多数の来襲があるであろうと、全速で必死の脱出である。

ようやく昼ごろ敵爆撃圏外に出た。その日は一機も来襲しなかった。夕刻、ラバウルに帰投した。そしてこの作戦は途中でうちきられた。こうして十五駆逐隊は全滅したのである。きのうブカ基地を白波けたてて出撃した三艦はもはやなし。このとき、私は大戦中でもっともふかく、戦いの無常さというものを感じたのであった。

私は六月一日付で潜水学校普通科学生に発令され、同期の大河とともに横須賀で退艦した。園田のみが残った。そして当時の第四駆逐隊の四艦も、つぎつぎと南海に沈み、共にたたかった多くの乗組員も艦と運命を共にされたことと思う。

熱き海ソロモンに響く〝三つの弔鐘〟悲し

昭和十八年五月八日、クラ湾で触雷沈没した親潮、黒潮、陽炎の最期

当時「親潮」航海士・海軍少尉　重本俊一

昭和十八年四月下旬、ガダルカナル島から転進したわが軍は中部ソロモン諸島を最前線として布陣し、ムンダ、コロンバンガラを死守しようと決意して補給輸送作戦にはげんでいた。第十五駆逐隊（十五駆）の親潮、黒潮、陽炎の三艦が、指定された三回の輸送作戦の最後の作戦にむけて五月七日午後五時、ブインを出撃した。この日は南方海域にはめずらしい悪天候であった。（三六頁地図参照）

午後九時ごろ、コロンバンガラ島（コ島）南沖のファーガソン水道の進入口にさしかかったが、このころになると豪雨のため視界はまったく不良になり、十五駆の三艦は針路を反転して、雨の止むのを待った。それから約一時間半ほど航走してふたたび反転し、針路を水道の入口にむけた。水道の入口に到達するころになって、ようやく雨が止み、視界が少しばかりよくなったが、親潮は探照灯を照射して水道入口の小島を確認し、三艦がぶじ水道を通過した。

このとき、親潮（陽炎型六番艦）では敵潜を懸念しないわけではなかった。したがって帰途に触雷したときも、敵潜の雷撃かといちおう疑ってみたのも無理からぬことであった。

私たちは予定より三時間おくれて、コ島の南東岸の揚陸地点に到達した。待ちくたびれたコ島の大発群は、自分たちの命の索である輸送物件をうけとるため十五駆の三艦に集まってきて、暗闇にもかかわらず必死で積込み作業を強行し、たちまち作業を終わった。この揚陸作業中に、艦橋のガラスの窓枠を小さな動物が走りまわるのを、私は星明かりを通して見た。ときどき私の足にもなにか触れるものがあるのを感じた。しかし、入港予定が遅れたので、一刻もはやく作業がおわることに気をとられて、艦橋を走りまわる小動物がなんであるのか、気にもとめなかった。

便乗者四十名を収容し、八日の午前三時、十五駆の三艦が抜錨し帰途についた。熱帯地区の夜明けは早い。すでに空は白みかけ、海峡の小さな島々が肉眼でも見えはじめ、航海は容易であった。ファーガソン水道に入り定針すると、あとはもうひた走りに走って帰るだけである。航海士である私は安心して、艦橋の一段下にある電信室に入り、椅子に腰をおろして一休みした。通信士も兼務している私であるが、この電信室に入ることはめったになかった。それまでのガダルカナル島の航路では、とてもそんな余裕などなかった。そのため「きょうはどんな風の吹きまわしか」と、電信長である上山上曹が私をひやかした。

だが、私が椅子に腰かけて五分もたたないとき、突如、ドーンという大音響とともに船体の底から突きあげられるような衝撃をうけ、私は椅子からはねあげられた。それにつづいて、私の目の前の壁にとりつけてあった扇風機が落下して、私の脚にぶつかった。さらに室内の電灯が消えて真っ暗になり、主機械が停止した。そして船体は後方にすこし傾斜した。

私はすぐ艦橋にかけあがった。艦橋から後方を見ると、機械室から黒煙がもうもうと立ちのぼり、船体は艦首が持ちあがり、後甲板が沈下して水びたしになっている。まもなく機械室の消火作業をするため、応急班長である寺島上曹がすっとんでいった。これは機械室の下の艦底でなにかが爆発し、火災を起こして浸水したためであった。後部の兵員室も浸水し、ちょうど検診をしていた便乗者四十名も全滅した。

親潮の乗員九十一名が戦死した。牟田口格郎司令および東日出夫艦長は、親潮が戦闘航海が不能であることを認めないわけにはゆかなかった。だが、なにが親潮を破壊したのか、だれにも分からなかった。そのため敵潜水艦の雷撃といちおうは考えて、黒潮（陽炎型五番艦）と陽炎が威嚇爆雷投射をおこなうのは当然のことであった。

しかし、この狭い水道で潜水艦が活動できるかどうか、私には疑問であった。機雷ではないかという考え方もあったが、水深が四百メートル以上もあるところで機雷敷設は無理ではないだろうか。この問題は戦後まで解明できなかったが、戦後、米軍の資料により、三隻の敷設艦で二五〇個の機雷を敷設したことが判明して、私は敵の技術に舌をまいた。

一瞬にして沈んだ黒潮悲し

親潮が遭難して五、六分たったころ、こんどは陽炎が艦底爆発によって動けなくなった。

18年春、長門から見た親潮。この頃には対空兵装が逐次、強化されている

そして罐室に浸水して乗員十八名戦死し、まもなく「戦闘航海不能」と手旗信号によって親潮の牟田口司令へ報告してきた。僚艦が二隻までやられてひとり残った黒潮は、狂ったように走りまわって爆雷を投下した。陽炎の高田先任将校（水雷長）は爆発したとき、甲板にたたきつけられた。その瞬間、艦が下から持ちあげられるほどの激動で、「機雷だ」と直感した、と後日、話しておられた。

重傷の親潮と陽炎は沈没しないかぎり、敵機の来襲は必至であり、私たち生き残った人間もいよいよ年貢の納め時がきたことをさとった。一寸の虫にも五分の魂という諺（ことわざ）があるとおり、私たちは最後まで戦わなくてはならない。だが、敵機に応戦できる兵器は機銃二梃だけである。そのため機銃員は全員の期待をにない、悲壮な決意をして全弾を用意、敵機の来襲にそなえた。

両艦ともいずれ沈没はまぬがれないことであるから、少しでもはやく機密書類を焼却しなければならない。だが、ぶあつい暗号書はなかなか燃えない。作業員はこの焼却作業にてこずった。

親潮、陽炎の乗員は黒潮の投下する爆雷が炸裂する音をきき、海面にふきあげる海水の白い泡立ちを望見している間は、多少とも心強さがあったが、それも長くはつづかなかった。

それというのも午前五時、黒潮は艦首と艦尾が爆破され、大火災が発生したかと思うまもなく、船体が三つに折れて、またたくまに沈没したのであった。こうして黒潮は、三艦のうちもっともあっけない最期をとげたのであった。コ島にもっとも近く、海岸までの距離一千メートルくらいのところに没した黒潮の生存者たちは、流出した重油に悩まされながら、コ島にむかって泳いだ。強い海流におされながらも数時間泳いでやっとコ島に、ばらばらに辿りついた。このときの黒潮の戦死者は八十三名であった。

黒潮の沈没を見て、親潮、陽炎の生存者の落胆は大きかった。やがて親潮は暗礁に座礁したらしく船体はうごかなくなり、沈下も止まったようにおもえた。

ところが午前九時になって、案の定、敵機十九機が来襲し、まさに死なんとしている親潮と陽炎をなぶり殺しにするように、ゆっくり銃爆撃をくわえてきた。親潮、陽炎のたった二梃しかない機銃は、銃身が真っ赤に焼けつくほどに猛射をあびせかけた。

敵機はこの手ごわい反撃におどろいたらしく、狙いがくるって爆弾の大部分が、両艦のほど遠いところに落下し、多くの水柱をあげた。ただ一発だけ親潮の後部砲塔に直撃したが、そこはすでに麻痺していたところで、大きな痛手にはならなかった。

戦後、米軍戦史によって、このとき、ガ島の飛行場から六十機がとびたったが、悪天候のためようやく十九機のみが遭難現場に到達したことがわかった。もし六十機ぜんぶが来襲しておれば、きっと前甲板か艦橋に爆弾の直撃をうけて、かなりの死傷が出たにちがいない、とおもうと私は背筋が冷たくなったのである。

私たちはまだ、天から完全に見放されていたわけではなかったのであろうか。

午後二時三十分と午後三時二十分ごろ、ふたたび敵機十数機が来襲したが、こんどは親潮は見かぎって、陽炎に殺到した。そのため陽炎の艦橋に火災が発生したが、まもなく消しとめた。

親潮は潮流のぐあいで離礁したらしく、少しずつ船体が沈下していき、傾斜も大きくなってきたので、東艦長は「総員退艦」を決意した。だが、配下の三艦ぜんぶを一挙に失った牟田口司令は苦渋にみちて黙して語らず、退艦をしぶった。そこで山本先任将校以下の士官が、引きずり降ろすようにして司令をカッターに移乗させた。カッターは負傷者で一杯であった。

司令たちが乗り込むとただちに松崎航海長が乗員に、「あの島アンウイン島へ行け」と、やや大きめの島を指示した。まもなく乗員たちは、名残りをおしみながら親潮から海にとびこんで、アンウイン島をめざして泳ぎはじめた。島までは八百メートルくらいの距離があった。

昭和16年6月、峯雲と衝突、呉工廠に入渠した黒潮。左舷が抉られている

司令や艦長がカッターに乗り込んで親潮からはなれてまもなく、親潮は待っていたかのように、大きくもんどりうって、赤腹をみせて巨大な渦をまき起こしながら海面下に、永遠に姿を消した。午後五時五十五分であった。

陽炎もこのころ、ふたたび火災を起こし、船体の沈下が激しくなりはじめ、有本輝美智艦長は「総員退艦」を下令した。生存者たちは一千メートルくらいの距離にあるフェアウェイ島に上陸した。陽炎は午後六時十七分に沈没した。

艦なき海軍さんの行く末

親潮の生存者一三〇名は、あえぎあえぎアンウィン島に泳ぎついた。上陸すると一日の疲労がどっと出て、みんな死んだように眠りこけた。百メートル四方の無人島は、開闢(かいびゃく)いらいの闖入者の人声でしばらくざわめいたが、ふたたび沈黙の世界にもどった。

寝入って三、四時間もたったであろうか、私は体がいたくて目がさめた。無窮の大空と無数の星群を見あげて、私は大きな溜息をついた。

十五駆はついに全滅した。ルンガ沖夜戦(昭和十七年十一月三十日)で敵の巡洋艦をほうむる大戦果をあげたこともあったが、このソロモン作戦は衰退の一途をたどっている。コ島もやがて、ガ島とおなじ運命を体験するにちがいない。駆逐艦は沈没をまぬがれることはできない。私は遅かれ早かれ、この日のあることを覚悟していた。

日本軍の敗北は、単にこのソロモンだけに止まらないであろう。内南洋、フィリピン、台湾、本土と、敵軍は物量にものをいわせて、準備できしだい強硬に押しまくってくるに違いない。私にはどうも必勝の信念や、神風をあてにすることができないのであった。十五駆の三艦の戦死者は二三〇名であったが、私は彼らの冥福を祈るとともに、むしろ羨望すら感ずるのであった。

生き残った私たちは、もっと苦難の道を辿らなければならないことは明白なことであった。前途に希望のもてない私の心ははずまないが、肉体だけは生きつづけようとするらしく、コ島からの救援を待ちのぞむのであった。それから先、どうなるという明るい見通しもないのにである。

夜が明けて、少し元気づいた乗員たちの話をきいていると、揚陸作業中に艦内のネズミが大発に移っていったということで、私が艦橋で見た黒い小動物はネズミであったのだと気がついた。ネズミは自分の住居の危険を予知できるらしい。

火事のある家にはネズミがいなくなるともいう。動物にはふしぎな防衛本能がそなわっているらしい。万物の霊長と自負する人間に、どうしてこの重大なものが欠けているのであろうか。人間はこの防衛本能がないために、人類同士が恐ろしい殺戮を繰りかえすのであろうか。私には人間が文明を発展させ、恐ろしい兵器をつくり、自滅をしているようにさえ思える。

こののち、暑い日射しにうだりながら救援を待ちこがれていた。そして九日の夕暮れ近くになって、コ島の大発が数隻、白波をけたてて救援にきてくれた。大発が接岸するのも待ちどおしく、生存者たちは海にざぶざぶ入りこみ、大発に乗りこんだ。ふたたび来ることもない無人島にわかれて、一路コ島にむかった。

揚陸地の桟橋に着いたとき、日がとっぷり暮れて真っ暗になっていた。それからコ島の八連特の下士官に案内されて、ジャングル道をおそるおそる前進した。裸足（はだし）の遭難者たちにとっては難行軍であった。遭難者たちは、生き残ったことだけに感謝し、多少の苦難にたえて、ただ見えぬ運命の神のなすがままに謙虚に服従するのみであった。

それから一時間ばかりの慣れない難行軍の末、ようやくジャングルが切りひらかれた広場にたどりついた。大空の星群が、かすかな光を投げかけ、ぼんやりと建物らしいものが見え、これが自分たちの一時の安住の場だと思うと疲労がどっと出て、みなはこの掘立小屋の前にすわりこんだ。

この小屋は、不時着した飛行機パイロットたちの臨時宿泊所だという。直径五センチくらいの丸太ン棒をならべて床を組んであった。そのため横になると背中がいたかったが、それでもいちおう屋根もあり、遭難者たちにとっては勿体（もったい）ないくらいのもので、安心感と疲労とで、まもなく全員は寝入ってしまったのである。

命がけの黒潮生存者捜索行

明くる五月十日、牟田口司令、東艦長が私に遭難現場付近の島々とコ島南岸の漂着者を捜索するようにと下令された。陽炎と親潮の生存者はまとまっていたが、轟沈した黒潮の生存者は、ブラケット水道（二二九頁地図参照）の潮流に押しながされて、コ島の南岸に辿りついたのであるが、その到着地はずいぶんばらばらであった。そして上陸した黒潮の生存者は、各自でジャングルのなかを模索し、八連特警備隊に辿りついたのであるが、まだどこかに迷っていたり、傷ついて動けないものがいるかもしれないという判断であった。

そこで、さっそく私は親潮の乗員の中から十名を選出し、親潮のカッターに乗って午後二時ごろ、捜索に出発した。焼けつくような暑い日射しのなかを二時間ほどかけてゆっくり漕いで、遭難者がいるかもしれない島々の付近に辿りつき、大声で叫び、またラッパを吹きながら捜索行をつづけた。熱帯地区の薄暮は短く、陽が落ちこむとたちまち暗夜となり、星群がわれ先にと輝きはじめる。そして心地よい涼気が、日中の苦労をやわらげてくれる。

やがてカッターの行く手に、薄暗い海面にぷかぷかと波の間に漂うものを、見張員が発見した。私はおそるおそる近づいて思案した。機雷ではないだろうか。

それでも私は海に飛びこみ、その浮流物にさわってみた。鉄板でつくった中空の浮子らしいが、この下に機雷があるのではないか。それにしても水深は二メートルくらいの浅いところであるから、こんなところに機雷を敷設するわけがない。

思案にあまって、私は浮子に曳索をつけ、カッターを漕いで引っぱってみた。しばらくすると浮子は海底よりはなれた。カッターに引き揚げてみると、浮子の下にワイヤが一メートルばかりついて、その先端は引きちぎったようにささくれていた。このワイヤがサンゴ礁の間にはさまっていたらしいのである。

この浮子は、十五駆に触雷した機雷の浮子にちがいないと私は判断した。そこでこの証拠物件を積みこんで、ふたたび捜索行をつづけた。三十分くらい進むと、また同じ浮子を発見して、カッター内にとりこんだ。

夜中の十時ごろとも思えるころ、突如、闇をつんざく百雷の音に私たちは飛びあがらんばかりに驚いた。と同時にコ島の東方にあるクラ湾（二二九頁地図参照）に、艦砲射撃の稲光りのような砲火の閃光が見えた。連続する砲撃のとどろきは中部ソロモンの静寂をやぶり、地獄と化した。コ島の地上軍や遭難者たちは、この艦砲射撃の犠牲になっているのではないかと、私の心はいたんだ。

私はガ島挺身攻撃隊の金剛と榛名の飛行場砲撃（昭和十七年十月十三日）をおもいだした。連合軍を震えあがらせたそのお返しを、いま私たちが受けている。因果応報である。重火器のとぼしいわが地上軍は、敵艦のなすがままであろう。そして、このコ島もまたガ島と同じように転進の運命を辿るのにちがいない。いや、いまに敵が上陸してくるのではないか。

私は疑心暗鬼になり落ちつかなかったが、艇員を心配させまいとして、「なに、まだ敵は上陸してこないよ」と強がりをいった。艇員たちは、遭難してこころぼそい思いをしたうえ、この夜の艦砲射撃を見て不安をなお一層つのらせたらしく、その声が一段と低くなったのに、私は気がついた。島々に遭難者を発見できないので、コ島南岸へ行く決意をし、夜の涼しいうちに辿りつくようにカッターを漕ぎつづけた。

五月十一日の夜明けごろ、コ島の南岸に到着し、草むらの中に乗員一同が疲れきって眠り込んだ。私は原始林の一隅でつかれて眠りこける艇員たちが、不憫でならなかった。連合艦隊の下士官兵は、すぐれた資質と精神をもっている。財力にさえめぐまれれば、一流大学でまなぶ資質がある。

そのうえ、命令にたいしては不平を言うことなく、下令した上官の目的以上の成果をあげるため努力を惜しまないのである。この優秀な下士官兵が非運におののくことがあってはならない。本分をつくし、折角もっている有能な資質を最大限に発揮して、散華できる場をあたえなければならない。はやく帰国して、それぞれ適当な戦闘配置に転勤させたいものだと、私は思うのであった。

それにしても昨夜の艦砲射撃で、わが地上軍が大きな被害をうけていなければよいがと思いながら、私もいつしかぐっすり眠り込んでしまった。

寝耳に水の山本長官戦死

翌日も一日中、戦友の姿をさがしもとめたが、ついに一人も発見することはできず、この夜は陸軍の見張所で一泊させてもらうことにきまった。私は陸軍の指揮官（予備将校）と一本のローソクの下でしばらく話しこんだ。このとき、この将校が「海軍の山本司令長官が戦死されたそうですね。ラバウル付近で」と、私にとって寝耳に水のことをいった。私は自分の弱点を突かれたように、かっとして「それはデマだ」と言下に否定した。教養ある物腰のやわらかい陸軍将校は、「そうでしょうね」と自分の情報の根拠もはっきりしていないらしく、私に同調した。

しかし私の全身は、山本五十六長官の死をうけとめて身震いをはじめた。火のないところに煙は立たぬという。ひょっとすると事実かもしれない、と私は一抹の不安を感じたのである。しかし、いやしくも連合艦隊の最高指揮官が最前線に出てくるとは、へぼ将棋の王様が単身で敵の陣地に入りこむのとおなじではないか。いくら陣頭指揮といっても、そんなことがあるはずがない、またあってはならぬと思った。

私はこの見張所の兵士や艇員が気落ちしないようにと、強がりをいったのであるが、山本長官は自決したいくらいに苦悩されていることが分かるだけに、しだいに私の気もくじけ、滅入ってくるのであった。

私はあれこれ考え遂に一睡もできず、夜明けとともに早々に、この見張所を去った。私は薄命の陸兵たちが少しもグチがましいことをいわず、むしろ遭難者の私たちを激励してくれることに感心して別れた。この陸兵たちが「艦砲射撃の怖かこと、このうえないですなあ」といった九州弁が、いまでも忘れられない。

ジャングルのなかの八連特本部へ辿りついたのはその日の昼下がりであった。牟田口司令、東艦長にみやげの機雷の浮子を見せた。十五駆の遭難は機雷にちがいないと、大方の意見がまとまったが、一体どのようにして機雷を敷設したのか見当がつかなかった。

遭難者の引揚計画をきいて私は安心したが、山本長官の戦死の真疑が心にかかり、落ちつかなかった。こっそり耳打ちをするように東艦長にたずねたが、正確な回答はえられなかった。艦長はすでに知っておられたらしいのであるが、乗員たちの士気の低下を懸念して、「どうだかなあ」と、あやふやな言葉でお茶をにごされた。

　それから二日間在島して十五日の夜、遭難者引揚用の機帆船がコ島へ到着し、それに乗り込んで、その日の夕暮れ、ショートランドへ辿りついた。ここで山本長官の死が決定的なものであり、また日本軍の戦局も衰退の一途をたどっていることも否定できない事実であることを知った。

　しかし、私の運命は、これから一体どうなるのか、まったく見当がつかなかった。

第四駆逐隊「嵐」「萩風」ベラ湾夜戦に死す

昭和十八年八月六日夜、コロンバンガラ輸送の途次に魚雷をうけて三隻沈没

当時「嵐」水雷長・海軍大尉　宮田敬助

昭和十八年六月三十日、連合軍は中部ソロモンのレンドバ島と東部ニューギニアのサラモア南東方ナッソウ湾に、同時に上陸してきた。ガダルカナルが一段落したあと約五ヵ月の間をおいて、ふたたび仕掛けてきた本格的な反攻であった。レンドバに上陸してきたのは米軍で、たちまち同島を席捲し、つづいて七月二日、ニュージョージア島の西端にあるムンダ地区に侵攻した。ムンダにあるわが飛行場を奪取して、反攻の拠点を前進させるためであった。(三六頁地図参照)

わが南東方面部隊は、全力をあげて防戦につとめ、追い落としをはかった。航空部隊は連日出撃して敵に痛撃を加えた。水上部隊は敵水上部隊の撃滅をはかりながら、増援補給に全力をかたむけた。阻止しようとする敵との間に激闘がつづいて交わされ、巡洋艦三隻を大破するなど敵に大被害をあたえたが、わが方もまた大きな傷を受けた。

しかし、制空権の争奪戦では、兵力ではるかに勝る敵の方が優勢だった。補給の面では、

駆逐艦や小舟艇にたよるわが方と輸送船で送り込む米軍とでは、物量に雲泥の差があった。陸戦では当然ながら、味方は苦境に立たされていた。

第八戦隊司令官の岸福治中将が指揮する第一部隊が、陸軍の南海第四守備隊第一次進出部隊を分乗させてラバウルに入港したのは、そんな最中の七月二十一日の午後であった。

第一部隊とは、この輸送のため臨時に編成された部隊で、第八戦隊（利根、筑摩）、第十戦隊（阿賀野、第四駆逐隊萩風、嵐）、第六十一駆逐隊（涼月、初月）、磯風、大淀、最上、日進の十一隻から成っていた。また、南海第四守備隊は、もともとマーシャル、ギルバート方面の防備にあてるために編成された部隊で、七月九日、宇品で第一部隊に分乗した。

第一部隊は明くる七月十日、内海西部を出撃して機動部隊（瑞鶴、翔鶴等）を護衛しながら十五日にトラックに入港し、待機していた。ところが、中部ソロモンの情勢が急迫し、南海第四守備隊の行き先が急遽ラバウルに変更になったので、十九日、トラックを出撃してきたのであった。

第四駆逐隊の嵐にとって、ラバウルは半年ぶりであり、ソロモンの海は三度目であった。最初はガダルカナル戦勃発初頭の一木支隊や青葉支隊などの輸送を行なったときであり、二度目はガダルカナル戦末期の撤退準備のための作戦輸送であった。このとき、嵐は敵機の至近弾で大破して最前線を退き、敵艦隊の牽制を任とする空母部隊の護衛にまわった。そして、ガ島撤退作戦が終わるとすぐに、横須賀に帰投して嵐は本格的な修理に入った。

水雷学校での科長講習を終わった私が、水雷長兼分隊長として三月上旬に着任したとき、

所属し比島攻略作戦、ミッドウェー作戦をへてソロモン方面へと進出した

嵐はまだ横浜の三菱造船所のドックの中だった。嵐駆逐艦長は杉岡幸七中佐、科長は砲術長が吉武四郎大尉、航海長が山根浩亮大尉、機関長が鈴木豊俊大尉で、私より艦長が二十期、砲術長が二期、機関長が三期先輩で、航海長は神戸高等商船の出身であった。

兵力の急増にともない、開戦前から幹部の若返りがつづいているので嵐だけが若いわけでないが、老練な艦長から見れば心もとなかったにちがいない。とりわけ、駆け出しの中尉で、元気のよいのが取り柄だけの私には、目が離せなかったのではなかろうか。乗員も相当数の者が交代し、艦の実力低下は目に見えて明らかだった。

修理は、突貫工事で三月下旬に終わった。嵐はひたすら訓練にはげんで実力の回復につとめ、ときには内地周辺の護衛任務についた。

練度は日ごとに向上していった。そして昭和十八年七月のはじめ、待ちに待った第一線に復帰し、

嵐。写真は昭和15年12月、宮津湾北方で公試運転中のもの。第4駆逐隊に

第一部隊の一艦としてラバウルに回航したのであった。

増援部隊に編入さる

ラバウルに入港早々、第十戦隊と日進は南海第四守備隊をブーゲンビル島に急送することになり、第四駆逐隊、磯風、日進がブインへ、第六十一駆逐隊がブカへ向かうこととなった。

ブイン輸送隊は、第十戦隊司令官の大杉守一少将が阿賀野から萩風に移乗して指揮をとり、萩風に乗っていた第四駆逐隊司令の杉浦嘉十大佐が二番艦嵐にうつって、入港して五時間もたたない二十一日午後八時十五分には、早くもラバウルをあとにしていた。

ブカ行きの第六十一駆逐隊がそのあとにつづいた。五隻の駆逐艦にとっては、人員、物件の積み込みに目をまわし、補給もそこそこの、あわただしい出撃だった。

ブイン輸送隊は、駆逐艦三隻が日進をかこんで護衛しながら進み、明くる七月二十二日昼すぎまで何事もなくすすんだ。ところが、ブーゲンビル島南端の東方に差しかかった午後一時四十五分ごろ、突如として敵の戦爆数十機が来襲し、激しい攻撃をかけてきた。応接に暇がないような凄まじさで、日進はあっという間に轟沈した。

図に乗った敵は矛先(ほこさき)を駆逐艦に向け、嵩(かさ)にかかって襲ってきた。嵐は至近弾の水柱でかこまれ、全艦びしょ濡れになった。各艦とも敵機をかわすのが精一杯で、おちおち救助していられない。仕方がないので、日進の遭難現場近くにカッターを下ろしてやり放し、そのままブインに向かった。

その空襲から約二時間半後、こんどは敵大型十七機が翼をつらねて来襲し、高空から編隊爆撃をくわえてきた。各艦とも被害はなく、夕刻にブインに到着し、急いで人員物件を陸揚げして、日進の遭難現場にとって返した。深夜、現場付近に到着して遭難者の救助にあたったが、嵐のカッター一隻は漕ぎ去ったのか、どこにも見当たらなかった。下舷の月が淡い光を投げかけ、見とおしのきく夜であった。

修羅場のあとのうねりや月あかき——と第四駆逐隊主計長の横尾晃夫主計中尉は、このときの感慨を家族に書き送った。内地出撃前、呉で嵐に乗艦した主計長は、文豪尾崎紅葉の外孫で文才豊か、洗練された青年士官だった。私より一期古く、吉武砲術長とは府立四中の同級で、艦でも私室が同室の仲だった。

かねて覚悟はしていたものの、ものすごい敵機の攻撃であり、生々しいソロモンの海であった。あまりにも敵機は数多く、それにくらべて味方は少なすぎる。制空権はすでに敵に牛耳られてしまっている、と思われてならなかった。

しかし、そんなくさくさした気分は、たちまち吹き飛んでしまった。二十三日の午後、ラバウルに帰投した第四駆逐隊を待っていたのは、南東方面部隊の外南洋部隊・増援部隊に編入の命令だったからである。

外南洋部隊は、ソロモン、ニューギニア方面の防備を担当する第八艦隊主軸の部隊であり、司令部はブインに進出していた。増援部隊は、その隷下の第三水雷戦隊で、水上部隊の主力であり、作戦輸送はこの部隊の担当であった。したがって犠牲が大きく、隷下の駆逐艦は大半が他の水雷戦隊から臨時に配属されたものだった。

七月初頭から二十日までのあいだに、新月、長月、神通、初雪、清波、夕暮とつづいて失い、第三水雷戦隊司令部は、七月六日、新月と運命を共にした（クラ湾夜戦）。トラックから駆けつけて急遽とって代わった第二水雷戦隊司令部も、それからわずか六日目の十二日夜、神通とともに沈み（コロンバンガラ島沖夜戦）、その後は新任の第三水雷戦隊司令官の伊集院松治大佐が、増援部隊の指揮をとっていた。

そんな過酷な運命のもとにある増援部隊であった。第四駆逐隊の嵐（陽炎型十六番艦）も萩風（陽炎型十七番艦）も、死力をつくして戦い抜くしか道はなかった。

ともあれ、ラバウルに帰投した直後に大杉十戦隊司令官は阿賀野に将旗を復帰し、杉浦四駆逐隊司令も萩風にもどった。

七月二十四日、第一部隊はトラックに向けてラバウルを去った。重巡三隻、軽巡二隻と、ブカ輸送をぶじに終えた第六十一駆逐隊ならびに磯風の三隻であった。湾内は急に閑散となり、それまで重巡や新型軽巡の影に押されて目立たなかった増援部隊旗艦の川内（せんだい）の姿が、急に大きく見えてきた。萩風と嵐の二隻は、置き忘れられたかのようにポツンと残されたが、私たちには感傷などにひたっている暇がなかった。

翌日からサンタイサベル島のレカタ輸送がはじまるからでもあった。ネズミ輸送――敵が〝東京急行〟と呼んでいる駆逐艦の優速を利用する作戦輸送――にあたるのである。そのうえ、レカタは敵の航空基地があるルッセル島にもっとも近い味方基地であった。敵戦闘機の攻撃圏内を半日ほど走らなければならず、レカタ輸送はきわめて危険と見られていた。

萩風、嵐、時雨（しぐれ）の三隻は、七月二十五日の深夜、ラバウルを出撃した。指揮官は第四駆逐隊司令の杉浦大佐で、時雨には第二十七駆逐隊司令の原為一大佐が乗艦していた。

輸送隊は二十七日未明にレカタに着き、一時間足らずで揚陸を終わり、代わってここに派遣されていた歩兵一個大隊を搭載して、ブインに向かった。歩兵は熊本第六師団の現役兵大隊で、気の毒なほど疲労困憊していながら隊容整々、軍規厳正で、さすがに名にし負う精兵ぞろいであった。

二十七日夜半、ブインに入泊して大隊を揚陸し、二十八日夕刻、ぶじラバウルに帰投した。この行動中、行きに一度、帰りに二度、敵大型機の触接を受けただけで、戦爆機の来襲はまぬがれた。しかし、私たちの神経はピリピリしどおしであった。

敵魚雷艇を踏みつぶす

中二日おいて、七月三十一日の朝、萩風、嵐、時雨の三隻は、またラバウルを出撃してブインへ向かっていた。レカタからブインに運んだ歩兵大隊を、コロンバンガラ島（コ島）へ転送するためである。コロンバンガラ島は、ムンダ（ニュージョージア島）とともに中部ソロモンの前線最大の基地であり、とくに敵の反攻開始以後は、ムンダにたいする増援補給の拠点となっていた。七月の五日から六日、十二日、十八日、二十三日と、四次にわたって強行された作戦輸送の揚陸地は、すべてこの島であった。

嵐などの三隻は、歩兵大隊を搭載して八月一日未明、ブインを出撃し、いったん北上してブカ南東で天霧と合同したあと、ブーゲンビル島の東側にそって進んだ。先発した三隻が輸送隊、天霧が警戒隊であった。部隊の指揮官は第四駆逐隊司令の杉浦大佐で、天霧には第二十一駆逐隊司令の山代勝守大佐が乗艦していた。

その夜、宵のうちに哨戒中の味方水偵から、敵駆逐艦五隻がニュージョージア島の北を西進中の情報があり、その後、ベラ湾を南下中に、敵魚雷艇出現の情報がつづいて報ぜられた。

真夜中になり、ブラケット水道に入ると、敵魚雷艇数隻が攻撃をかけてきた。銃砲撃をくわえてこれを撃退し、泊地に進入して揚搭作業中、こんどは敵機の爆撃を受けた。とくに嵐は至近弾で濡れそぼった。月齢零の真っ暗闇、そのうえ泊地は靄（もや）が一面に立ちこめ、視界はわずか数十メートルだった。そんな中で、まさかこれほどまでに正確な爆撃を受けるとは思っていなかったので、びっくりすると同時に、ぞっとしたものである。

揚陸を終わり帰途につくと、またブラケット水道で、敵魚雷艇が待ちかまえていた。すでに単縦陣を組んでいた輸送隊は、協力して反撃し、たちまち蹴散らしたが、合同を急いでいた天霧は、いきなり前面にあらわれた敵の一隻を躱すひまもなく、乗り切って魚雷艇は轟沈してしまった。

天霧の艦首に火の手が上がり、その火が水線にそって後方に流れるので、輸送隊の各艦は一瞬肝を冷やした。天霧が轟沈させたのはPT109で、艇長はのちに米国第三十五代大統領となるケネディ中尉その人であった。

輸送を終わった四隻は二日の夕刻、ラバウルに帰着した。伊集院三水戦司令官は、報告のために川内に集まった杉浦司令以下各司令、艦長の労をねぎらったあと、呵々大笑してこう言った。「なぜ、〝敵魚雷艇を踏みつぶした〟と報告しなかったのか」と。

作戦輸送は大成功であった。しかし、実施に当たった者は、薄氷を踏む思いの連続で、幸運の女神がいつまでも微笑んでいてくれるように願うだけであった。

司令官の苦衷

そのころ、ムンダの状況はますます逼迫していた。敵は七月二十五日、さらに新鋭の一個師団を投入して猛攻を開始し、わが南東支隊は防戦一方の苦境に立たされた。一ヵ月におよぶ激闘で、増強もままならず、南東支隊の戦力はいちじるしく低下してしまい、月末にはついに戦線を縮小整理しなければならなかった。

だが、そんな状況になっても、ここの戦いを天王山とみている連合艦隊司令部も現地海軍司令部も、ムンダ確保になお固執していた。海軍としては面目にかけてもムンダに梃子入れしなければならず、コロンバンガラ島への作戦輸送は喫緊の要事であった。

八月一日の作戦輸送は、外南洋部隊と南東支隊の話し合いの直後に、タイミングよく実施され、しかも成功裡に終わった。面目はいちおう立ったが、つづけなければ意味はない。一方、陸軍も第八方面軍が、ラバウルの補充員で八個中隊を編成して、中部ソロモン方面に振り向けることとなった。

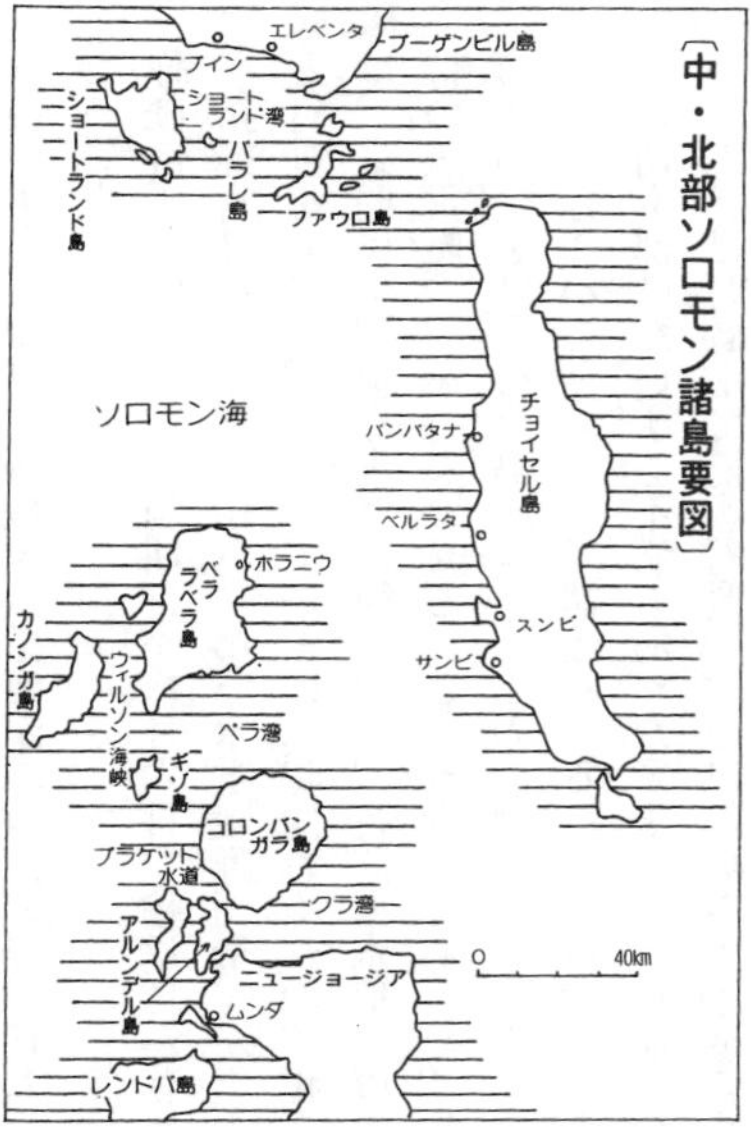

〔中・北部ソロモン諸島要図〕

ここにおいて、外南洋部隊指揮官の鮫島具重中将は、八月二日、駆逐艦増援部隊指揮官にたいし、駆逐艦四隻によるコロンバンガラ島輸送および川内によるブイン輸送を命じた。コロンバンガラ島（コ島）行きが、ちょうど、この日にラバウルに帰着した嵐などの四隻になることは確定的であった。ただ、このうち天霧は敵魚雷艇と衝突したさいに生じた損傷を修理する必要があったので、代わって第二十四駆逐隊の江風（かわかぜ）が新しく加わることになった。

作戦計画の骨子は、実施期日が八月六日、輸送隊が萩風、嵐、江風の三隻、警戒隊が時雨で、指揮官は第四駆逐隊司令。第三水雷戦隊司令官が座乗する川内は、ブカ北西方までコ島隊と行動を共にし、分離してからは二時間おくれの航程をたどってブインに向かう。航空部隊は、昼間は戦闘機を上空直衛につけ、夜間は水偵にコ島隊行動海面の哨戒ならびにベラ湾一帯の魚雷艇掃討を行なわせる、というものであった。

杉浦司令をはじめコ島隊側は、この計画にあきたらず、むしろ反対したかった。もともと安全な後方にかまえていて、綱渡りするような危険な作戦輸送の実態がわかっているのか、と上級司令部にたいする不満もあった。そして、杉浦司令らはつぎのように考えていた。

——六日は月齢七で隠密行動をするにはいささか明るすぎるが、まだ月暗の期間であり、また約一週間おきに行なわれる例からして、敵はわが行動を予想しているにちがいない。そのうえ敵機の目は逃れられないし、コ島入泊の時刻と場所は限定されるので、待ち伏せされる危険が大きい。コ島まで行くのは、きわめて難しい。このさい途中の、例えばベラベラ島まで送って、そこから大発や海トラ等で運ぶのがよい。また、日進遭難の例でわかるように、目標が大きければ大きいほど、敵の神経をとがらせ攻撃を誘発する。川内のような大艦とは、たとえ途中まででであっても同行を断わりたい——。

しかし、杉浦司令らの意見は通らなかった。他に方法はなく、ブカ付近まで川内が同行するのは敵潜水艦にたいする顧慮から、というのが理由であった。駆逐艦に犠牲が生じてもやむを得ない、と上級司令部は腹を据えてかかっているように思えた。こうなると、杉浦司令らはただ命にしたがい、人事を尽くして天命を待つしかなかった。

作戦計画は増援部隊司令部が、その上級司令部の命令にもとづき、その意向を受けて立案作成したものであった。増援部隊指揮官の伊集院大佐は、沈勇で見識に富み、部下を愛する海上武人であり、駆逐艦乗りとしてもコ島隊の司令や艦長の大先輩であった。じつのところ、川内の同行は上級司令部の命令であり、これをブカ付近まで、と改めたのは伊集院大佐自身であって、コ島隊の要望は聴けるものなら聴いてやりたい、と思っていたに違いない。愛宕で十ヵ月間仕えて薫陶を受けた私には、伊集院大佐のつらい立場と気持がわかるような気がするのである。

ともあれ、八月三日、四日と第四駆逐隊は、ラバウル進出以来はじめて散歩上陸を許可され、乗員は短時間ながら大地を踏み、緑をながめて楽しんだ。艦内の空気は、見違えるほど明るくなった。しかし私は、上陸どころでなくなった。秋風（峯風型九番艦）が被害を受け、クラスの水雷長寺田武夫中尉が戦死して帰ってきたからである。

秋風は作戦輸送に向かった先のニューブリテン島中部南岸スルミで、二日午後、敵機の直撃弾を艦橋にうけ、艦長佐部鶴吉少佐以下、主要幹部が戦死し、兵曹長の掌砲長が応急操舵で沿岸をたどり、かろうじてラバウルに帰り着いた。艦橋がつぶれ、マストと一番煙突は跡形もなかった。私は、なにはともあれ駆けつけた。

遺体は、船首楼と艦橋のあいだの甲板に丁寧に毛布につつみ、びっしりと並べられていた。寺田中尉は血の気が失せ硬直した顔に、負けぬ気の芯の強さを生前そのままに浮かべていた。血痕をぬぐいとり、傷あとを隠したきれいな面影は、秋風乗員の精一杯の心づくしであろう。ムンダ戦開始いらい増援部隊のクラスは、すでに新月水雷長の石河秀夫中尉と夕暮水雷長の塚田一徳中尉が戦死していた。黙禱しながら、私は自分自身の明日を見た、と思った。緊張のしつづけで、ただでさえ神経が高ぶっているうえ、秋風の惨状を目の当たりにして、何となくいやな予感がしてならなかった。情勢の悪化は、下っ端の私にもおよそわかっていた。

ベラ湾に向けて南下す

コ島隊の駆逐艦四隻と川内は、八月五日の深更に、ラバウル港外のココポに回航した。出港前、第三水雷戦隊先任参謀の二反田三郎中佐が、川内から萩風に乗り移ってきたことが、いつもと少し変わっていた。

「子隊ばかり前線で苦労させ、司令部が後方にいるのでは、真の統帥はできぬ」と伊集院司令官は、つね日ごろ教えていた。また、子隊からの要請もあって吉本砲術参謀などは、よく駆逐艦に同乗して作戦輸送にくわわっていた。今回は自分が行く、と先任参謀がその役を買って出たのであった。司令官が出動するというのに、先任参謀が別個に行動する。おかしいことだが、そうしなければならなかったところに、南東方面の底知れぬ苦悩があった。

ココポに仮泊したコ島隊の輸送隊三隻は、陸兵一個大隊（六個中隊）約九四〇名、物件約九十トンを分載し、川内は二個中隊約四百名と物件約百トンを搭載して、六日の午前零時三十分、同地を出撃した。折りからの篠つく雨で、視界きわめて不良な中を沖合いに出て、川内を中心に警戒航行隊形をつくり、水道を南下し、セントジョージ岬の南方海面で北に変針した。あたかも、内南洋方面に向かうかのような偽航路をとったのである。

夜明け前に、さしもの雨はあがったが靄が濃く、視界は相変わらずの不良であった。午前九時二十五分、ブカの北西海面で川内のマストに信号があがった。解列の命令であり、激励の信号であった。

コ島隊は針路を東に転じ、川内はそのまま北進をつづけながら、たがいに健闘を誓い合い、袂をわかってたちまち遠ざかった。コ島隊は、菱形の警戒航行隊形をつくって偽航路をたどりながら、午後十二時三十分、針路を南東としてブーゲンビル島の東側にそって進んだ。川内は午前十一時まで北上をつづけ、その後、反転して、コ島隊のあとをたどった。

その間に、天候不良のため零戦の上空直衛とり止めの知らせが、航空部隊から入った。そういえば、いつもならとうに姿を見せていいはずの敵機が、今日はまだ現われていなかった。上空に晴れ間が見えてきた。雲の流れが妙に早かった。

「大型機一機、右三十度、敵の哨戒機らしい」見張りの叫びに、嵐の艦橋はたちまち緊張した。晴れ間に小さな光がキラッと輝いたり、消えたりした。遠くて高い。敵の哨戒機でB24に間違いないが、主砲の射程外はるかで砲撃もできない。

「敵機が作戦緊急信を発信しています」伝声管の声は、敵信を傍受していた電信長の内海武夫上曹のものだった。萩風も傍受していたし、やがて川内からも、午後二時五分から敵大型機一機の触接をうけ、敵機の作戦緊急信を傍受した、と知らせてきた。やはり敵機の目は逃れられなかった。こちらの企図は、すでに敵の知るところとなったのだ。杉浦司令からすかさず、いっそう警戒を厳にするように、と各艦にあてて指示が飛んだ。

午後三時半ごろ、ルッセル島の三百浬（かいり）圏内に入った。ここからは敵戦闘機の行動圏内で、空襲のおそれが大きく、危険なところである。味方は飛ばないと言ってきたが、シロウト目には戦闘機が飛べない天候でもないように思えるし、敵ならくるかも知れない、と考えたりして、早く暗くならないかと日の暮れるのが待ち遠しかった。

このころ、敵有力水上部隊策動の兆（きざ）しがある、という通信情報が入電した。

夕刻、コ島隊は、菱形の警戒航行隊形から単縦陣に組み変えた。萩風、嵐、江風、時雨とつづく指揮官先頭、順番号の縦列である。速力は、増速して二十六ノットとなった。

熱帯でも曇り空だと、暮れ出せば早い。たちまち暗くなって闇が視界を奪った。ブーゲンビル水道にさしかかったころ、叩きつけるような物凄いスコールがやってきた。視界はますます悪くなった。コ島隊は、ともせともせと水道を抜け、速力を三十ノットとしてベラ湾に突入していった。

水偵の飛行を見合わせる、という連絡が入ったのは、ちょうど、その頃であった。天候不良のためで、この状況では致し方ないことだった。水偵の支援がないのは痛いが、目的地は近い。コ島隊は艦内哨戒第一配備、全員を戦闘配置につけ、決然としてベラ湾を南下していった。それまで哨戒長をしていた私は、航海長と操艦を代わり、魚雷戦に備え眼を丸くして暗い海をにらんでいた。

雨は止んだが、靄がただよって見えにくく、視界は不良で、よくて五キロぐらいあろうかというところであった。

満を持す米駆逐隊

ツラギで作戦指揮をとっている水陸両用戦部隊指揮官ウィルキンソン少将は、八月五日、〝東京急行〟が明晩コロンバンガラ島へ向かう、という情報を手に入れた。ツラギはガダルカナル島の北、フロリダ島のすぐ南にある小島で、ソロモンの要衝である。米軍は昨年八月七日、ガダルカナル戦の勃発時にここを奪取して、反攻の策源地としていた。

この日、すなわち八月五日、米軍は飛行場をはじめとして要地を奪い、ムンダにおける日本軍の組織的抵抗は終わったも同然であった。東京急行を叩けば、すぐけりがつく。ウィルキンソン少将は、ツラギに在泊中の駆逐艦六隻を東京急行の迎撃にあてることにした。内心はいままでどおり巡洋艦と駆逐艦を組み合わせた任務群か、それより規模の小さい任務隊を出したいのだが、手元には駆逐艦しかなかった。巡洋艦は遠くに出向いていたり、七月前半の二回の夜戦などで傷つき、後退して修理中だったからである。

ウィルキンソン少将は、先任司令の第十二駆逐隊司令モースブラッガー中佐を呼んで命令をあたえた。

「第十二駆逐隊および第十五駆逐隊をひきい、明六日午前九時三十分、ツラギ発、ルッセル島南方、レンドバ島南方経由、午前八時、ギゾ海峡着、ベラ湾に進出して掃航せよ。掃航要領は第十二駆逐隊司令所定。午前零時にいたっても敵を見ないときは、スロットを南下して帰投せよ」と。そして、昼間は戦闘機が上空直衛につき、夜間は魚雷艇がクラ湾南部で作戦することをつけ加えた。

第十二駆逐隊は、ダンラップ、クレーブン、モーリィの三隻であった。一九四一年(昭和十六年)五月以後、レーダー管制による夜間雷撃の訓練をかさね、とくに前司令アーリー・バーク中佐に厳しく鍛えられた駆逐隊だった。バーク中佐は連合軍の間で〝三十一ノットバーク〟と勇名をはせた名司令で、後年、米海軍作戦部長となり、米海軍の最高峰に立った偉材であり、モースブラッガー中佐とは、八月に入ってから交代したばかりであった。

第十五駆逐隊は司令がシンプソン中佐の五隻編成で、在来の装備にくわえて新型の四〇ミリ砲四門を装備しているのが特徴だった。二隻が護衛任務中のため、現有兵力はラング、スターレット、スタックの三隻であった。

六日朝、モースブラッガー中佐はシンプソン中佐および六名の艦長と朝食を共にし、作戦打ち合わせを行なった。両駆逐隊の間隔を二浬とし、第十二駆逐隊のやや後方に第十五駆逐隊が占位する戦闘隊形でベラ湾内を北進する。目標が駆逐艦なら第十二駆逐隊がまず雷撃をくわえ、大発や海トラなら主として第十五駆逐隊が新型四〇ミリ砲で攻撃する。これが計画の骨子であった。

前第十二駆逐隊司令バーク中佐が研究し定めた戦術で、最初の攻撃のあとは、二つの隊が交互に攻撃をくり返すことになっていた。米駆逐隊は、午前九時半ごろにツラギを出撃して西進した。

午後五時ごろ、哨戒機の東京急行情報が入電した。たぶん昼間、コ島隊と川内に触接した大型機のものであろう。日没ごろから篠つくようなスコールが襲ってきて、島影が見えなくなり、レーダーで艦位を確かめながら進んだ。

午後八時半すぎ、ギゾ海峡を抜けて、左側に第十二駆逐隊、右側斜め後ろに第十五駆逐隊の隊形をつくってベラ湾に入り、コロンバンガラ島の沿岸ぞいに掃航しながら北上した。視界は四千ヤード（約三六五〇メートル）以下で、まったくの暗夜であった。

午後九時三十三分、先頭を行くモースブラッガー中佐の乗艦ダンラップは、北方約十浬に目標をレーダー探知し、つづいてそれが四個の影像に分かれるのを知った。

痛恨の魚雷二本

コ島隊の四隻は、真っ暗闇のなかを風を切り、波をたたいてベラ湾へ突進した。二番艦の嵐からは、先頭を行く萩風と後ろにつづく江風がかすかに見える。距離はどちらも六、七百メートルぐらいか。殿艦の時雨は闇に溶けこんで、眼鏡でも見えにくい。江風とのあいだが開いていて、かなり遅れているようだ。

八月六日午後九時三十分、萩風が一八〇度に変針。後続の各艦は前続艦の消え入るような

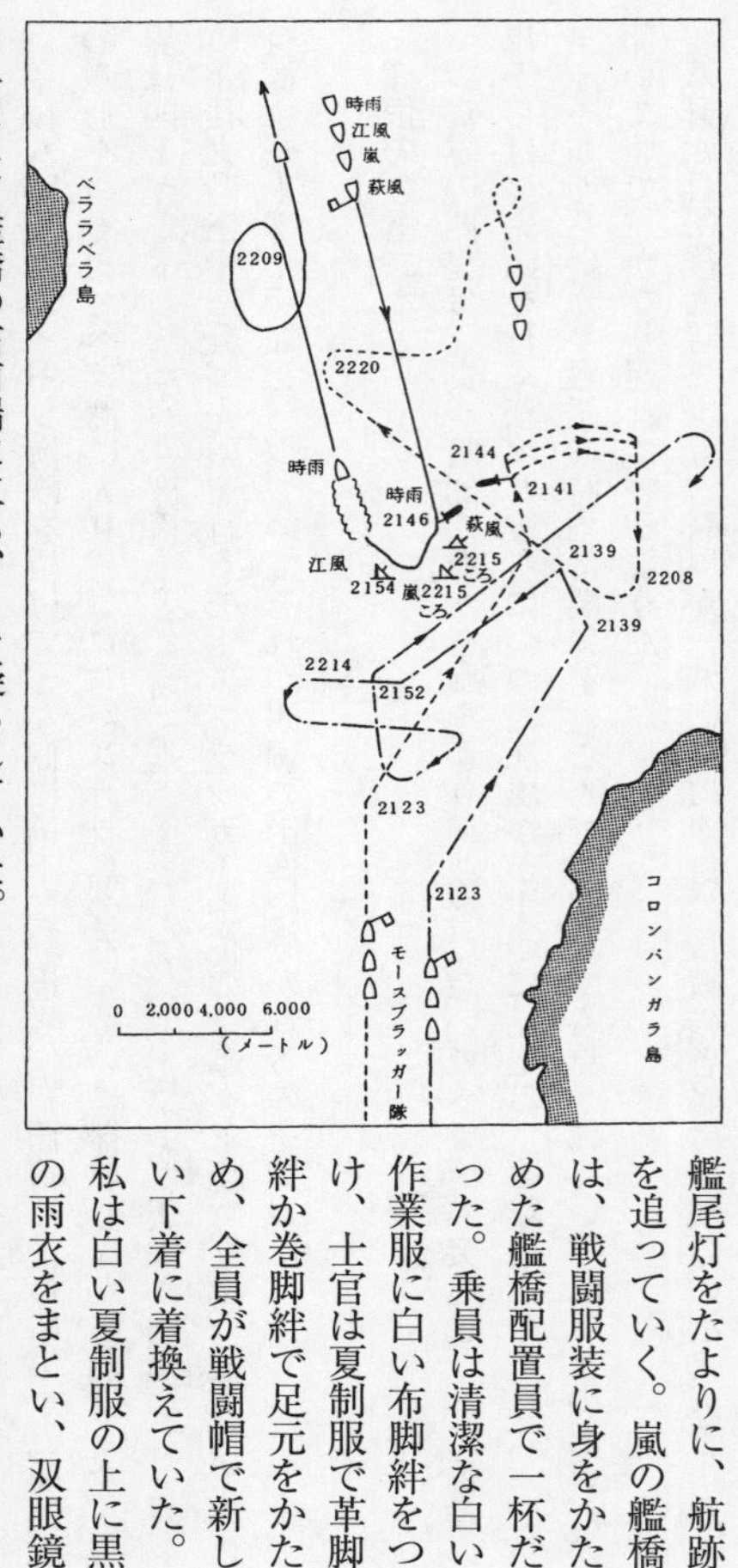

艦尾灯をたよりに、航跡を追っていく。嵐の艦橋は、戦闘服装に身をかためた艦橋配置員で一杯だった。乗員は清潔な白い作業服に白い布脚絆をつけ、士官は夏制服で革脚絆か巻脚絆で足元をかため、全員が戦闘帽で新しい下着に着換えていた。私は白い夏制服の上に黒の雨衣をまとい、双眼鏡を手にして艦橋の右前端に立ち、目を凝らしていた。

濃い闇が、なんとなく無気味だ。突如「魚雷艇らしいもの、左七十度」艦橋左舷の大型眼鏡についていた見張長の佐竹茂上曹が叫んだ。時まさに午後九時四十二分。どこだ、と目を凝らす暇もなく、

「萩風より、右六十度、駆逐艦四隻」「江風より、右六十度、魚雷艇」

隊内電話についている電話員の声は、上ずっていた。心配していたとおり、敵は待ち伏せ

ていた。コ島隊は、その網の中に入って、完全に包囲されたのだ。

「右見張り、よく見張れ」私自身も眼鏡で右側の海面をなめまわすが、何も見えない。見張員からも右方向異状なしの答えが返ってくるだけだ。萩風などが右というのは変だ。電話員の伝え間違いか、聞き違いではないのか？

「左砲戦、左七十度、魚雷艇」艦長の号令が、艦内の各部に伝達された。主砲が、ググッと左にまわりかけた。と、そのとき、

「雷跡！　左七十度、近い、向かってくる」見張長が絶叫した。ぎくっと驚愕の色が艦橋をおおった。私の心臓は早鐘のように鳴った。こんなことがあり得るのだろうか。

「取舵(とりかじ)一杯、急げ」左舷側の海面を見つめながら緊急操舵を令した杉岡艦長の声は、あわてていた。

　靄が立ちこめた暗い海面に白い尾を長くひいて、雷跡が七、八本、嵐めがけて迫ってくる。舵よ、早く効け、艦よ、早く回れっ。舵が効き出すまでのわずかな時間の、なんと長く感じられ、もどかしかったことか。

　艦首が左に振れはじめた。雷跡は、肉薄してもう目の前だ。艦首をかすめて、一、二、三条と、左から右へ抜けた。

だが、まだあとが……。四条、五条、六条と迫りにせまってきた雷跡は、あっという間に嵐の左舷中央部から後部にかけて、吸い込まれていった。

たちまち、魚雷炸裂の大轟音。嵐は突き上げられ、揺り落とされてよろめき、私は、いや

というほど床にたたきつけられた。煙突から大火炎が噴き上がり、中部から火を噴いて左舷がすさまじく燃えている。罐室がやられたのだ。

機械は止まって動かない。機械室、罐室とも応答がない。機関長と連絡ができない。電源がとまってしまって、機器はまったく動かない。艦内外との通信連絡は不可能だ。主砲は、左旋回の途中で中途半端なかたちで止まったまま、また魚雷発射管は前を向いたままで、どちらもまったく動かない。

航行不能、復旧の見込み立たず、何とも手のほどこしようがなさそうだ。ふと、前方を見ると艦が一隻、紅蓮（ぐれん）の炎を上げて燃えている。萩風だ。何たることだ。萩風もやられたか、と口惜しくてたまらない。魚雷を二本、罐室に受けていたのだった。

だが、江風と時雨の二隻は健在のはずだ。頑張ってくれるだろう、と淡い期待をかけ、せめてもの望みをつなぐ。状況を確かめるため、私は艦橋から上甲板に降りていった。中部の右舷側は、左舷の火災があちこちに飛び火して燃え立ち、炎が這っていた。乗員が、その火を消してまわっている。私も叩き消し、踏み消しながら、徐々に後部へ進んだ。

負傷者の姿が幾人か見える。みな陸兵だ。火傷を負ってのたうつ者、着衣に火がつき燃えているのに呆然自失、立ちつくしている者、とその姿が痛ましく、火を消して助け出し、乗員にあずけた。

機械室、罐室のハッチを開けにかかるが、びくともしない。甲板がゆがんでしまったのだ。連管員が魚雷発射管を動かそうとしているが、これでは動くはずがない。私は魚雷の頭部をなでてまわした。冷たい感触はいつものとおりだった。魚雷は健全なのに、発射管が回らないばかりに反撃の一本も射てないとは、と残念でならなかった。

歯がみしている私の横をすり抜けて、水雷科の神保一曹が、後部に急いでいった。艦尾上甲板の爆雷に安全装置をほどこすのだ、という。そうしないと、万一艦が沈んだ場合、沈下中に海中で爆発して危険である。この危急の場合、とっさによく気がついたものである。

後部機械室あたりに当たった、と見えた魚雷は、不発だったのか、そのへんには火災が起きていないし、被害はないようだ。後甲板に山と積んだ陸兵の兵器、弾薬類も火の手からは、まだまだ遠い。だが、左舷中部は傷が重く、火災が凄くてとても通れない。

艦橋にもどってみて、ハッと息をのんだ。萩風が、いまにもくっつかんばかりの目と鼻の先で、赤々と炎を上げて燃えているではないか。杉岡艦長が手を口にあて、萩風に向かって声を限りと叫んでいた。

「司令、嵐は自沈します」信号員で艦長伝令役の林国治兵長も、艦長と声をそろえて懸命に叫んでいるが、萩風にとどくはずがない。また、自沈といったところで、艦内各部と連絡がとれないこの状態で、簡単にいくわけがない。萩風に迷惑をかけまいとした杉岡艦長の精一杯の心情が叫びとなって、思わず飛び出たものであろう。

さいわい、あと四、五十メートルというところで近接が止まり、それから両艦は、徐々に離れていった。近づいたのは残速と回頭惰力のちがいなどのためだろう。離れていったのは潮のせいか、火災が巻き起こした旋風のためか。

中部の火勢はいっこうに衰えない。煙突から火炎が噴き上がる。そうこうしているうちに、敵は左舷側から砲撃をくわえてきた。曳光弾の赤い尾が、つぎつぎと闇空を走る。江風や時雨はどうしてしまったのか、気が気でない。

嵐は、ただひとつ無傷で残った前部の二五ミリ機銃で反撃した。効果は望めないにしても、せめても報いた意地の一矢（いっし）だった。どうしたことか、敵の弾丸はふしぎなほど当たらなかった。それでも、つぎつぎと闇空を走る曳光弾の光芒を見ていると、いまにも当たるかと気味が悪い。

まもなく、敵は左側前方と後方の二方面から十字砲火を浴びせてきた。炎々と燃え漂っている静止目標だ。命中するのは、時間の問題にすぎない。

ベラ湾に散る

敵弾が煙突をつらぬき、火の粉を降らせた。前部にも命中して、ひとり反撃していた機銃が沈黙した。後部マストが折れて飛んだ。火炎が煙突からものすごい勢いで噴き上がり、火災がひろがった。火勢は増すばかりである。艦はさらに左へ傾いた。もう打つ手がない。

「軍艦旗をおろせ」「総員退去」「総員前甲板」

炎に照らされた艦長の顔は悲痛で、ゆがんでいた。戦闘旗として前檣高く掲げていた軍艦旗が、火煙にゆられて降りてゆくのを見守りながら、私は嵐と運命を共にしてもいいと思っていた。われながらふしぎなほど、心は平静だった。

前甲板に集まったのはわずかだった。艦内の連絡はとれないし、陸兵はすでにぞくぞくと海中に逃れており、集まるはずがなかった。

「……生き残って、かならず仇を討ってくれ」悲痛な艦長の最後の訓示が終わるやいなや、通信士の園田義喜少尉が群がる陸兵をかき分けながら、前部の居住区画に吸い込まれていった。軍機書類などを処分するためだ。

吉武砲術長と私は、示し合わせたかのように前檣下の応急用木材置場に駆けつけた。掌班長の星清吉上曹らもくわわって、協力して木材を海中に投げこむ。

左舷の大火災で艦載艇は右舷のカッター一隻しか使えないし、救命具は短艇員用としてわずかしか備えていない。応急用木材は数が多いから大勢がすがりつくことができ、救命具の代用品として貴重であった。

そのただ一隻のカッターを、何名かで下ろしにかかり、横尾主計長が見守っているが、前後にひどく傾いて作業が難行していた。魚雷が当たった左舷側は、破孔から流れ出た重油に火がつき、海面が燃えていた。そのうえ、敵の砲撃がつづいている。傾いて乾舷が低くなっているが、こちらからの脱出は難しい。

反対側の、乾舷がすごく高くなった右舷から、みな、つぎつぎと海中に身を躍らせていた。乗員はなかにはちゃっかり救命具を身につけた者もいるが、ほとんどの者が着のみ着のままだ。後甲板に積んだ陸兵の弾薬類に、火がまわったのか、鋭い爆発音がつづいて聞こえる。

大かたの木材を投げ入れ、甲板に人影も少なくなったころ、艦長が前甲板から降りてきた。

訓示後、艦橋にもどろうとして、見張員や信号員に抱き止められ、退艦を懇請されたのだった。

「先任、急いで退艦せよ、間に合わぬぞ」「あと少しです。すぐ行きます」「急げ」言いながら、艦長は海へ飛んだ。吉武先任将校につづいて私が艦を離れたのは、それから少しあとだった。艦上に人影はほとんど見当たらず、カッターの姿もなかった。

海に飛び込んだものの、戦闘服装のままでは身動きができない。革脚絆を脱ぎ捨て、靴を雨衣のポケットにねじこんで泳ぎはじめる。

「熱い！」思わず左耳に手がいく。血が流れていた。破片で耳をやられた、と気がついた途端に、痛みが身内を走った。こんなところで死んでたまるか、と歯を食いしばる。はじめて、命が惜しくなってきた。

投げ入れた木材を見つけ、四名ほどですがって、懸命に艦から遠ざかる。前方に、陸兵や乗員が多数ただよい、泳いでいるのが見えた。ふと見ると、嵐は艦橋が壊れ、煙突がくずれて燃えさかり、萩風の火勢はさらに強かった。

「艦長」「先任将校」と叫んでみるが、反応はまったくない。ちりぢりになってしまったのだ。敵の砲撃は、なおも激しくつづいている。

突然、萩風が大爆発を起こし、波間に消えた。つづいて、嵐が艦首を鎌首のように上げて、吸い込まれるように姿を没した。私は口惜し涙にくれながら、嵐の最後を見送った。あとを弔(とむら)うかのように燃えていた海面の火災が、やがておさまり、暗黒の夜がもどってきた。

それから約三十時間後の八月八日の早朝、私はベララベラ島南東端近くの海岸に漂着した。疲労困憊、九死に一生を得た思いだった。私と同じように三百名近くの者が、この島の南東岸の約十キロにわたり、七日から九日にかけて漂着した。私はここで遭った江風の乗員から、江風が艦橋下付近に魚雷二本を受け、船体が切断、轟沈したと聞かされ、啞然としてしまった。

生存者は萩風、嵐が各約七十名、江風約四十名、陸兵約一二〇名で、准士官以上は、萩風が司令、艦長以下七名、嵐が私と罐長の金庭兵曹長の二名、江風兵曹長二名、陸兵が大隊長の見上大尉以下四名であった。戦死者は嵐で一八二名、萩風、江風もこれに近い数だったろう。陸軍が約八二〇名で、見上大隊は壊滅した。准士官以上では、嵐が杉岡艦長以下十二名、萩風に乗っていた二反田先任参謀も江風艦長の柳瀬善雄少佐も戦死した。私のクラスで気前のよかった萩風砲術長の高津鍹三郎中尉も、温厚な君子だった江風砲術長の藤井三吉中尉も、ともに助からなかった。

生存者は草木の実や水で露命をつなぎ、逐次、島の南端に集まって乞食以下の原始生活を送りながら、司令をなかに後途を策していた。その矢先の八月十四日、魚雷艇四隻に急襲され、明くる十五日には敵の大軍が上陸してきたため、丸腰で丸裸同然の私たちは、ジャングルに追われて、言語に絶する辛酸をなめた。奇跡的に救出され、大発等でようやくブインにたどり着いたのは、遭難してからちょうど二十日目の八月二十五日であった。

夜戦の真相

私が八日夕刻、ベラベラ島で初めて知った江風の轟沈は、萩風でも嵐でも気がつかず、殿艦の時雨だけが知っていた。その時雨も江風と嵐の被雷はわかったが、先頭艦の萩風まで被害を受けていたとは知らなかった。

江風の約千二百メートルあとをつけていた時雨は、前続の三艦とほとんど同時に、左六十度に反航する艦影数隻を発見し、面舵(おもかじ)に回頭しながら八月六日午後九時四十五分、魚雷八本を発射した。それとほとんど同時に、敵の雷跡が二本艦底を通過し、艦尾方向にドスンと異様な衝撃をうけた。反転して魚雷の次発装塡を終わり、再突入をはかったが、きわめて不利な情勢だったので戦場を離脱し、川内に合同してラバウルに帰投した。調べてみると、舵に直径約七十センチの大孔があいていた。

時雨は敵艦一隻撃破を報じ、大本営は八月九日、「飛行機、魚雷艇と協同する敵水雷戦隊と交戦し駆逐艦一隻を撃沈、わが方もまた駆逐艦一隻沈没、一隻大破」と発表した。

一方の米駆逐隊側は、どうだったか。

司令駆逐艦ダンラップが、午後九時三十三分にレーダー探知した目標は、他の艦でもまた探知していた。速力は二十五から三十ノット。四隻から成る東京急行であることは確実だった。モースブラッガー中佐は、相手を左に見て反航し、まず第十二駆逐隊の魚雷戦で火ぶたを切ることとして増速し、占位運動にうつった。第十五駆逐隊は、第十二駆逐隊の斜め右後方について続航した。

午後九時三十六分、「左魚雷戦用意」。午後九時四十分、相手との距離七千二百メートル。午後九時四十一分、距離五千七百メートル。「発射はじめ」。

第十二駆逐隊は各艦八本、合わせて二十四本の魚雷を発射し、外方に向け右九十度に一斉回頭した。と同時に、第十五駆逐隊は取舵で内方に方向変換して、日本隊の前程に進出した。午後九時四十六分、魚雷命中。萩風、嵐、江風に火の手が上がった。第十五駆逐隊は江風に砲撃を集中し、殿艦のスタックはさらに魚雷四本を放った。江風は午後九時五十一分、瞬時に沈没した。

第十二駆逐隊は、午後九時五十二分、南に斉動して逆番号単縦陣となった。その十分後、さらに北西方に方向変換をして、炎上中の萩風、嵐に近づき、第十五駆逐隊とはさみ討つかたちで砲戦に加わり、ひきつづき時雨の追跡に移った。

萩風は午後十時十分に、嵐は十時十八分に相ついで姿を消した。第十二駆逐隊は午後十時二十五分に追跡を断念し、第十五駆逐隊と連れ立って、七日午前零時、現場を去って帰途についた。駆逐艦は六隻とも、まったくの無疵（きず）であった。魚雷艇はずっとクラ湾南部にいて、戦闘には参加しなかった。

かくて日米駆逐隊同士の戦いは、日本側の完敗に終わり、増援の企図は完全に破砕された。得意なはずの夜戦で苦杯を喫した直接の原因は、電波兵器と眼鏡の差であり、その差をさらに助長したのが狭視界であった。間接的なものとしては、情報面で差が大きかったことや、攻者と防者の勢いがちがっていたことなども挙げられるだろう。

この夜戦を最後に、駆逐艦による作戦輸送は中部ソロモンからまったく姿を消した。なお、嵐など三艦の沈没位置は、南緯七度五〇分、東経一五六度四七分とされているが、この位置は疑問である。海図に照らしても、コ島隊の行動からみても航路筋を大きくはずれていて、陸岸に近すぎる。四ないし五浬東だったとするのが妥当であろう。

駆逐艦「雪風」に不沈伝説が生まれたとき

暗礁に乗り上げ艦隊の裏方にまわったマリアナ沖の凄まじき対空戦闘

当時「雪風」探照灯員・海軍二等兵曹　久保木　尚

空には白い雲が点々とまばらに浮いて、海はあくまで碧く、あちこちに白波を見せながら拡がっていた。雪風の右舷側には二、三尾の飛び魚が舞いあがり、艦としばらく同航し水煙をあげて海中に没した。

左舷側には第一補給部隊のすぐ後方に、第二補給部隊の清洋丸、玄洋丸が白波をけたてて航行中である。さらにその向こう側には一番煙突の細い特型駆逐艦の響が、その後方はるかには卯月が歯切れのよい艦首白波をけって続航している。

やがて各艦は面舵をとった。対潜警戒のための変針である。

あ号作戦発動の前の昭和十九年六月三日、ボルネオ北東端沖のタウイタウイを出撃してパナイ島とネグロス島間のギマラス泊地に進出、六月十四日から十五日朝まで機動部隊に重油補給をおこない、これがおわって出撃したわけである。

本来、雪風は機動部隊に属して空母瑞鶴の直衛艦であったが、五月十八日タウイタウイ泊地内での対潜警戒中、敵潜らしきものを追跡しているとき、陸岸に近づきすぎて暗礁に接触し、プロペラと軸に損傷をうけた。

そのとき、私は舷門付近を後部に向かっていた。つづいて艦は小さく震動した。突然、ドーンという衝撃で足がフラフラッとして倒れそうになった。瞬間に敵潜の魚雷かとおもったが、後続している艦はなにごともなかったように走っている。右舷側には、暗礁があるようだ。三メートル測距儀も「測距以内」を報告したようであるが、このあたりは海図にはないところらしく、敵潜を追って深入りをしたための事故であった。

艦は左へまわって、その場所から離脱した。しかし、このあたりには敵潜水艦が、わが艦隊の動静をさぐって執拗に出没しているので、在泊の駆逐艦は交替で警戒にあたっていたのである。

暗礁から離礁した雪風は、ただちに帰投して泊地に錨をおろし艦底の調査をおこなったところ、プロペラはノコギリの刃状に破損し、シャフトも少し曲がっていることが判明した。このため戦闘航海には影響はないけれども、当然ながら、全力発揮は不可能となった。したがって機動部隊をまもるため機動部隊護衛から第二補給部隊の護衛に変更されたのであった。この第十七駆逐隊は磯風、浜風、浦風の三艦となったのである。

雪風はもともと第十六駆逐隊（雪風、初風、時津風、天津風）の一番艦であったが、たびかさなる戦闘で、昭和十八年三月にビスマルク海で時津風が沈没、同年十一月にはブーゲンビル島沖で初風を失い、昭和十九年一月には天津風が損傷したため、三月二十日、第十六駆逐隊は解隊されて残った雪風は、磯風、浜風、浦風、谷風で編成する第十七駆逐隊に編入された。

そのため一駆逐隊四艦編成のなかにあって第十七駆逐隊は五艦編成となり、雪風は二番煙突に五角形のマークをいれた。しかし六月九日、僚艦谷風がタウイタウイ泊地の外で対潜警戒中に敵潜により沈没したため四番艦となったので、煙突のマークは正方形（四角）に塗りかえられたのであった。

初陣でむかえた米軍機の大編隊

六月二十日、洋上は白波が多く見られるようになった。補給部隊は対潜警戒をおこないながら南に向かっていた。機動部隊はきのうの戦闘で大鳳および翔鶴を失ったということを聞かされた。視界はよく見張りは上々である。雲は前より多くなったようである。遠く水平線は空と海をつなぎ、大きく地球の丸味を見せている。

艦内哨戒第二配備となり、当直は二直交替となった。当直員は艦橋背後の旗甲板に集合して、掌砲長の菅原少尉から見張りにあたっての注意事項を聞く。

「いまから数分前、右舷真横水平線近くで中部機銃見張りがあやしい白波を発見した。十分に注意して見張るように、かかれ！」

敬礼とともに各員は自分の当直場所へ散っていった。中部二番機銃台の当直に立った私は双眼鏡を手に、対空見張りに専念することになった。

見張りはもっぱら青空と雲の切れ目に集中した。当直中はなにごともなく二時間を終わり、交替員に申し継ぎをして居住区に帰り、休憩する。居住区では疲れてグッスリ眠っているものが多かった。一昨日から休む暇のない配置での訓練と見張りの連続で、乗員はわずかの休憩時間を……というわけであった。

部隊は敵潜水艦回避のため之字運動をしているのであるが、いまは太陽から考えて、やはり南下しているようである。午後の日射しはきつく、南方特有の暑さというべきか、艦の甲板は焼けつくようである。雪風は先月のスクリューシャフトの損傷から震動がいつもとは違い、ビリビリと響くような気がする。

給油艦はと見ると、本艦の左前方位置に白波をけっていた。清洋丸は十四日の駆逐艦白露との衝突事故で速力が出ず、十ノットていどしか出せなかったようである。雪風はそれでも二十七ノットくらいまでは出せたようである。太陽の方向に艦首がむくと、波がギラギラ反射して目をつく。

しばらく甲板上にいて給油艦をながめていたが、居住区に帰ろうと二、三歩踏み出したとき、「配置につけ」の号令がくだった。艦内はいままで静かだったのが、とたんに忙しく、各配置につく兵員たちの姿は勇ましく、数分で各配置から艦橋に「後部機銃配置よし」「一番砲配置よし」「××連管配置よし」と報告がいく。

探照灯員も昼間戦闘では機銃につくのであるが、このときばかりは探照灯についた。探照灯配置についた私は、米谷兵曹とともに「探照灯配置よし」を艦橋に報告した。

雪風——基準排水量2000トン、全長118.5m、出力5万2000馬力、最高速力35ノット、航続力18ノット5000浬、12.7cm連装砲3基、4連装発射管2基

探照灯は艦橋後部の旗甲板のマストの真下に位置する管制器によって操縦される。管制器長の佐田上曹の操縦によって探照灯は左右九十度を旋回し、誤差の有無を確認、つづいて「対空戦闘用意」がかかった。

大砲、機銃が旋回し、定位置にもどり「対空戦闘用意よし」を報告、戦闘準備は完了した。

部隊は変針、大きく回頭すると位置が逆になり、右舷側に清洋丸がくるかたちとなる。後部上空には雲が多く気になった。しばらくしてふたたび変針、またもとのかたちにもどった。いつでも戦闘できる状態である。左舷側にもどった清洋丸の真横の位置についた艦は、対空戦闘にそなえて万全を期した。

「配置につけ」から約十五分ほど経過したころ、艦橋から「敵機約五〇左前方水平線上」と、見張員の報告するのが伝声管をつうじて聞こえてきた。

左側前方を探照灯台から乗りだして、目を凝らしてながめると、水平線よりやや上の、夕方近くなって赤く染まりかかった雲上に、点々と集団が見えた。「来た……」心がさわぐ。私はこれが初陣で、これからはじめて戦闘に参加するのである。

眼前の輸送船にたちのぼる火炎

太陽の光を反射してキラキラ光る敵機の点の集団は、右に移動していく。雲上からはずれて青空のなかに点々となおも右へ……一番砲はゆっくり追尾し旋回している。雪風の艦上では全員、敵機を確認した。

部隊はまたも面舵をとり、右へ回頭した。そのため敵機の位置は左側後方となって、われわれと同航のかたちとなった。やがて敵機はかたまったままわが方に接近を開始した。

見ていると、敵機は四つくらいの編隊にわかれて、二つの編隊は左の方へ、もう二つの編隊はこちらの方向にくる。清洋丸、玄洋丸も一生けんめいに走っているようだ。響も、対空戦闘にそなえて清洋丸の向こう側を、清洋丸の艦尾に見えかくれして疾走している。

敵機はと見れば、二つの編隊で一編隊は十機くらいか、時どき翼をキラキラと輝かせる。左の方へいった敵機は艦尾方向へいき、響の後方はるか上空を旋回して、後方から突っこんでくるのではないかと思わせる。

前方の敵機は、一直線にこちらに向かってくる。しかしまだ距離は遠い。艦は之字運動のため取舵（とりかじ）をとる。敵編隊はとうぜん右側となって、後方の敵機は左側にかわった。この付近上空には雲はなく、青空がいっぱいに拡がっているので、敵機はハッキリわかる。緊張の一

復員輸送艦当時の雪風の一番連装砲塔。12.7cm砲の砲身は撤去されている

瞬である。

　艦はふたたび面舵をとる。大きく艦は傾斜してグーンと旋回する。波が大きく手摺をこえて甲板を洗っていった。敵機は給油船のほうに方向をかえた。

　わが雪風は速力をあげた。震動がいくらか少なくなったようであった。敵機はかなり接近し、各艦は一斉に砲撃の火ぶたをきった。パッパッと火をはく大砲は頼もしいかぎりだ。弾幕は敵機の周辺にかたまりとなって浮く。その合い間をぬって敵機は編隊をといて突っこんでくる。はじめは戦闘機か爆撃機か区別がつかなかったが、近づいてくるにしたがってグラマンF6FとTBFアベンジャーであることが確認できる。

　敵機は一団となって給油船の上に襲いかかった。一機二機が舞いおりてきて、清洋丸に降下するのが見える。戦闘機は護衛艦に向かっていくが、爆撃隊は護衛隊には目もくれず給油船をおそった。清洋丸は降下する敵機に機銃を浴びせた。本艦は最右端の位置にあったが、まだこっちには一機もこなかった。

清洋丸に降下した二機の爆弾は、はずれて清洋丸の右舷近くに灰色の水柱をあげた。清洋丸の対空機銃も上昇していく敵機にたいして反撃しているのがわかる。

雪風は清洋丸に近づいた。つづいて降下する敵機にたいし、雪風は二五ミリ機銃の攻撃を開始したが、弾丸は三発目ごとに曳痕弾が装塡されているので、弾丸の飛んでいくのがわかる。弾丸は敵機の後ろへ後ろへと行くので歯がゆい思いがした。敵機はうまく横スベリをして退避していく。海面は機銃弾や爆弾でかきまわされたように、水しぶきを上げていた。

わずかながら攻撃がとだえた。雪風は部隊各艦の変針のため清洋丸から少しはなれた位置になった、と思うまもなくふたたび敵の攻撃が開始された。

上空から一機ずつ一列になって、四機のグラマンTBFが清洋丸に襲いかかった。しかし、一発目と四発目ははずれたようであったが、二発が命中した。ほとんど艦の中央である。パッと紅蓮の炎が舞いあがり、つづいてメラメラと燃えあがった。油に火がついたのであろう。見上げると小数の敵機がまだ上空にいて、主砲の弾幕をかわしている。清洋丸の前甲板の機銃はまだ火を吹いていた。だが、船自体は止まっているのか、走っているのか判断がつかない。

響は、かなり前方にあって、反航しつつ対空戦闘中である。卯月は左舷側清洋丸のさらに向こう側でおなじく対空戦闘中である。左舷前方はるか水平線上にも黒煙があがっているのが目認される。あれは玄洋丸であろうか？

このとき、炎上中の清洋丸の直上から四機の敵機が旋回し、一列になって本艦に向かって来た。「左九十度敵機むかってくる」と報告する声が、あちこちから聞こえた。とっさに「射撃始め」の命令がくだり、主砲、機銃が一斉に火を吹いた。とたんにパッパッと黒いかたまりの弾幕、豆粒のような機銃の曳痕弾が敵機に向かってとんでいく。

そのとき、「照射用意」と探照灯に命令が発せられた。ほんらい昼間は探照灯は点灯しないのが普通であるが、このとき初めて照射することになった。これは敵機のパイロットをねらって照射し、パイロットの目を一瞬間くらませるためであった。

「照射はじめ」の命令で、ただちに点灯された。とつぜん白昼の照射である。光芒は白昼なので見えないが、佐田上曹の操縦する管制器によって完璧に動いている。それでもなお接近してきた敵機は、機銃を発射しているようである。両翼から火を吹いているのがはっきり見える。

このとき先頭の敵機は、すでに三、四千メートルくらいにまで近づいてきていた。直接照射をうけた一番機、二番機は完全に虚を衝かれたのであろう、一瞬グラグラと大きく左右に揺れて、あわてて急上昇した。そしてそのまま右の方へ、また二番機もまったくおなじようにして逃げようとしたが、急上昇のとき胴体下部を大きく見せることになったので、文句なく二五ミリの機銃弾をあびる結果になった。

三番機もおなじ運命をたどり、海上に四散した。四番機はうまく急上昇して姿をくらませてしまったが、それっきり敵は近づかない。それでもあちこちにバラバラに飛んでいる敵機が見える。発射管上の機銃も大活躍をした。いつのまにやら上空の敵機は姿を消した。

味方艦が処分した二隻の輸送船
打殻薬莢(うちがら)を甲板におろしている機銃員、それを手助けしている機関科員、水雷科員が忙しく動いていた。清洋丸はあいかわらず炎々と炎を上げているが、見た目には船体はなんともないように見える。しかし、進行はまったく停止し、夕暮れが近づく中にあたりを明るく照らしつづけていた。このころには敵機は完全に去ったようである。

しかし、わが方は補給部隊も清洋丸のほか、玄洋丸も被害をうけたようである。先行の機動部隊も大鳳、翔鶴、飛鷹も沈没した。もっとも、これはあとで知らされたことであったが。

こうして清洋丸は船体を放棄することを決定し、乗員の救助依頼を信号で送ってきた。そのため雪風はただちに救助活動にはいった。対空戦闘員以外は全員があたったが、清洋丸の反対側にいた響もそうとう救助したようであった。やがてあたりは薄暗くなってきた。海上にはなにか木片のようなものがあちこちに浮いている。敵機のものかなにかわからない。清洋丸はなおも炎上しつづけ、あたりをますます明るく照らしている。まったく手の付けようがないありさまであった。

やがて雪風は対潜警戒を実施しながら、清洋丸の真横の位置に移動した。これは炎上する清洋丸を処分するためである。まもなく九三式酸素魚雷は、雷跡を残さず水中に消えた。一瞬、太い水柱があがり、水柱が消えるともう清洋丸の姿は海上から消えていた。玄洋丸もおなじく炎上し、これも手の付けようがなく卯月の砲撃により処分されたとのことであった。

海上はもう真っ暗であった。雪風は残存部隊の集合地点にむかって航行を開始し、艦内哨戒は第三配備となった。

清洋丸、玄洋丸のほか補給部隊は速吸(はやすい)と梓丸であったが、速吸も急降下爆撃で被害をうけた。しかし航海には差し支えがなかったようであった。海上には月はなく、ただ無数の星だけが光ってはいるが、真っ暗といっていい状況で、ただ波間にキラキラと輝く夜光虫のみが舷側に光っては消えていくだけである。

艦は対潜警戒に重点を置いた配置にかわり、配置以外のものは戦闘の後片づけと整備作業に専念した。どのくらいたったであろうか、しばらくして爆音が近づいてくるのが聞こえた。敵機か！　と一時緊張したが、すぐ味方機と判断された。だが、目を見はっても音だけでなにも見えない。ただ星が音のする方向にいくつか見えるだけである。

やがて爆音が大きくなり、点滅する飛行機の標識灯が見えた。左舷後方からかなりの低空で、マストをスレスレに轟音を残して通過した。そして艦首方向へ消えていった飛行機は天山艦上攻撃機のようであった。この飛行機が艦上を通過するときに、なにか白いものを本艦に投下していった。それは通信筒のようであった。

当番の兵隊がそれをひろって艦橋に消えた。その通信文は「付近に潜水艦あり」であった。そのため残存補給部隊は、対潜警戒を厳重にしつつ行動を開始し、パナイ島とネグロス島間のギマラス泊地に向かった。途中、幾度か「潜水艦配置につけ」との命令があったが、ぶじ六月二十五日、ギマラス泊地に帰投することができた。

漂流者救助のハプニング

雪風はこの戦闘での被害は皆無であるが、過ぐる日の暗礁での被害が重荷となっていた。だが、ここでは修理するにも設備がなく、完全修理のためには内地に帰港するより方法がなかった。しかし、内地に向かう船舶があれば、それの護衛をかねて帰港できるのであるが、それは皆無であった。そのために雪風は単艦で内地に向かうことになったのであった。

六月二十八日の朝、雪風は錨を揚げた。「出港用意」のラッパが鳴りわたり、ガラガラと揚錨機で巻きあげられた錨は、ホースで甲板員によって洗われ定位置におさまった。そして泊地に残った艦隊にわかれをつげ一路、内地に向かったのである。天気はよく、見張りはわりに楽であった。見通しが非常によい状態であった。

出港当日は島々も眺められたが、二日目からは島影は姿を消した。雪風はいま全速をだしても二十四・五ノットくらいしか出せない状態で、途中で敵機につかまったら単艦では……と一抹の不安が脳裏をかすめる。その反面、雪風は絶対に沈まない、などという思いが心のなかを往き来した。

当直に立ってながめる海上は非常に穏やかに見えた。艦側には、いつものように飛び魚が飛んでは海中に消えていく。三日目に、出港して初めて「潜水艦配置につけ」が令された。潜水艦は左舷後方らしかった。対潜戦闘はもっぱら水雷科員の仕事である。艦は速力をあげて大きくまわりながら、潜水艦の発見されたあたりに近づいた。

ただちに「戦闘爆雷戦」が下令され、後部の爆雷投台から発射された爆雷は空中を飛んで水中に没し、しばらくして、ズシーン、ズシーンと水面に水しぶきを大きくあげて炸裂する。何発か爆雷が炸裂したが、いっこうに敵潜水艦は被害をうけたような様子はなかった。時間にして一時間くらいの戦闘であったが、それっきり潜水艦も逃走したのであろうか、反応はなくなった。

雪風は「戦闘用具おさめ」の号令とともに進路を北にむけてふたたび進撃を開始した。一日明けてつぎの日、日本へ向けて航行中の雪風の左舷側、つまり西方向にまたしても「潜水艦発見」が艦内にひびきわたった。時間は午後三時ごろであったか、ただちに配置について、その方向を見ると、水平線よりややこちらに、ちょうど潜水艦が潜望鏡をあげ、司令塔の上部が少し見えるような感じのものが見えた。

後部機銃台では、兼歳機銃群長や水田機銃長など歴戦の勇士が銃側について、忙しく指揮している。前後部の砲も砲口を向けている。それから何分かたった。どうも潜水艦ではないようである。双眼鏡は遭難者らしいことを確認したらしかった。やがて「合戦準備用具おさめ」がかかり、かわって「救助艇用意」が下令された。

同時に、艇は目標にむけて航行接近した。近づくと、円材や角材など船に搭載してあるいろいろな材木を組み合わせて筏(いかだ)をつくり、中央にマストのような一本の柱をたてて帆柱とし、ドンゴロス（荒布でつくった袋）を張って帆としていた。筏の上にはいっぱいに遭難者が乗り、漂流していたらしかった。

さっそくカッターが降ろされた。舷側から直接救助された人もいるが、みな痩せほそって、まさに骨と皮だけであった。全員を艦に収容し、筏を放棄した。

病人も多く、軍医長はじめ看護科は大わらわとなった。艦内居住区は乗組員の寝る場所もなく、あるものは配置で、またあるものは甲板上で寝た。内地がもうすぐだというのに、何人かの人たちが死んでいった。切角ここまで帰ってきたというのにである。この人たちは台湾沖で敵潜水艦の攻撃をうけた樽島丸の乗員で、軍人軍属約八十名の人たちであった。

途中、対潜対空警戒をしつつ七月三日、ぶじ呉に入港することができた。そして遭難者はただちに運航部によって病院にひきわたされ、艦は呉工廠の損傷調査をうけ、因島に回航修理することとなった。昭和十九年七月四日のことであった。

レイテの海よ殊勲艦「雪風」の雄叫びを聞け

対空戦、魚雷戦、砲撃戦の果て米駆ジョンストンを撃沈したサマール沖海戦

当時「雪風」砲術長・海軍大尉　奥野　正

開戦のとき日本海軍が所有していた一流駆逐艦八十二隻の中で、ただ一隻の生き残りであり、そして世界一の幸運な艦ともいわれるべき雪風（ゆきかぜ）に私が乗り組んでいたのは、昭和十八年八月より二十年二月までの弱冠二十五歳前後の血気さかんな年頃であった。その間、数多くの海戦に参加したが、もっとも印象に残り、また武人の冥利にもつきると思われたのが、レイテ海戦であった。

そのころ雪風は第二艦隊（当時、連合艦隊に残された最強の水上艦艇戦闘部隊）の第十戦隊（水雷戦隊）に属して、石油産地スマトラのパレンバンに近いリンガ泊地にとどまって猛訓練に励んでいた。米軍反攻の輪はしだいに狭められ、昭和十九年十月、その矛先はレイテに向けられてきた。

奥野正大尉

そこで捷一号作戦の発動となったのだが、満を持していたわが第二艦隊は、敵上陸船団を捕捉殲滅（せんめつ）する目的をもってレイテ湾に突入するため、十月十八日にリンガ泊地を出撃し、ボルネオ島北部のブルネイ湾に寄港して最後の燃料補給を行なった。そして二十二日にブルネイ湾を出港し、フィリピン西部のパラワン島西部を通り、ミンドロ島南部のシブヤン海をへてサンベルナルジノ海峡を通過、一路レイテ湾に向かう予定であった。

だが、その途中、パラワン水道において、二十三日午前五時三十分、旗艦愛宕および摩耶、高雄の三重巡が、のぼる朝日を背にうけた米潜水艦の果敢なる魚雷攻撃をうけ、愛宕、摩耶が沈没してしまった。そのため栗田健男長官は旗艦を大和に変更、移乗せざるをえなくなり、また高雄も駆逐艦の護衛をうけながらブルネイに帰らなければならぬ事態になってしまった。いざこれからという時に当たって、出端（でばな）を挫かれたとはまったくこのことであり、それこそ前途に暗雲低迷の様相を感じさせたのである。

このことによっても、すでにわが艦隊の動静を米軍に知られてしまった以上、敵の攻撃はとうぜん予想しなければならないことであり、しかもこれからの進攻コースが、狭いフィリピンの島々を縫うように進撃する水路であることを思えば、前途は多難であった。

すると果たして、翌日には敵機動部隊から飛びたったと思われる小型機が、連続してわが艦隊の上空に飛来し、とくに巨艦武蔵がその集中攻撃をうけることとなり、そして海底深く姿を消したのである。わが艦隊も、この熾烈なる敵空襲を一時かわすため反転し、その頃すでに沈没寸前の武蔵の至近距離を通過したのであるが、その傾斜した甲板上は赤き血潮でいろどられ、戦死者の遺体が重なる凄絶なありさまは、とてもこの世のものとは思われず、できればすぐにでも駆けつけて救護してやりたいと思った。

だが戦闘の至上目的のためにはそれもできず、「必ず復讐してやるぞ」と固く心に誓いながら、ただ無事であることを祈るのみで、後ろ髪のひかれる思いで立ち去らなければならなかった。このとき出撃時は三十二隻だった勢力も、すでに二十三隻に減少しており、残存艦も大なり小なりの損傷をうけていたのだ。

連合艦隊長官より「天佑を確信し全軍突撃せよ」の電命をうけてふたたび反転した艦隊は、夜陰にまぎれてフィリピンより太平洋にでる最後の出口であるサンベルナルジノ海峡に向かった。

一方、栗田艦隊のレイテ突入を援助するため、わが本土より進撃する正規空母の瑞鶴および改造空母三隻を主体とするオトリの小沢機動部隊は、しだいにその所期の目的を果たしつつあった。すなわち米指揮官ハルゼー大将は小沢艦隊を発見するや、先の米空襲部隊が栗田艦隊を壊滅したとの過大戦果報告を信じて、その主攻撃目標を小沢機動部隊に向けたのである。

このような事情になったことは露知らず、サンベルナルジノ海峡の波静かな海面を二十三隻のわが艦隊は単縦陣で突破し、太平洋に出て一路レイテ湾にむけ、進撃を開始した。

待ち望む敵空母を発見

19年10月20日、ボルネオ北岸ブルネイ泊地に進出、停泊中の陽炎型駆逐艦

ときに十月二十五日午前一時三十分、このような花道がひらかれているとは露知らず、すぐにでも会敵を予想していたのであるが、なんの抵抗もうけず順調な進撃をつづけていたが、艦隊は夜明けが近づくとともに敵機による空襲にそなえ、また対潜警戒航行序列から輪形陣に変形したが、このころになって海上はようやく明るさを取りもどしつつあった。

やがて断続的に大粒のスコールが訪れ、雲は低くたれて視界は不良であったが、六時四十五分、突如として南東の水平線上に敵艦隊らしきマストの林立するのが望遠鏡にとらえられた。ただちに「戦闘配置につけ」のラッパが高々と艦内にひびきわたり、緊張の一瞬が全乗員の五体にみなぎった。思えば、われわれ水上艦艇乗員にとって、このような事態が一刻もはやく到来することをいかに渇望し、待ちわびていたことであろうか。

だが艦隊を援護する飛行機は一機も上空におらず、また出撃と同時に敵潜水艦のため、長官坐乗の旗艦愛宕が沈没するという最悪の事態に直面させられ、その後も執拗な敵機の空襲を受けどおしで、反撃する腕の見せる術（すべ）なく、いたずらに敵の跳梁にまかせていたわれわれにとって、指呼の間に敵水上部隊を発見したことは欣喜雀躍の喜びであり、思わず武者ぶるいがしたほどであった。

さきにリンガ泊地で猛訓練をかさねてきた腕前をためす、絶好のチャンスが到来したのである。

艦隊はただちに最大戦速に増速し、敵水上部隊に対し戦闘を開始するのであるが、このときマスト高く戦闘旗がへんぽんと翻えり、艦首にくだける白波を蹴立てて、それぞれの巨砲を上下に動かしつつ、反対舷の赤腹を宙に浮かせんばかりの一斉回頭は、少年時代より夢にまで描きつづけてきた艦隊決戦の場面であり、勇壮なる進撃ぶりであった。

スコールを衝いてときおり飛行機が二機、三機と敵空母の甲板より飛びたつのが望見されたが、敵機の大半はほとんど出はらった後のようであった。飛行機を持たない空母ほど弱いものはないことは、ミッドウェーの戦訓により痛いほど知らされていたが、当方にとっては、まったくチャンスであった。

それこそ敵艦艇は猫に狙われたネズミのように、それぞれが同じように後尾より朦々と煙幕を張りながら、ただ逃げるに越したことはないと一目散に退却を開始した。時や遅しと戦艦大和の四六センチ巨砲がまず火を吐き、ここにレイテ海戦の火蓋がきられたのである。

思えば大和の巨砲が本来の目的のために使用された、最初にして最後の日であり、大艦巨砲主義の終焉の日でもあった。

回避運動はまさに神技

さて、雪風奮戦の場面となるのであるが、ここに艦の編成ならびに幹部の名を記しておこう。

艦長＝寺内正道中佐。先任将校兼砲術長＝奥野正大尉（私）。水雷長＝斉藤国二朗大尉。航海長＝田口康生大尉。機関長＝竹内孝弟大尉。主計長＝森岡武三大尉。軍医長＝白戸三郎大尉である。

戦艦大和の巨砲の発砲を合図に、各艦は一斉に砲撃を開始し、雪風も敵をもとめて砲撃の火蓋をきった。その空母は商船または油槽船を改造したものであり、機動力にも戦闘力にも欠けた一群で、その空母は商船または油槽船を改造したものであり、機動力にも戦闘力にも欠けた劣勢部隊であった。その主任務は上陸軍援護や対空対潜警戒であり、艦隊決戦の戦闘単位ではなかった。しかもその艦載機はほとんど出はらった後で、ただ逃げる一方の敵なのである。

それでも逃げる魚は大きく見えるもので、まして朦々たる煙幕と厚い雲のため、艦型もはっきりわからず、当方は艦隊司令部のものも、てっきり正規空母と信じきっていたのである。それが時おり厚いスコール雲の中へ隠れ込むのだから、追う方もなかなか楽でない。弾着観測に当たっていて、もっぱら空母をめがけて撃ちまくったのであるが、他艦も同様に砲撃しているので、弾着の識別も思うように簡単でなかった。

何斉射したころであったろうか、左舷後部にパッと閃光があがり、付近の構造物がうちたおされ、白煙があがったようである。ついに命中したのだ。なにはともあれ一矢を報いることができたのである。このことはただちに各配置戦闘員に伝達され、士気はいやが上にもあがった。

そのときである。艦橋見張員のけたたましい叫び声。「敵艦上機一機、左六十度四千メートル、急降下突っ込んでくる」

見れば大粒のスコール雲の中より、突如としてあらわれた敵飛行機が、雪風めがけて突っ込んでくるではないか。と思うまもなく、艦橋の天蓋の丸い蓋があけられ、ニュッと大きな丸坊主頭があらわれた。大きな眼をカッと開き、八字の口髭をピンとなびかせつつ、敵機を横目でじろじろっと睨むポーズは、寺内艦長独自のものであり、戦わずしてすでに敵を呑んでいるかのようだった。

艦長健在なるかぎり雪風絶対に敗れずの安心感が、全乗員の脳裏にきざみ込まれていたのであり、このときぐらい頼もしくもあり、また信頼感あふれる勇姿は、毎度のことながら惚れぼれするものであった。

爆弾の落ちゆく先を落ちついて見とどけながら、回避の転舵を命ずる腕前は歴戦の勇士なればこそであり、神技ともいえるもので、初陣の者ではとてもできない芸当である。その豪放な艦長もよほど緊張するとみえ、顔面いっぱいに大粒の汗をかくのもこの時である。

いまもみごとに急降下の爆弾を避けることができたのであるが、敵爆弾の水柱が約十五メートルの至近距離にあがり、指揮所にいた私の顔がボーッと熱気に火照り、水飛沫が頬をぬらしたのであった。

戦闘開始より一時間あまり、いよいよ戦機は熟しつつあった。駆逐艦の戦力は、なんといっても魚雷戦である。雪風もしばらく魚雷戦の機会にめぐりあうこともなく、かつてガダルカナル沖海戦で敵軽巡を撃沈して以来のことで、ただ腕をこまねいている毎日をつづけていたのであるが、今日のこの機を誰よりも一番待ち望んでいたのは、若き水雷長の斉藤大尉を中心とする水雷科員であったにちがいない。

小柄ながらも、全身がまるで知恵のかたまりのように見える斉藤大尉は、敵発見と同時にしきりと望遠鏡をのぞきながら、彼我の対勢をしらべたり、魚雷発射の諸元の算出や調定に、こまネズミのように走りまわっていた。寺内艦長もこの水雷長の技量を全幅信頼しつつ、その動作を頼もしげに見守っていた。だが、敵は相変わらず煙幕を張りつづけて、逃避するのにけんめいだった。

やがて最初の第一撃は、二万メートルの長距離発射によって行なわれたのであったが、その成果は煙幕と厚い雲のため判明せず、ついで一万メートルに接近して第二回の魚雷発射を行なうことになった。この魚雷戦は、一回の発射本数は八本で、予備魚雷八本の計十六本の保有数なので、大砲や機銃のようにむやみに多数を発射することができないのだ。つまり駆逐艦の魚雷戦は二回が限度なのである。

だから二回目の発射こそ最後のものであり、是が非でも命中させなければならなかった。さすが十年兵を養うはこの一日、いな、この一刻にかかっているといっても過言ではない。この発射点の良否こその寺内艦長も、艦を発射点にもってゆく操艦は慎重そものであった。この発射点の良否こそは魚雷命中の成否を大きく左右させるものであり、艦長の腕の見せどころでもあるのだ。

敵の方位、距離、進路、速力などが刻々と報ぜられ、やがて艦長の「魚雷発射」水雷長の「発射用意」「射て」の命令一下、毎日ジャイロの調整や兵器手入れに、わが子のように愛撫しつづけてきた最後の八本の魚雷が、飛沫を蹴たてて艦から発射された。

全乗員が命中してくれと祈るような視線が、敵空母につながる海面に凝視された。そうするうちに予定時刻をつげる秒読みがはじめられた。望遠鏡で喰いいるように見つめている水雷長の顔面も、極度の緊張にこわばっていた。

単艦で殴り込んできた米艦

魚雷到達の予定時刻をつげる声とほとんど相前後して、「魚雷命中」と水雷長の若い歓びにあふれた声が、静寂な艦橋の緊張をときほぐした。敵空母は命中により大きく爆破されたのである。期せずして起こった万歳の声が全艦をゆるがした。

シブヤン海に入ってから、巨艦武蔵をはじめとして、さんざんに痛めつけられた憎き仇敵の片割れをいまやっつけたのである。まったく溜飲の下がる思いとはこのような気分をいうのであろうか。しかし戦場は一刻の油断を許さぬものであり、勝利の美酒に酔う暇をあたえてはくれなかった。

歓喜の興奮がまださめやらぬ眼に、突如として勇敢にも敵駆逐艦一隻が単身で当方に向かってくるのが見られた。はじめのうちは、このような混戦状態に入って進路をあやまったか、あるいは血迷ったのではないかと、わが目を疑ったのであるが、これぞ米駆逐艦ジョンストン号であり、その艦長エバンス中佐はかつての西部開拓時代に勇名を馳せたインディアン族の駅馬車の襲撃のように、わが艦隊に決然と戦いをいどんできたのである。

味方空母群を安全地帯へ逃すため自らその防塞となり、また時間をかせぐための捨石作戦でもあり、殴り込み戦術であった。敵にもサムライがいたのである。ヤンキー魂をまざまざと見せつけられた一場面でもあった。そのジョンストン号はまもなく艦首より魚雷数本を発射するや、わが艦隊の前方で大きく転舵した。

これをわが方はなんでこのまま敵を放っておくものかと、十戦隊の駆逐艦群が猛砲撃の集中砲火をあびせたのであった。雪風もその先頭に立って砲撃をくわえ、多数の命中弾をあたえた。至近距離のことであり、おもしろいように命中し敵艦深く炸裂した。この猛撃で砲身が灼熱し、上に塗ってあった塗料が全部はげ落ちたほどであった。

いままでの溜りにたまっていた鬱憤が、一時に消しとんだような気持で、このときほど痛快に感じたことはなかった。見ればジョンストン号のマストは倒れ、蜂の巣のような弾痕の跡もなまなましく、艦体は炎々たる黒い煙と火炎に掩いつつまれ、すでに命運がつきているようであった。

敵ながら天晴れなる勇者の最後を見きわめるため、雪風は数十メートルの至近距離に近づいていったのであるが、すでに艦は傾き、沈没寸前の状況であった。付近の海面には浮遊物が散乱し、重油が黒く流れよどんで、そのなかを乗組員が三々五々あるいは板切れにつかまり、また泳いでいるのが望見された。

特別輸送艦時代の雪風。艦橋前や艦尾上甲板などに便乗者用施設があった

目を彼方に移すと、救助カッター一杯に乗り移って、オールで漕いで逃げている髭ぼうぼうの半裸同然の米兵の一群がいるではないか。彼らはたしかにこの戦闘で精魂を使いはたし、刀折れ、矢つきた感じであった。

そのとき突然、雪風の機銃より、このカッターめがけて掃射した者がいた。敵愾心をこの行動にあらわしたもので、また僚艦を失い、痛めつけられた憎い仇艦と思えばこそ、とその気持はわかるのだが、これを見て思わず艦橋より「逃げる者を射つ奴があるか、打ち方止め、打ち方止め」と大声で射撃を制止させたのであった。

「汝の敵を愛せよ」と艦橋にいたわれわれは、期せずして敵勇者の最後を弔って挙手の礼を捧げたのである。

戦い終わり日は暮れて

激闘混戦もすでに二時間以上たち、いちおう戦線の整理をする必要があった。それぞれが思い思いに戦っていた艦は、命令により旗艦大和の周辺に集結をいそいだ。

ふたたび輪形陣に整形され、午前十一時二十分、針路を南にとり、一路、所期の目的地であるレイテ湾へ殴り込みに向かったのであるが、湾口より四十浬ほどの地点を航行していたとき、あらたに敵機動部隊あらわるとの情報（戦後、敵の謀略電報と判明）が入った。

泊地の敵輸送船団群と戦うよりは、わが海軍の伝統である水上戦闘艦隊との決戦を挑むため反転し、この新しい敵に向かったのである。栗田艦隊の〝謎の反転〟として、とかくの非難があるにせよ、当時レイテ湾には丸腰のままマッカーサー大将が輸送艦に乗り組んでいたのであり、予定どおり突撃を敢行していれば、戦後あのような権力をふるまったマッカーサーの名前も、日本人の脳裏には誰一人として憶えられずにすんだかも知れなかったのである。

これまで日本側にひどく痛めつけられていた敵護送空母群は、レイテ湾に逃げ込む途中、わが軍最初の神風特別攻撃隊関行男大尉以下の捨て身の攻撃をうけ、空母三隻が撃沈され、ほうほうの態でたどりついたのを後日知らされた。指揮官スプレーグ少将はドアの前まできて、ノックもせずに引き返していった栗田艦隊の行動に対し、疑惑の念を感じながらもホッと安堵の胸をなでおろしたことであろうし、これをさかいに幸運の女神は米軍側に傾いたのである。いま考えればまことに惜しい逸機であった。

艦隊は新しい敵をもとめて反転はしたものの、索敵の飛行機を持たぬ悲しさに、ただいたずらに暗中模索を繰り返すのみだった。これに反し、あらたにレイテ救援に向かって出動した米艦隊の、正規空母によって編成された機動部隊の強力な航空攻撃に、わが艦隊はさらされたのである。

これに対しわが方も大和を中心とした輪形陣をガッチリ組んで、対空砲火の威力を発揮しながら北上したのであるが、期待の敵水上部隊との決戦はおろか、飛行機対艦艇の防禦一点ばりの受け身の戦闘に終わってしまったのである。

その対空戦闘もようやく日没ちかくなって終わり、夜戦の見込みもたたず、また燃料も欠乏してきたので、ふたたびサンベルナルジノ海峡を西進し、ブルネイに帰投することになった。このころ、本土から出撃したオトリの小沢艦隊の空母四隻もついに撃沈されてしまった。

またレイテ南方スリガオ海峡より進撃した戦艦扶桑、山城を主力とする西村艦隊も全滅し、後続の重巡那智、足柄を基幹とする志摩艦隊も、敵の状況がわからないためもあってか反転してしまい、残存するのはわが栗田艦隊だけになってしまった。しかも本日の海戦によって筑摩、鳥海など重巡四隻をはじめとして、二、三の駆逐艦も撃沈破されてしまったのである。

戦い終わり日は暮れて、サンベルナルジノ海峡を西進するわが雪風乗組員たちは、連日の戦闘の疲れも身に感じないほど意気天を衝くものがあった。それは十分に戦ってきた満足感と勝利に酔っていたのである。少なくとも局地的戦闘において、思う存分に暴れまわったので、悔いはなかったのだ。むしろ意気揚々と引き揚げた感が強かった。

明くる十月二十六日、シブヤン海に入ったのであるが、この日も本格的な敵機の空襲をうけ、わが第二水雷戦隊の旗艦である軽巡能代もついに沈没し、大和も集中攻撃をうけて浸水し、その船足も重かった。

こうしてシブヤン海を通りぬけたのであるが、敵潜水艦を避けて遠く新南群島の西を迂回し、南シナ海をへて、二十九日にブルネイに帰還したのである。思えば八日前の、必勝の意気高らかに出撃した栗田艦隊三十二隻は、連日の激闘の疲れを目の当たりに見せ、いまや十四隻にやせ細り、また、ことごとく傷つき色あせた姿に変わっていた。

その中にあって、ただ一隻、不思議というか幸運というか、かすり傷ひとつ受けない世にもラッキーというべき幸運があった。それが駆逐艦雪風の姿なのであった。

歴戦艦「天津風」アモイ沖に憤死す

制海制空権なき対空対潜戦闘を耐えぬいた稀有の記録

当時「天津風」砲術長・海軍大尉　小川治夫

昭和二十年の元旦は、インド洋に面した海の西最前線であるカーニコバル島で迎えた。カーニコバルは北のアンダマン諸島と南のスマトラ島との間の、南北直線上に点在するニコバル諸島の最北端にある中心の島である。

海軍は、この島に最精鋭の呉第八特別陸戦隊を進出させた。そして、これが第十四警備隊と呼称が変わった。それに設営隊が二隊派遣され、飛行場建設に全力をあげてきた。その後、陸軍部隊もつぎつぎに増強され、南北十二キロ、東西十キロという小さな島にしては、面積にたいする軍隊密度は最高だったと思っている。

小川治夫大尉

しかし、やっと完成した飛行場も、わが陸軍機が四機という情けない情況であった。太平洋方面のサイパン、フィリピンなどの戦況について、わずかな情報のなかで憂慮しながらも、自分はこの西の島で、祖国防衛のために戦友と運命を共にする覚悟をしていた。海上の補給も途絶えてひさしく、防衛戦力の充実をはかるとともに、自給自足の態勢をかためていた。

そういう矢先、思いもかけない転勤命令がきた。二月十日付で、駆逐艦天津風（あまつかぜ）の砲術長兼分隊長に任命されたのである。この辞令は、司令をはじめ全島に大きな動揺をあたえてしまったようだった。

二月十四日、海陸とも長らく連絡の途絶えていたこの島に、輸送機が飛来した。私はおなじく転任する陸軍の参謀代理、今井少佐とともに搭乗し、陸軍の旅団長や海軍の司令以下、多くの人の見送るなかをカーニコバル飛行場から飛び立った。

機はスマトラ北端のサバンを経由して、昭南（シンガポール）に着陸した。ただちにセレター軍港にある第一南遣艦隊司令部におもむき、カーニコバルの状況報告をおこなった。当時、艦隊司令部の最大の関心事は、日本内地に保有する燃料の量であり、その南方資源輸送の担当司令部としての苦悩をつよく感じた。そして、私は日本の国力が予想外に重大な段階にあることを知らされたのである。

その司令部は二月十日、昭南を出撃していった第四航空戦隊の日向、伊勢を中心とする高速輸送（北号作戦・松田千秋司令官）の成功を待ち望んでいた（この輸送は大成功して二月二十日、呉に入港する）。

あの雄姿よ今いずこ

ともあれ海軍士官として、また船乗りとして、かねてから勤務したいと思っていた駆逐艦への転任である。荒波にもまれる姿、ソロモン以来の激しく厳しい任務、そして家族的な雰囲気。私は「駆逐艦こそ真の船乗り」という憧れをもっていた。

その天津風だが、私は百人一首に出ているこの艦名に、なんともいえぬ魅力を感じていた。かつて巡洋艦鈴谷（すずや）乗組のときには、第三次ソロモン海戦での天津風の奮戦ぶりを聞いていた。また、昭和十八年二月四日、広島沖の柱島泊地を出撃したおりには、鈴谷は天津風と同行しトラックに向かいながら、たがいに訓練にはげんだものである。そのときの天津風の雄姿が、鮮明に記憶によみがえってくる。

そんな天津風に、昭南の商港で張り切った気持で着任した。しかしながら、あれほど憧れていた天津風の姿は、工事や作業で雑然としていることはともかく、艦首切断という大破によって、応急の艦首、艦橋をとりつけた修理中の状態であった。かつてのあの雄姿はどこへやら、ほんとうにびっくりし、がっかりもした。これは昭和十九年一月、南シナ海において米潜水艦の雷撃をうけて大破したものであった。

艦は修理作業中で、ただちに出撃できるという状況ではないこと、そしてカーニコバル島での連日連夜の張りつめた勤務の反動と、長いあいだの南国生活の南方ボケとがかさなり、若干、気合いのぬけた感じになったことは否（いな）めない。しかし、それも束の間、B29の大挙来襲により、一変して気がひきしまり、気合いが入った。

艦長は、一月に駆逐艦霞（かすみ）から転任してこられた森田友幸大尉（海兵六八期）。この天津風に乗っていた同期の庄司豪夫が入れかわって、その後任として霞に転任し、第四航空戦隊に随伴して二月十日に昭南を出撃、ひと足先に内地へ帰っていた。

やがて応急修理がおおむね完了した天津風は、船団護衛の任務について、内地に回航することになった。私は砲術長として、また先任将校（しかも主計長、軍医長がいない）として、応急修理の概成をさらに完成させるべく、また機銃の増備を促進させるべく督励した。同時に弾薬や爆雷のほか、食糧や衣料など酒保への積込みも監督しなければならない。

さらには、あらゆる場面の戦闘およびその応急に対応できるための準備、訓練もおこなうといった、まさに忙殺された毎日であった。それでも、全艦あげて活気にあふれた作業が進捗（ちょく）していった。乗組員は内地へ帰れる喜びとともに、その前途に横たわるきわめて困難な情勢を感じとってはいた。しかし、なんとしても内地へ帰るのだ、そのためにはどんな困難も乗りきってみせる、といった気概にあふれていた。

そのうち、B29による昭南空襲が熾烈になった。不完全な艦および施設で、護衛と回航の任務を全うするには、頼みとするのは銃砲のみである。その銃砲も不充分であるが、砲術長としてはこれを克服するため、砲術科員とともに大いに研究をかさね、訓練をおこなった。

砲術科員はみな歴戦の生き残りで、若い現役ばかりであった。さすがにピリッと気合いが入って充実し、張り切っている。また気持も一つにまとまり、訓練の成果もあがり、高い練度になってきた。この優秀な部下や戦友にめぐまれ、私もまことにうれしく、頼もしく思った。艦全体としても大いに自信をもつことができた。

準備がおおむね終わると、セレター軍港に移動した。その間にもＢ29やＢ24が高々度で大挙来襲し、商港軍港ともに絨緞爆撃をうけた。天津風はセレター軍港中心部より東水道にさけ、沈黙を守った。そして、いよいよ出撃の準備がととのったのである。

悲劇のプロローグ

さて昭和二十年三月十六日、南方資源輸送を事実上、打ち切るという重大決定のもとに、南号作戦（二十年一月に発令された南方緊急輸送で、ヒ八八Ａ船団以下、延べ十五回にのぼる船団が昭南〈一部仏印〉より内地をめざしたが、敵潜水艦やＢ25などの攻撃で、半数の船舶を失うという甚大な被害をうけた）の中止が下令された。

そのころ、昭南では船舶を集約、建て直しをして新船団を編成しつつあった。南号作戦中止の命令にもかかわらず、また、きわめて戦況が悪化した状況を承知のうえでの行動であった。この新船団を「ヒ八八丁船団」と名づけ、強行出撃させることになった。これは、南方よりの最後の船団と位置づけられた。そのため護衛の強化が配慮されたもので、天津風もこの護衛に配属されたものである。

「ヒ八八丁船団」の編成は、つぎのとおりである。

◇指揮官＝第十一海防隊司令・平野泰治海軍中佐（司令海防艦は海防艦一三四号）

◇輸送船＝（内地行四隻）阿蘇川丸、鳳南丸、海興丸、さらわく丸。（サイゴン行三隻）サイゴン丸、荒尾丸、天長丸。

◇護衛艦＝十隻（うち三隻は途中より合同）海防艦一三四号、一八号、二六号、八四号、一三〇号、一号（三月二十七日合同）、海防艦満珠、駆逐艦天津風、駆潜艇九号（三月二十七日合同）、二〇号（三月二十六日合同）。

ともあれ三月十九日午前九時、ヒ八八丁船団は、昭南のセレター軍港を出撃した。しかし、その数時間後の十一時四十五分、ホースバー灯台の北東十浬の地点において、さらわく丸が磁気機雷に触雷し、昭南に引き返していった（二十一日に沈没）。

二十日に、チョウマン島のバハン沖を通過する。そのあとマレー半島の陸岸沿いに北上し、二十一日夕方にはコタバル沖を通過、二十二日タイ湾を横断する。二十三日午後三時、仏印の南西端カマウ岬北方で仮泊。翌朝、出港する。

三月二十六日には、サンジャック沖でサイゴン行船団三隻を分離する。ひとまず一つの任務を果たしたことでホッとする。この日、駆潜艇二〇号が合同して、護衛にくわわる。二十七日にパラダン沖を通過するが、敵機の触接をうける。夜の八時にいたり、ナトランで仮泊する。海防艦一号、駆潜艇九号の二隻が合同する。これで輸送船三隻、護衛艦艇十隻となる。

このように昭南を出撃いらい、船団は黙々と、しかも懸命に北へ北へと走る。連日連夜、緊張のゆるむときのない苦闘がつづいた。寝る暇はもちろん、休憩室や便所に行く時間もない状態であった。炊事もできぬため、食事は乾麵麭ですますことがほとんどだった。艦の当直や操艦も砲術長、航海長、水雷長の三人が二時間交代でおこない、あとの非番の四時間も、射撃指揮所（艦橋の上部）で対空、対潜警戒をしながら休むというかたちをくりかえした。しかも、その間ひっきりなしの戦闘という状況であった。

　さて、三月二十八日午後七時三十分、船団はナトランを出港し、仏印の東岸沿いを北上していった。しかし、ファンファン湾口において、B24一機が来襲し、対空戦闘がはじまる。この攻撃で阿蘇川丸が爆撃をうけて沈没した。しかし、B24も掩護にかけつけた味方戦闘機の攻撃によって火を吐き、海中に墜落していった。そこへP38が飛来し、船団上空で味方機との空戦が演じられる。双胴のロッキードP38の姿は、なんとも小しゃくなものだ。つづいて「敵潜水艦発見」の報に、対潜戦闘がくりひろげられる。まったく息つく間もない。

　そして岬をかわった午後、護衛艦の間をついて鳳南丸に魚雷二本が命中し、同船は擱坐ののち沈没する。しかし、わが部隊も敵潜水艦一隻を仕止めた、という報告が入る。夜になって浮上する潜水艦を発見し、満珠が発砲する。さらに警戒を厳にする。

　明くる二十九日の午前七時十分、アンヨ岬の北北東約二十浬の地点で、とつぜん最後尾を護衛中の海防艦八四号が、暗黒のなかに大きな火柱をあげながら姿を消した。轟沈である。執拗な敵潜水艦のしわざである。艦長の池田時義大尉以下、全員の一九一名が戦死した。また同艦の砲術長である熱田佳次郎少尉は、カーニコバルの第十四警備隊（呉第八特別陸戦隊）時代、私とは分隊長と分隊士（当時は兵曹長）という間柄であったが、その彼も艦と運命を共にした。

全滅した輸送船

夜明けとともに、敵機の攻撃は必至と考えられた。そのさい、敵機の後方上空からの降下爆撃にたいしては、発砲のチャンスは一発のみである。その一発で敵機がひるめば成功である。

そう考えたので、「来襲に備え」を指示した。それは、あらかじめ二番砲、三番砲を真後ろより左右にそれぞれ少しふり、仰角一杯にしたまま、効果的な時機に即時発射できる状態にした。

午後十一時三十分、クラレオ島の東南東約二十浬の地点において、B25十二機の攻撃をうける。さいわい、わが艦隊はスコールの中に突入する。そのスコールに突入する直前、とっさに対空戦闘の「来襲に備え」が功を奏し、主砲の発砲によって二機を撃墜、一機を撃破した。

この戦闘で、ただ一隻健在だった海興丸が沈没した。これにより、ヒ八八丁船団としての輸送船を全部喪失し、作戦の目的は不成功となってしまった。海防艦一三四号は、敵の機銃掃射により砲術長ほか数名が戦死し、航海長ほか多数の重軽傷者をだす。満珠も戦死者三名をだした。

午後一時、パタンガン岬東方においてふたたび敵機と交戦する。その三十分後、海防艦一八号が沈没する。艦長の下方弘麿少佐以下、全員一七四名が戦死する。

夜間にはいって、浮上潜水艦を発見して砲撃する。しかし、まもなく前方に見失ってしまう。さらに警戒を厳にしていると、果たして敵潜よりの雷跡を発見する。さいわい、商船ぬきの護衛艦はうまくこれを回避することができた。敵潜水艦のやりくちは、浮上先行して待機し、それから攻撃してくるという、まったく演習なみの、人をバカにした行動である。敵ながら勇敢というよりも、わが方が反撃できないのを承知しているからであろう。切歯扼腕、じつに残念至極であった。

午後十一時、海南島南方五十浬の付近でまたもや敵機の攻撃をうける。夜間といえども、執拗な敵の来襲はあっぱれというほかはない。すかさず対空戦闘にはいるが、天津風の主砲射撃が功を奏したのか、敵機はひるんで攻撃をやめ、回避していく。

この戦闘でPBYカタリナ一機を撃墜、B24一機を撃破するが、わが方も海防艦一三〇号が被爆して沈没した（艦長の鈴木唐吉少佐以下、全員一八七名戦死）。また、海防艦一三四号も被爆して小破し、左に五度ほど傾きながらの航行である。海防艦二六号は戦死者二名をだす。このように、終夜の対潜対空戦闘、そして韜晦運動をおこなううちに夜が明けた。

三月三十日の夜が明け、海南島が薄ぼんやりと見えてくると、なんとなくホッとして嬉しくなる。しかし相変わらず、敵機が頭上にあらわれ写真を撮ってゆく。

わが天津風を巡洋艦あるいは特殊艦と見たためか、あるいは、この部隊を重要視したためなのか、基地から六百浬もはなれているにもかかわらず、敵の哨戒はきわめて徹底した確実さをもち、また感心するぐらい徹底的に攻撃にやってくる。

やがて、海南島の楡林に仮泊する。ここにおいてヒ八八丁船団は、輸送船の全滅により、残るは護衛艦のみ七隻となる。

辿りついた荒廃の街・香港

この海南島の楡林に仮泊中、陸側の山の稜線すれすれに山影を背景にして、B25二十機ほどの急襲をうけた。陸上の味方のことを考える余裕すらなく、主砲や機銃を必死になって射ちまくった。敵はバリバリと猛烈な機銃掃射（曳光弾の光が飛んでくる）をおこないながら、つぎつぎと超低空で来襲しては、爆弾を落としてゆく。瞬時のことながら、ものすごい攻撃である。

天津風より海側にいた海防艦二六号が被弾、小破して傾いた。戦死者八名をだす。天津風は仮泊位置があまりにも陸（山）に近かったため、爆弾は当たらなかったが機銃掃射をうけた。その被害は戦死一名、重傷一名。軽傷約二十名を数えた。そして、船体がいたるところ穴だらけになった。砲の電路の一部が切断され、電動がきかなくなる。この対空戦闘では撃墜二機、撃破二〜三機の戦果をあげている。

沖合いの敵機の墜落したあたりに、いつの間にか一機の飛行艇が姿を見せている。搭乗員の捜索救助にきたのだが、ふしぎなほどの早さである。主砲を手動により飛行艇にむけて発砲すると、飛び去っていった。

しばらくして、主砲の電路が回復した。各艦とも、本日および本日までの戦闘による重傷者を、海南海軍病院にうつした。

三月三十一日の午後三時、楡林を出港するそのさい、海防艦二六号のみは楡林にのこったのだが、運命とはわからないものである。同艦は修理後、四月十五日に楡林を出発し、香港、上海を経由して五月四日に舞鶴に入港している。そして五十嵐龍男艦長以下は、石川県七尾で終戦をむかえている。

楡林を出航後、天津風はさっそく艦尾に雷跡一本を発見するが、回避する。護衛艦六隻は中国大陸に沿ってのコースを北上する。

四月一日午前十一時、萬山諸島の老満山付近に仮泊する。午後二時三十分には出発し、さらに北上をつづける。空は雲におおわれ、敵機の来襲の可能性は比較的少ないと思われたが、その天候下での当直中、いきなり上空で異様な音を感じた。

ただちに「前進全速、面舵(おもかじ)一杯」と下令するが、間に合わず、右舷十メートルの至近距離に爆弾が落下する。雲上よりのまったくの不意打ちであった。あやうく直撃をくらい、あわや荒天の南シナ海で一巻の終わりというところであった。幸運であった。これは雲上よりの電探による爆撃である。左方のかたわらにある小島にも爆弾を落としているが、とにかく、一路、香港をめざしてすすむ。

四月二日の午前九時半、ぶじ香港に入港した。香港湾内は沈船が多く、街は荒廃して死んだ都市のような感じだ。入港してホッと一息ついたと思うのも束の間、さっそくB29約五十機が襲来する。陸上とともに艦船、とくに本艦が目標になっているようだ。しかし、敵の絨緞爆撃も、高度と投下位置の角度で危険（命中）かどうかの判断がつくので、艦長は艦を動かしながらそのつど、「こんどは大丈夫」と回避していた。

だが、午後十一時三十分、第三波の爆撃で天津風の右横にいた満珠が、艦首部と艦橋に直撃弾二発をくい大破し、艦首が着底した。艦長の神沢政憲中佐以下、五十四名が戦死、三十名余が重軽傷を負った（満珠は五月十一日、引き揚げ作業後、香港ドックにて修理し、九割完了の時点で終戦を迎える）。

分離した司令海防艦の最期

四月四日も、ふたたびB29約百機の攻撃をうけたが、その香港において新しく「ホモ〇三船団」が編成された。海防艦一三四号（第十一海防隊の司令海防艦）、天津風、海防艦一号、駆潜艇九号、駆潜艇二〇号の護衛艦に、商船は甲子丸ほか一隻の編成である。

四月四日午後五時三十分、船団は香港を出撃して門司へむかった。夜間、敵の攻撃はいつも後方の船をねらってくるので、即時戦闘態勢をとって、回避できるように厳戒をしていた。それにもかかわらず、まったくの暗夜、夜半すぎに商船が一隻被爆して沈没した。

4月6日、攻撃回避を行なう天津風。19年1月の損傷を応急修理している

そして、翌早朝よりまたまた敵機の来襲である。この攻撃で駆潜艇九号が被弾して、香港へ引き返した。

高気圧の荒天で空は晴れているが、海上は風波が強く、向かい風に向かい波とあって、速力が出ない。こんなときは、上空は晴れて視界がよいので飛行機には有利である。B25、P38が来襲する。これで商船一隻が被爆して沈没する。B25、P38各一機が火を吐く。

海中に漂う沈没商船の乗組員の救助にあたるが、対空警戒と荒天のため、思うように作業がはかどらない。それでも、乗組員がまとまって浮いているとと思われる海面の風上に、艦を停める。しかし船体は横に風をうけて、風下に流されてゆく。その艦の長さ、すなわち舷側に当たった人を救助していくのだが、艦首や艦尾のほうに少しでもはずれてゆくと、みすみす眼前に見えていても、助けることができない。気の毒だが致し方ない。

敵機の来襲は必至の戦況下では、いつまでも留まることはできない。駆潜艇二〇号にたいして残存の乗組員を救助後、香港に回航するよう指示して、分離する（駆潜艇二〇号は約四百名を救助したとか）。

天津風が救助をおこなっているとき、第十一海防隊司令は、天津風との同行が敵にねらわれると判断したのか、海防艦一三四号と一号の二隻を指揮して、先行北上した。分離された天津風は、心を鬼にして救助作業を打ち切り、駆潜艇とわかれ、単艦で北上する。

天津風としては、「分離行動は各個撃破され不利、合同の必要ありと認む」と進言を打電しつつ、追いつくべく北上をつづけた。

ところで、楡林港内および夜間におけるB25の爆撃方法は、いわゆるスキップボミング（反跳爆撃）というもので、艦にむかって真横から超低空、猛スピードで飛来し、舷側近くの水面に爆弾を落とす。それが一回バウンドして舷側に当たり、爆発するという仕掛けである（直接当たる場合もある）。

わが方をナメて、優越感をもっているのであろうが、とにかくマストすれすれに、パイロットの顔も見える超低空で勇敢に襲ってくる。

文字どおり、喰うか喰われるかの一騎打ちとなる。

単艦となった天津風は、このスキップボミング攻撃から身を守らねばならない。それも、敵一機の来襲にたいして、主砲は一回しか発砲のチャンスがない。しかも、物体に当たってから炸裂する弾丸では、直接、敵の機体に命中させる以外に、効果的な空中炸裂が期待できない。

そこで、敵と同様に、こちらも零距離でいったん水面に弾丸を射ちこみ、一回バウンドさせて跳(は)ねた空中で炸裂させては、とその方法も検討したが、じっさいに荒天や回避運動のなかではむずかしいと判断された。

したがって、瞬時の戦闘では単純な方法のほうがよいと思われ、敵にたいしほぼ水面に並行に射ちこみ、その弾道の空気振動と発砲によって敵をひるませるしかないと考えられた。そこで両舷に備えるため、二番砲、三番砲をそれぞれ右舷、左舷の真横にむけて、即時発砲の態勢をとった。

四月六日、先行の二隻に合同できぬままに会敵となったが、その二隻（海防艦一三四、一号）もすでに敵の攻撃にさらされていたのである。それは午前十一時四十分ごろのことで、アモイ（厦門）南方洋上において敵機の攻撃をうけ、両艦ともに被爆沈没したのである。海防艦一三四号は、第十一海防隊司令・平野泰治中佐、艦長稲田茂一郎少佐以下、全員一八一名が戦死。また海防艦一号は、艦長の有馬国夫少佐以下の全員一五五名が戦死した。

さらば、わが天津風

さて天津風には、B25、P38三機が超低空で来襲しては爆撃、銃撃をくりかえした。わが方はただただ、射って射ちまくる。やがて二番砲塔と三番砲塔の中間、左舷に被爆し、火災が発生する。ただちに消火の注水を下令する。氏永掌砲長、尾崎先任伍長が現場確認のため二番砲塔にむかったとき、後部機械室付近に二発が命中した。この直撃により、私の両腕ともいうべき前記の二人が戦死する。

わが方の主砲と機銃によりB25五機を撃墜し、五機に煙や火を吐かす。しかし、わが艦は主砲の使用不能、舵取機故障、重油タンク火災、弾火薬庫危険という大きな被害をうけた。それに戦死者は、前記の二名をふくめて総員三十四名にのぼり、さらに昨日救助した輸送船員の全員が戦死した。戦傷者も多数を数えた(三番砲で無傷は佐伯兵曹のみ)。

幸運にも、敵機はわが天津風に止めを刺すことなく飛び去っていった。これらの攻撃機は、明らかに海防艦一三四号と一号を襲ってきたものであった。そのためもあって、一部には爆弾を使い果たしたため銃撃だけの機があったこと、さらに海防艦一三四、一号との戦闘で時間と燃料を消費し滞空時間の余裕がなかったこと、この二つがわが方に幸いしたと考えられた。

敵機が去ったあとは、負傷者を休ませ、火災、火薬庫にたいして消火注水に従事した。それにしても、あの凄まじい戦闘でよくぞ沈まなかったものである。沈めば南シナ海とはいえ、気温の低いこの荒海では一人も助からなかったであろう。

機関科員の奮闘と幸運のたまものであった。罐、主機械とも健在なので、自力航行が可能であり、人力操舵によりアモイに向かう。せっかく沈没をまぬがれ持ちこたえたものの、弾火薬庫が誘爆すれば、一巻の終わりである。それに、自力航行ができなくなったら、救援は期待できない。とにかく、なんとしても無事にアモイまで回航せねばと、挙艦一丸となって懸命に努力をつづけた。

機銃弾薬庫付近で機銃弾が跳ねたが、さいわいにもポンポン跳ねだすにはいたらなかった。三番砲の砲身内の弾丸が加熱により破裂する恐れがあり、というので注水をおこなったが、その作業中に弾火薬庫につづく揚弾筒内の弾丸が誘爆した。あたりはものすごい熱である。

二番砲の火薬庫で、装薬缶が一つ一つ破裂しているような不気味な音がつづいている（いまでも耳をはなれない恐ろしい音）。注水しようにも電気がやられているので、人力ポンプを使用する。目の前に海水はあるが、汲み上げる力は弱く、焼け鉄に水である。

二番、三番の弾火薬庫も心配だが、これへの注水の手段もまったくない。もはや運命を天にまかせるよりしかたがなかった。だが、神はわれわれを見捨てなかった。被弾個所の舷側に破孔ができ、ここから自然に浸水して、これが注水のかたちとなったのである。火勢がしだいに衰えていった。

夕刻、やっとアモイの港外にたどりついた。入港のさいに味方の機雷をさけるため、監視哨に問い合わせたところ、なんとすでに機雷源を通過していたことがわかった。なんとも役に立たない機雷源ということになるが、天津風にとっては幸運であった。

天津風の最後。艦上は破壊、後檣は倒れ海面は爆弾炸裂でわきたっている

機関科員の努力により、自力航行をつづけてきたが、重油に海水が混入しはじめて、ついにエンジンが停止してしまった。やむなく、天津風を座礁させることにした。岩に当たるあのイヤな音。せっかく、ここまで来てあと一歩というところなのに、まことに残念であった。しかし、よくぞここまで来れたものである。

このアモイの管轄内にたどりつけたという安堵感のほうが強かった。森田艦長の沈着適切な統率と乗組員全員の必死の活躍のたまものであった。アモイの根拠地隊に連絡報告して、天津風の曳航依頼をおこなった。

艦上の火災はようやく下火になったので、乗組員には休憩をとらせた。連日連夜の苦闘と過労、寒さのため、すでに体力の限界にきていたのである。しかし、夜半になると、ふたたび火勢が強くなった。そこで全員を集合させ、またも消火にとりかかる。空気の吸入が火勢の原因になっているので、舷側の亀裂、破孔個所を外側より防水帯でふせぐ作業である。全員が力をふりしぼって実施すると、どうやら密閉消火に成功し、ようやく最後の危機も脱したようであった。

四月七日、根拠地隊の艇がきて曳航を試みるが、不成功におわった。やむを得ず、他の場所に乗り上げることにする。この時点で、「艦として再起の見込みなく断念やむなし」との判断がなされた。

森田艦長は報告のため、航海長や負傷した乗組員の半数とともにその艇に便乗して、根拠地隊司令部におもむく。私は当然のことながら、責任者として艦に残った。そこへB17一機の襲来である。しかし、長時間の火災消火作業により完全に目を痛め、敵機がこっちに向かってくるのか、遠ざかっていくのかもハッキリわからないありさまだった。

そのとき、陸上よりとつぜん銃撃をうけた。私は艦橋にいて、対空見張員と機銃員のほかは、休養と被害の整理に当たらせていた。しかし、この銃撃により、不幸にも三嶋茂男一機曹が戦死した。ここまでようやく辿りついたというのに、まことに残念であり、申し訳ない気持であった。

相手は中国の重慶軍であった。艦橋にカンカンと銃弾が命中する。しかし、陸上からの狙撃は、どこから撃ってくるのか確認できない。そこで山の中腹にむけて二五ミリ機銃を連射する。敵はわが戦力が健在なのをさとったのか、ようやく避退した。

司令部から船がきて、曳航を再開する。しかし、結局はうまくゆかず、やはり断念のやむなきにいたった。そこで重慶軍の近寄れぬ場所に乗り上げ、総員退去となる。艦は傾き周囲は暗くなり、まことに無念である。涙をのんで、生死の運命を共にしてきた天津風を去る。海軍海人としてこんな悲しいことはない。

「さらばわが艦、天津風」「ありがとう、天津風」

四月八日早朝、アモイに上陸する。以後、戦傷者の収容、治療、戦死者の収容、火葬、告別式などをおこなった。また、現場の天津風におもむき、艦内に残った使える物品の搬出にあたった——。

なお、爾後のことに簡単にふれると、森田艦長は四礁山警備隊に転勤となり、お別れすることになった。内田機関長、田中罐長、岡田通信長以下、大部の人がアモイに残ることになり、私は一部の人をつれて内地に帰ることになった。五月八日、第一四四輸送艦が最後の輸送としてアモイに入港、内地への帰還の途についたのである。

日本海軍駆逐艦 戦歴一覧

太平洋戦争時、全一七八隻の航跡と最後

戦史研究家　伊達　久

峯風型（十五隻）

峯風（みねかぜ）

大正九年五月竣工。日米開戦時より昭和十七年九月まで、鎮海および対馬海峡方面の防備哨戒に従事していたが、以後、船団護衛を行なってサイパン、トラック、ラバウルまで進出した。十一月よりずっと東シナ海、佐世保方面において船団護衛や哨戒監視に従事した。昭和十九年二月一日、第一海上護衛隊に編入され、二月十日、門司～高雄間の船団護衛中、台湾沖において潜水艦ポギイの雷撃をうけ沈没した。

沢風（さわかぜ）

大正九年三月竣工。横須賀鎮守府練習駆逐艦として諸訓練を行なっていたが、昭和十七年五月より東京湾〜紀伊水道、東京湾〜北海道間の船団護衛に従事した。昭和十九年末より二十年四月まで対潜学校の練習艦となり、五月以降は第一特攻戦隊の特攻部隊目標艦となっていたが、無傷のまま横須賀で終戦を迎えた。

沖風（おきかぜ）

大正九年八月竣工。開戦時は大湊警備府に付属して、大湊、室蘭を基地として津軽海峡東方海面の哨戒に従事した。昭和十七年四月十日、横須賀鎮守府付属となり、東京湾南方警備護衛と東京湾〜大阪湾船団護衛に従事した。十月一日より三陸方面対潜掃蕩ならびに船団護衛に従事中、昭和十八年一月十日午後十二時五十分、勝浦灯台の一八〇度八浬（かいり）の地点において、潜水艦トリガーの魚雷攻撃をうけ二本が命中して沈没した。

島風（しまかぜ）

峯風型四番艦として大正九年十一月、舞鶴工廠で竣工。昭和十二年、予備艦となり十五年四月、第一号哨戒艇に改造された。日米開戦時、比島、蘭印攻略作戦後、ソロモン方面進出。昭和十八年一月、タンカー護衛中、米潜の攻撃をうけ沈没した。

灘風（なだかぜ）

峯風型五番艦として大正十年九月末竣工。昭和十四年、予備艦となり、十五年四月、第二号哨戒艇となる。開戦時、比島、蘭印攻略作戦をへてラバウル方面進出。昭和十八年、内地帰投後、台湾の高雄やボルネオ南東岸バリックパパンを基地として船団護衛に任じた。昭和二十年七月、小スンダ列島ロンボク水道で英潜の雷撃により沈没した。

矢風（やかぜ）
大正九年七月竣工。連合艦隊付属で、開戦時より昭和十七年四月三日まで内海西部で教育訓練に従事した。四月四日より五月五日まで、呉工廠にて標的艦となるための改装工事を行なった。改装後、東京湾で爆撃雷撃の標的艦となって航空部隊の訓練に寄与した。六月二十日より大湊、網走方面で航空部隊の訓練目標艦として訓練中、七月二十日、駆逐艦籍よりのぞかれ、特務艦籍に編入された。

羽風（はかぜ）
大正九年九月竣工。第十一航空艦隊第三十四駆逐隊に所属して、開戦時は基地警戒、基地移動協力および海上護衛の任務をもって、マレー方面攻略作戦、ボルネオ上陸作戦に参加した。つづいてスマトラ、ジャワ攻略作戦にも参加。昭和十七年四月三十日、航空部隊のラバウル進出にともない、羽風もラバウルへ進出。五月五日にラバウルを出撃して、モスレビー攻略作戦および珊瑚海海戦に参加した。五月二十六日、舞鶴に帰投して整備作業を行なった。

六月十三日より内地～サイパン間の輸送船護衛に従事し、八月八日、ラバウルへ進出した。以後、同方面において輸送船の護衛に、また基地員の輸送に協力していた。昭和十八年一月二十三日、カビエンを出撃してラバウルへ向かう秋津丸を護衛中、潜水艦ガードフィッシュの雷撃をうけ沈没した。

汐風（しおかぜ）

大正十年七月竣工。第四航空戦隊第三駆逐隊として開戦時より四航戦の空母龍驤の護衛艦となり、ミンダナオ島ダバオ攻略作戦に参加した。

昭和十七年一月十日、第三駆逐隊は解隊となり、四航戦付属として龍驤とともに仏印方面に進出。三月二日、バタビア攻略作戦を支援、つづいてスマトラ、ビルマ攻略作戦を支援した。四月十日、第五艦隊に編入され、暑い南方から北方部隊に転戦して、五月二十五日よりアッツ攻略作戦に参加。君川丸を護衛してキスカへ入港、以後、六月末までキスカの哨戒任務に従事した。七月十四日、南西方面艦隊付属となり、横須賀で整備後、内地～台湾間の船団護衛に従事した。

昭和十八年一月十八日より三月五日まで入渠した（石川島）後、二十年二月までもっぱら船団護衛に従事し、ことに内地～台湾間が多かった。二月以後は船団護衛もなくなり、呉で待機して対空戦闘を行なっていたが、無事に終戦を迎えた。

帆風（ほかぜ）

大正十年十二月竣工。第三駆逐隊に所属して、春日丸（大鷹）の護衛および訓練を行なっていた。昭和十七年二月四日、空母祥鳳を護衛してトラックをへてラバウルに進出し、同地で訓練目標艦の役目をつとめた。四月十日、第五艦隊付属となり、横須賀で整備後、大湊でキスカ攻略部隊に編入され六月七日、同島を攻略した。連日空襲を受けながら同島周辺の哨戒および対潜掃蕩に従事した。八月より水上機母艦君川丸の輸送護衛艦となって、横須賀～キスカ間を往復した。

十月一日、第一海上護衛隊に編入され、内地～台湾間の船団護衛に従事した。昭和十八年七月一日、バリックパパンを出港し、船団護衛を行ないながらマカッサル海峡を北上中、敵潜水艦より雷撃を受け、前部に浸水したが補強作業を行なってスラバヤに入港し、十月十四日まで入渠作業した。十一月二十八日、船団護衛を行ないながら横須賀に帰投し、昭和十九年三月十六日まで修理を行なった。

四月五日、第九艦隊に編入され、西部ニューギニア方面に進出し、同方面の船団護衛に従事した。七月二日、アンボンを出港した船団を護衛してニューギニアへの緊急輸送の途次、七月六日、北緯三度二五分、東経一二四度三〇分の地点で潜水艦パッドルの雷撃をうけ沈没した。

秋風（あきかぜ）

大正十年四月竣工。第十一航空艦隊第三十四駆逐隊に所属し、飛行機救難、海上輸送護衛の任務をもち、開戦時は台湾の高雄にあって不時着機の警戒に従事した。航空部隊の進出にともない、フィリピン、アンボンへ進出して同方面で基地物件の輸送船護衛に従事した。

昭和十七年五月、舞鶴に帰投して整備後、六月二十二日、ラバウルへ進出して同方面において昭和十八年三月末まで、敵機の空襲下において輸送船護衛に従事した。昭和十八年四月三日、佐世保に入港し、舞鶴で整備したのち、ふたたびラバウルへ進出して基地物件、人員輸送を行なった。

昭和十九年二月七日、トラックに入港して整備中、二月十七日の大空襲をうけたが幸い被害もうけず、その後、船団を護衛してサイパンをへて四月二十六日に内地へ帰投した。五月一日、機動部隊付属となり、フィリピンへ船団を護衛して進出し、同方面で護衛に従事したのち九月末に佐世保へ帰投した。十月二十日、佐世保を出港して船団護衛中、十一月三日、南シナ海において潜水艦ピンタードの雷撃をうけ沈没した。

夕風（ゆうかぜ）

大正十年八月竣工。開戦時より主力部隊警戒隊として、内地で護衛訓練などに従事していた。昭和十七年五月二十七日より主力部隊とともにミッドウェー海戦に参加した。同海戦より帰投後、内海西部で訓練および内地近海対潜掃蕩に従事して外地へ出ることなく、呉で無傷のまま終戦を迎えた。

太刀風（たちかぜ）

大正十年十二月竣工。第十一航空艦隊第三十四駆逐隊に所属し、開戦の日にルソン島北方のカラヤン島に陸戦隊を揚陸して同島を占領した。以後、昭和十七年四月二十六日まで台湾、フィリピン、蘭印、マレー方面を行動して、飛行機救難、船団護衛に従事して舞鶴に帰投し、整備作業を行なった。五月二十日より十二月末まで南洋、ラバウル、ソロモン方面で作戦していたが、十二月二十七日、ラバウルで左舷前部に至近弾をうけて小破したので修理し、昭和十八年一月二十九日、佐世保へ帰投して三月三日まで入渠修理した。

昭和十八年三月十八日、ラバウルへ進出して、基地人員、物件輸送に従事したが、四月十七日、敵機との交戦により被弾したので応急修理後、内地で八月末まで修理を行ない、九月十一日ふたたびラバウルへ進出して同方面の船舶護衛に従事した。昭和十九年二月四日、ラバウルよりトラックへ向かう途中、君島環礁で座礁し、引き降ろし作業中の二月十七日、トラック大空襲に遭遇して爆撃をうけ、翌十八日には機械室に直撃弾二発をうけ艦尾より沈没した。

野風（のかぜ）

大正十一年三月末竣工。大湊警備府第一駆逐隊として昭和十八年一月まで千島、北海道方面で交通保護に従事ののち、アリューシャン攻略作戦に参加。その後、北海道、東京湾間の船団護衛に従事した。十八年七月、キスカ撤収作戦参加。昭和十九年末まで千島、北海道方面の船団護衛に従事した。大湊で入渠整備したのち内海西部に回航され、昭和二十年一月二十六日、門司を出航して基隆まで船団護衛に従事した。二月十六日、第四航空戦隊(伊勢、日向)を護衛して台湾西方の澎湖島馬公(まこう)を出撃、シンガポールに向かう途中の二月二十日、南シナ海で米潜パーゴの雷撃をうけて沈没した。

沼風(ぬまかぜ)

大正十一年七月竣工。第一駆逐隊として開戦より昭和十七年九月末まで大湊を基地として、千島、北海道方面の交通保護に従事した。この間、五月末よりアリューシャン攻略戦を支援した。九月三十日より昭和十八年六月まで、本州北東岸の機雷礁構成部隊の護衛ならびに船船護衛に従事したのち、千島方面の船舶護衛を行なっていたが、六月六日、アリューシャン援護作戦に従事中、敵潜水艦を攻撃したのち、僚艦白雲と触衝したので、六月十五日より九月一日まで大湊で修理した。十二月五日より門司~高雄間の船団護衛に従事し、十二月十五日、高雄より門司に向かう船団を護衛中の十八日、沖縄の南方において敵浮上潜水艦を発見して爆雷攻撃を行なったが、潜水艦グレイバックの雷撃をうけて沈没した。

波風(なみかぜ)

大正十一年十一月竣工。第一駆逐隊として開戦時から昭和十八年七月まで野風とほぼ同行

峯風型13番艦・野風。基準排水量1215トン、全長102.57m、速力39ノット

動でキスカ撤収作戦に参加したのち、船団護衛に従事し、九月十七日より十一月二日まで函館および大湊で入渠整備を行なった。十二月一日より昭和十九年三月七日まで、門司〜仏印間および内地〜台湾間の船団護衛に従事した。三月十四日よりふたたび北海道、千島方面の船団護衛に従事した。

昭和十九年九月八日、小樽を出撃して北千島に向かう船団を護衛中、敵潜水艦の雷撃を後部右舷にうけ、そのため後部は切断されて航行不能となり、神風に曳航されて小樽に入港した。応急修理後に舞鶴へ回航され、昭和二十年二月二日まで舞鶴で修理を行なった。修理完成後、内海西部へ回航されて訓練部隊に編入され、教育訓練に従事した。六月より宇部沖にてB29より投下される機雷の監視任務に従事していたが、終戦を迎えた。

神風型（九隻）

神風（かみかぜ）

大正十一年十二月竣工。第一駆逐隊所属で開戦より昭和十九年末まで、北海道、千島方面の哨戒、対潜警戒、船団護衛などに従事し、この間にアリューシャン攻略作戦、第二次アッツ島攻略作戦に参加した。

昭和二十年一月、内海西部で訓練後、門司より船団を護衛して台湾をへて、二月二十二日、シンガポールに進出した。三月、重巡羽黒、足柄を護衛してジャワ、サイゴン方面輸送作戦に従事した。五月十六日、羽黒とともにアンダマン輸送の途次、マレー半島西岸ペナン沖で英巡二隻、駆逐艦三隻と交戦、羽黒は魚雷三本をうけて沈没したので、乗員三二〇名を救助してシンガポールに帰投した。

六月八日、足柄とともにジャワよりシンガポールに帰投中、スマトラ東端のバンカ海峡で足柄は敵潜水艦の雷撃をうけ沈没したので、乗員八〇〇名と便乗中の陸軍一五〇〇名を救助して、シンガポールに帰投した。その後も船団護衛に従事し、沈没した乗員を救助して部隊感状を授与された。シンガポールで終戦を迎えた。

朝風（あさかぜ）

大正十二年六月竣工。第五駆逐隊は開戦時フィリピン攻略作戦を支援し、十二月十一日、リンガエン湾上陸作戦を援護したのち、台湾にいったん帰り、十二月末よりマレー方面に船団を護衛して進出した。昭和十七年三月一日、バタビア沖海戦に参加して、豪軽巡パースを僚艦と協同して撃沈した。つづいてビルマ作戦、ニコバル攻略作戦に参加した。八月になってチモール戡定作戦に従事した後、もっぱら南西方面で昭和十八年二月まで船団護衛を行なった。

昭和十八年二月二十五日、第五駆逐隊は解散され、第一海上護衛隊に編入されて内地、フィリピン、マレー方面で昭和十九年二月まで船団護衛に従事した。三月になって横須賀〜サイパン間の船団護衛を行なったのち、ふたたび内地、比島、ボルネオ方面の護衛戦に従事していたが、八月二十三日、リンガエン湾西方約三十浬(かいり)の地点において、潜水艦ハッドウーの雷撃により沈没した。

春風(はるかぜ)

大正十二年五月末竣工。第五駆逐隊に所属して、開戦時はルソン島北岸のアパリ上陸作戦を支援した。以後、朝風とおなじく南西方面に進出した。昭和十七年三月一日、バタビア沖海戦に参加し、僚艦と協同して米重巡ヒューストン、豪軽巡パース撃沈に活躍した。そのとき被弾により小破したが戦闘航海に支障なく、ビルマ作戦などに参加した。九月より船団護衛および陸軍兵員輸送作戦に従事してラバウルへ進出し、帰途パラオをへて豪北方面で陸軍部隊輸送を行なって、十一月十六日、スラバヤに帰投したとき、北水道で触雷して前部を切断し、祐捷丸に曳航されてスラバヤに入港、昭和十八年五月二日までかかって修理し、呉に回航して八月まで入渠修理を行なった。

昭和十八年八月二十五日、呉鎮(呉鎮守府)部隊に編入され、昭和十九年二月まで内地〜パラオ間の船団護衛を六回おこなった。三月より昭和二十年三月まで第一海上護衛隊所属として内地、台湾、比島方面の船団護衛に従事して三月二十九日、佐世保に帰投した。四月三十日、予備艦となり修理整備を行なったが、中破のまま佐世保で終戦を迎えた。

松風（まつかぜ）

大正十三年四月竣工。第五駆逐隊に属して、開戦時から昭和十八年二月二十五日に同隊が解隊されるまで朝風とほぼ同行動をとった。昭和十八年三月三十一日より六月四日まで横須賀で修理した後、六月二十三日、横須賀を出撃して南東方面に進出、スルミ、コロンバンガラ輸送作戦に参加した。その後もソロモン方面への輸送作戦を行なって、十月二十七日、横須賀へ帰投して整備作業をした。

十二月九日、ふたたび南東方面へ進出し、輸送作戦に従事した。昭和十九年一月十四日、ラバウルにおいて敵爆撃機約五十機と交戦して数機を撃墜した。二月十七日にはトラックで大空襲にあって損傷をうけたが、三月一日、横須賀へ帰投した。六月六日、横浜を出港してサイパンに向かう船団を護衛中、六月九日、父島の北東四十浬付近で潜水艦ソードフィッシュの雷撃をうけ沈没した。

旗風（はたかぜ）

大正十三年八月末竣工。第五駆逐隊に所属して、開戦より昭和十七年五月五日に横鎮（横須賀鎮守府）部隊へ編入されるまで、春風と同行動をとった。南方より特務艦伊良湖を護衛して横須賀へ帰投し、以後、横鎮警備海面対潜掃蕩に従事した。

　昭和十七年九月二十五日、呉を出港して空母雲鷹（うんよう）を護衛してトラックへ進出、つづいて船団護衛を行なってラバウルまで行き、帰途も船団を護衛して十一月二十四日、横須賀に帰投した。昭和十八年三月二日、横須賀で出渠後に出撃準備をしていたころ、後甲板で爆発事故がおこり、そのため九月まで修理に期間を要した。

　昭和十九年三月より六月までに横須賀〜サイパン東松船団護衛を二回おこない、四月から十二月までの間に、横須賀〜父島間の護衛を十二回、横須賀〜硫黄島間の護衛を四回おこなった。十二月二十日、第三十一戦隊に編入され、昭和二十年一月十五日、門司〜高雄間を船団護衛して高雄で待機していたところ、空母機の攻撃をうけて沈没した。

追風（おいて）
大正十四年十月竣工。第六水雷戦隊第二十九駆逐隊の一艦として、開戦時は南鳥島南東方のウェーク攻略作戦に参加、昭和十七年一月、ラバウル攻略作戦、つづいてニューブリテン島中南部のスルミ攻略作戦には陸戦隊を揚陸させ、三月には東部ニューギニアのラエ、サラモア上陸作戦を掩護した。四月一日、佐世保へ帰投して修理した後、ふたたびラバウルへ入港してモレスビー陸路攻略作戦を支援した。以後、同方面において船団護衛に従事した。
　七月十日、第四艦隊第二海上護衛隊に編入されて任務を続行した。八月十三日、ガダルカナル島飛行場を砲撃した。八月末にはギルバート諸島西方、赤道直下のナウル、オーシャン攻略作戦に参加した。九月より昭和十九年一月まで内南洋、ラバウル方面で護衛任務に従事した。

昭和十九年二月三日、トラックから船団を護衛してパラオ、メレヨンをへて二月十四日、トラックに入港した。翌十五日、トラックが空襲されるおそれがあったので、追風は阿賀野を護衛して出港した。だが十六日、阿賀野は雷撃をうけて航行不能となり、乗員を救助してトラックに向かったが、十八日午前七時、追風は北水道を通過したところで敵機の雷撃をうけ、七時三十分ついに沈没した。

疾風（はやて）

大正十四年十二月竣工。第二十九駆逐隊に所属して昭和十六年十二月八日、マーシャル諸島クェゼリン環礁ルオット基地を出撃し、中部太平洋の南鳥島南東方ウェーク島の攻略に向かい、十一日、ウェーク島に近接したが悪天候のため思うように大発をおろせず、夜明けをまって上陸を行なうことになった。午前三時四十三分よりウェーク島に砲撃を開始したが、四時三分、疾風はウェーク島三四度二・四キロの地点において陸上砲台から反撃をうけ、その砲弾が命中して瞬時に爆沈した。

夕凪（ゆうなぎ）

大正十四年四月竣工。第二十九駆逐隊に属して、開戦時はギルバート攻略作戦に参加し、

神風型で編成された第29駆逐隊の勢揃い。左から疾風、追風、夕凪、朝凪

タラワに陸戦隊を揚陸して占領した。つづいて第二次ウェーク攻略作戦においても陸戦隊を揚陸させた。以後、追風と同じく各攻略戦に参加、昭和十七年三月十日、ラエ攻略作戦において敵機五十機以上と交戦して中破した。四月一日、佐世保へ帰投して修理を行なったのち、六月五日、内地を出撃してラバウルへ進出し、八月八日の第一次ソロモン海戦において、駆逐艦では夕凪一隻のみが参加して大戦果をあげた。その後、昭和十八年三月まで内南洋方面で護衛に従事した。

昭和十八年三月より六月まで佐世保で修理を行なったのち、ふたたびソロモン方面へ進出して、コロンバンガラ輸送作戦に四回従事したが、その四回目は七月十二日のコロンバンガラ島沖夜戦となった。十二月末までソロモン方面で各地の輸送作戦に参加した。

昭和十九年一月より三月まで佐世保で修理した後、五月末まで中部太平洋方面で護衛戦に従事した。六月より八月まで内地～比島間の護衛に従事していたが、八月二十五日、高雄より比島へむけ船団を護衛中、ルソン島北西岸において潜水艦ピクユダの雷撃をうけ沈没した。

朝凪（あさなぎ）

大正十三年十二月竣工。第二十九駆逐隊に属して、開戦時より昭和十七年三月十日に損傷をうけるまで夕凪と同行動であった。その後は追風と同行動をとり、四月に佐世保へ帰投し、ふたたびラバウルへ進出した。十七年十月より十八年八月まで、トラック、ラバウル方面で船団護衛に従事した。九月より十一月まで内地〜トラック〜ラバウル間の船団護衛に従事した。

昭和十九年一月より五月まで横須賀〜サイパン間の船団護衛に従事した。五月十七日サイパンから船団を護衛して横須賀へ向かう途中、五月二十二日、北緯一八度一八分、東経一三八度五〇分の地点において潜水艦ポーラックの雷撃をうけ、左舷後部に命中して後部を切断され、ついに沈没した。

睦月型（十二隻）

睦月（むつき）

大正十五年三月竣工。第六水雷戦隊第三十駆逐隊の一艦として、日米開戦時は第一次、第二次ウェーク島攻略作戦に参加した。昭和十七年一月にはラバウル攻略作戦に参加、つづいてラエ、サラモア攻略作戦に参加した。その後も同方面において作戦に従事した。
四月二十四日からモレスビー攻略作戦にも参加した。七月二十二日、横須賀に帰投し、八月十四日、内地を出撃してソロモン方面に進出した。八月二十四日、第二次ソロモン海戦に参加し、ガダルカナル島泊地攻撃のさい、サンタイサベル沖において重爆三機の爆撃をうけて沈没した。

弥生（やよい）
大正十五年八月竣工。第三十駆逐隊の一艦として、睦月とおなじくウェーク、ラバウル攻略部隊の船団護衛に従事した。つづいてブーゲンビル、アドミラルティ作戦の揚陸援護作戦を支援し、昭和十七年四月末よりモレスビー攻略作戦の船団護衛に従事した。以後、同方面の船団護衛に任じ七月九日、横須賀に帰投した。
八月十五日、佐世保を出港してソロモン方面に進出し、ガダルカナル島飛行場を砲撃した。八月二十八日よりニューギニア東端ラビ攻略作戦に参加し、呉五特に補給を行なった。この作戦の帰途、九月十一日、ニューギニア沖で敵機の爆撃をうけ沈没した。

望月（もちづき）
昭和二年十月末竣工。第三十駆逐隊の一艦で、昭和十七年九月のラビ攻略作戦まで弥生と同行動をとり、十月より十一月末までガダルカナル島増援輸送作戦に従事した。十二月十九日、ニューギニア島フインシュハーフェン攻略作戦の帰途、敵機の攻撃をうけ損傷した。
昭和十八年二月二日より三月一日まで佐世保で修理を行なったのちソロモン方面へ進出し、ラバウル、ショートランドよりコロンバンガラ輸送作戦、サンタイサベル島レカタ輸送作戦に従事した。七月六日、コロンバンガラ輸送作戦中、敵艦隊と遭遇してクラ湾夜戦となり、この夜戦で小破した。八月十四日より九月二十一日まで佐世保で修理して、ふたたびソロモン方面へ進出し、コロンバンガラ転進作戦に従事し、つづいてニューブリテン島各地に輸送作戦を実施中の十月二十四日、ニューブリテン島東方において敵機の爆撃をうけて沈没した。

如月（きさらぎ）

大正十四年十二月竣工。第三十駆逐隊の一艦として、昭和十六年十二月八日、マーシャル諸島クェゼリン環礁のルオット基地を出撃してウェーク島攻略に向かい、十一日、ウェーク島に進出し、他の艦の陸上射撃観測中に爆撃をうけ、大爆発を起こして沈没した。

菊月（きくづき）

大正十五年十一月竣工。第二航空戦隊第二十三駆逐隊に属していたが、ハワイ作戦には参加せず、グアム島攻略作戦に参加した。昭和十七年一月二十三日のラバウル攻略作戦では、陸戦隊を揚陸して占領に協力し、つづいてニューアイルランド島カビエン、東部ニューギニアのラエ、サラモア攻略作戦に参加した。四月三十日、モレスビー攻略作戦支援のためツラギ攻略に参加したが、五月四日、ガダルカナル島北方フロリダ島南岸沖のツラギにて沖島に左舷横付けして重油補給中、艦上機の攻撃をうけて右舷中部に魚雷が命中して浸水、第三利丸に曳航されて擱座したが、さらに攻撃をうけ翌五日に沈没した。

卯月（うづき）

大正十五年九月竣工。第二十三駆逐隊に属し、昭和十七年五月のツラギ攻略作戦までは菊月と同行動をとった。五月二十五日、第二十三駆逐隊は解隊され、五月二十八日、佐世保に帰投して整備後、ラバウルへ進出して第二次ソロモン海戦に参加した。そのとき至近弾により軽微であるが損傷をうけたので、十二月三日まで佐世保で修理を行なった。

十二月十二日に横須賀を出港し、トラックまで沖鷹を護衛した。以後、コロンバンガラ輸送作戦に従事中、南海丸と触衝して浸水したのでラバウルで応急修理をうけた。その途中さらに爆撃により損傷したので、トラックまで涼風に曳航されて応急修理をうけた後、佐世保で昭和十八年九月まで修理を行なった。昭和十八年十月二十一日、ラバウルへ進出し、同方面の輸送作戦に従事した。十一月、ブーゲンビル島タロキナ逆上陸作戦に参加した。

昭和十九年一月より六月までトラック、サイパン方面の輸送作戦およびパラオを基地として豪北方面航空基地移動任務に従事した。マリアナ沖海戦には補給部隊護衛として参加した。七月より十一月まで呉～マニラ～シンガポール間の船団護衛に従事した。十二月九日、マニラを出港して第九次オルモック輸送作戦に従事中、十二日、レイテ島オルモックにおいて水上艦艇の攻撃をうけて沈没した。

夕月（ゆうづき）

昭和二年七月竣工。第二十三駆逐隊に属して、開戦時より菊月と同行動をとっていたが、ツラギで艦載機の攻撃をうけて小破した。しかし戦闘航海に支障なく、昭和十七年五月十日よりギルバート攻略作戦に参加した。

昭和十七年五月二十五日より第二十九駆逐隊に編入された。五月二十八日に内地に帰投し、六月十六日、内地を出港してソロモン方面へ進出し、同方面の護衛に従事した。八月にはガダルカナル島飛行場に砲撃を行なった。八月末にはギルバート諸島西方、赤道直下のナウル、オーシャン攻略作戦に参加し、その後、昭和十七年末まで内南洋方面で船団護衛に従事した。

昭和十八年一月二日より二月十七日まで内地で整備後、ふたたび内南洋方面で十八年十一月末まで船団護衛に従事し、昭和十九年になってもそのまま内南洋方面で行動していた。六月末より呉〜台湾〜比島方面の船団輸送に従事した。十二月十三日、オルモック輸送作戦において艦載機の攻撃をうけ沈没した。

長月（ながつき）

昭和二年四月末竣工。第五水雷戦隊第二十二駆逐隊に属し、開戦時は比島攻略戦に参加し、アパリ攻略作戦、リンガエン上陸作戦を支援した。十二月末よりマレー上陸部隊の船団護衛に従事し、昭和十七年二月十八日よりジャワ攻略作戦に参加した。

四月十日より第一海上護衛隊に編入され、昭和十八年一月十七日まで南西方面で船団護衛に従事したのち、佐世保に帰投した。一月二十一日、神川丸を護衛してラバウルへ進出し、以後、ガダルカナル島輸送、中部ニューギニア北岸ウエワク輸送に従事した。三月より七月はじめまでコロンバンガラ輸送に三回、フインシュハーフェン輸送に従事した。七月六日、クラ湾夜戦においてコロンバンガラの揚陸点に向かう途中で座礁し、その後、敵機の攻撃をうけ、艦橋より前方を切断され沈没した。

皐月（さつき）

大正十四年十一月竣工。第二十二駆逐隊に属し、開戦時より昭和十八年七月のクラ湾夜戦までは長月と行動をともにした。帰途、ショートランドで敵機の爆撃をうけたさい爆弾が命中し、ラバウルで応急修理した後、呉に修理のため帰投した。九月末ラバウルへ進出し、ブイン輸送など南東方面輸送作戦に従事した後、ラバウル～内地間の船団護衛をして佐世保に入港した。

十二月十八日、ラバウルへ進出して輸送作戦に従事中の昭和十九年一月四日、敵機約一〇〇機と交戦して損傷をうけ、四月三日まで修理を行なった。五月、サイパン輸送に従事し、七月に内地～シンガポール間の船団護衛を行ない、その帰途の九月二十一日、マニラに入港して興川丸に横付け補給中、敵機八十機の攻撃により直撃弾、至近弾多数をうけて沈没した。

文月（ふみづき）

大正十五年七月竣工。第二十二駆逐隊に属して、開戦時から昭和十七年七月の南西方面船団護衛まで長月と同行動をとった。以後、内地〜台湾間の船団護衛に従事していたが、九月十六日、勝関丸と衝突大破し十二月末まで修理を行なった。

昭和十八年二月、第二次ガダルカナル島撤退作戦に参加、以後、コロンバンガラ輸送作戦、ウエワク輸送作戦に従事した。三月三十日、フインシュハーフェンで揚陸作業中に敵機の攻撃をうけて損傷し、応急修理をうけた後、佐世保で八月十八日まで入渠修理を行なった。十月、ソロモン方面に進出し、連日、敵機の空襲をうけながら輸送作戦に従事した。昭和十九年一月三十日、ラバウルで敵機五十機の攻撃をうけて損傷したので、二月六日、トラックへ回航されて修理中、二月十七日の大空襲をうけ、直撃弾、至近弾により浸水し、明くる十八日午前五時に沈没した。

水無月（みなづき）

昭和二年三月竣工。第二十二駆逐隊に属して、開戦時は比島攻略作戦に参加し、ついでジャワ攻略の陸軍船団護衛に従事し、引き続きジャワ方面の海上警戒の任務および船団護衛を行なった。昭和十七年八月十八日より九月三十日まで佐世保で入渠後、内地〜台湾間の船団護衛を十一月二十四日まで行ない、その後、香港〜パラオ間の陸軍船団護衛に従事した。

睦月型駆逐艦10番艦・三日月の最後——昭和18年7月28日、敵弾を回避中

昭和十八年三月に南東方面へ進出し、十九年一月までブーゲンビル、コロンバンガラ輸送作戦などに従事し、二月より内南洋方面の船団護衛を行なっていた。六月六日、ミンダナオ島ダバオを出港して興川丸を護衛中、ダバオの南東において潜水艦ハーダーの雷撃をうけ沈没した。

三日月（みかづき）

昭和二年五月竣工。第三航空戦隊に属して、鳳翔、瑞鳳の護衛艦として内地に待機していた。ミッドウェー海戦に参加後、昭和十八年三月末まで内地〜台湾間の船団護衛に従事した。その後、六月十日まで佐世保で整備作業を行なった。六月二十八日よりコロンバンガラ輸送作戦に参加、七月六日、クラ湾夜戦、七月十二日のコロンバンガラ島沖夜戦に参加した。七月二十七日、ニューブリテン島中部南岸ツルブ輸送作戦においてツルブの北十浬で座礁し、翌二十八日、敵機の攻撃をうけ大破したので放棄した。

吹雪型（二十四隻）

吹雪（ふぶき）

昭和三年八月、舞鶴工作部で竣工。第三水雷戦隊第十一駆逐隊に属して、開戦時はマレー上陸作戦、ボルネオ北西端クチン上陸作戦の船団護衛に従事した。昭和十七年一月二十七日、マレー半島南部東岸エンドウ沖海戦において、僚艦と協同して英駆逐艦サーネットを撃沈した。三月一日、バタビア沖海戦に参加して大戦果をあげた。その後、スマトラ、ビルマ作戦に協力し、四月一日よりベンガル湾機動作戦を支援して、二十三日、呉に帰投して整備を行なった。

ミッドウェー作戦には主力部隊警戒艦として参加した。六月末より陸軍輸送船団を護衛してシンガポールに入港し、八月二十三日、ラバウルへ進出して川口支隊をガダルカナル島に輸送した。その後もガ島へ輸送をつづけ、九回も行なった。十月十一日には第六戦隊とともにガ島飛行場の砲撃に向かい、サボ島沖海戦においてサボ島の六〇度十五浬にて敵艦隊と遭遇交戦し、奮戦したが被弾により沈没した。

白雪（しらゆき）

昭和三年十二月竣工。第十一駆逐隊に所属して、吹雪とは同行動であったが、バタビア沖海戦において艦橋左舷に命中弾をうけ、戦死四、負傷十名をだしたが、戦闘、航海に支障なく次期作戦に従事した。昭和十七年八月二十六日、ラバウルへ進出し、ガダルカナル島輸送作戦を五回おこなった。十一月十四日、第三次ソロモン海戦に参加して、敵戦艦に対し魚雷攻撃を行なった。

昭和十八年二月四日よりガ島撤収作戦に第二次、第三次輸送隊として参加した。三月三日、陸軍輸送船団を護衛中、ニューブリテン島西端沖ダンピール海峡において敵機の攻撃をうけ沈没した。

初雪（はつゆき）

昭和四年三月末竣工。第十一駆逐隊に属して、吹雪とおなじくマレー上陸作戦、バタビア沖海戦などに参加し、昭和十七年八月二十六日、ラバウルへ進出してガダルカナル島輸送作戦に従事した。十月十一日、サボ島沖海戦に参加して被弾したが、古鷹の乗員を救助してブーゲンビル島南端ブインに帰投し、損傷をうけた青葉を護衛してトラックに入港した。第三次ソロモン海戦では比叡、霧島の直衛として参加した。

十二月、飛鷹を護衛して呉に帰投し、修理した後、昭和十八年一月八日、釜山よりウエワクまで陸軍部隊を護衛した。一月末よりガ島撤収作戦に従事。二月十七日、カビエン付近で触底したが、三月三日、ダンピール海峡で敵機の攻撃をうけて遭難した船団の救援を行なった。三月二十一日より四月二十五日まで呉で修理したのち、大鷹をシンガポールまで護衛した。

六月九日、ラバウルへ進出して人員輸送に従事し、七月六日、コロンバンガラ沖夜戦において敵艦隊と交戦し、被弾したがラバウルに帰投して応急修理した。七月十七日ブインへの人員輸送に従事中、ブインで敵機の攻撃をうけ、爆弾により二番砲塔に爆発を起こし、ついに沈没した。

深雪（みゆき）

吹雪型四番艦として昭和四年六月竣工。昭和九年六月、済州島南方で演習中に電と衝突、沈没したので、太平洋戦争開始時には在籍していない。

叢雲（むらくも）

昭和四年五月竣工。第三水雷戦隊第十二駆逐隊に所属し、開戦時はマレー上陸作戦、ボルネオ上陸作戦を支援した。昭和十七年三月一日、バタビア沖海戦で僚艦と協同して、巡洋艦ヒューストン、パースを撃沈する戦果をあげた。三月十日、第十一駆逐隊に編入されて吹雪と同行動をとり、ビルマ方面で作戦して四月二十三日、呉に帰投した。六月のミッドウェー作戦に参加後、陸軍部隊を護衛したのちラバウルへ進出し、ガダルカナル島輸送を七回おこなった。十月十一日、ガ島へ陸軍部隊を揚陸したのち帰途に敵機と交戦して雷撃をうけ沈没した。

白雲（しらくも）

昭和三年七月竣工。第十二駆逐隊に属して、叢雲と同行動でバタビア沖海戦に参加した。昭和十七年三月十日、第二十駆逐隊に編入され、ベンガル湾機動作戦に参加したのち、呉に帰投して整備後、ミッドウェー作戦には第二戦隊直衛として参加した。第十一駆逐隊と同じく陸軍船団を護衛し、八月二十三日、ラバウルへ進出したが、二十八日、ガ島輸送の途次、敵機の攻撃をうけて航行不能となり、九月より翌十八年三月末までトラック、呉、大阪で修理を行なった。

昭和十八年四月一日、第一水雷戦隊第九駆逐隊に編入され、北方方面で作戦し、アッツ島輸送作戦に従事した。六月六日、沼風と触衝し、九月二十二日まで大湊で修理した。以後、同方面で護衛任務に従事していた。昭和十九年三月十六日、釧路から船団を護衛して千島に向かう途中、釧路の東方で潜水艦タウトグの雷撃をうけ沈没した。

東雲（しののめ）

昭和三年七月竣工。第十二駆逐隊に属して、昭和十六年十二月八日、マレー半島コタバル上陸作戦を援護した。十三日、カムラン湾を出撃してボルネオ攻略部隊を護衛、十五日、ボルネオ中部北岸（ブルネイ南西方）ミリ沖泊地に投錨して対空、対潜警戒に従事していたが、十二月十七日、同地において敵機の攻撃をうけ沈没した。

敷波、綾波、磯波の順。後方は吹雪、白雪、初雪、深雪の第11駆逐隊

薄雲（うすぐも）

昭和三年七月竣工。昭和十五年八月十五日、南支で触雷し、開戦時は呉鎮第四予備艦で舞鶴工作部で修理中であった。昭和十七年八月に修理を終えて第五艦隊に編入され、アリューシャン防備強化作戦に従事して、アッツ、キスカへ輸送作戦を行なった。

昭和十八年三月二十七日、アッツ島強行輸送の途次に駆逐隊と遭遇し、アッツ島沖海戦となり敵艦隊に損傷をあたえた。四月と五月にアッツ島へ緊急輸送をおこなったが、天候不良でいずれも不成功だった。七月、キスカ撤収作戦に参加して成功させた。以後、千島方面に待機していた。十一月二十日、重巡那智を護衛して呉に向かい、昭和十九年二月七日まで入渠整備し、ふたたび那智を護衛し大湊に進出し、千島、北海道方面で船団護衛に従事した。

昭和6年9月、横浜を出港する第2水雷戦隊——手前は第19駆逐隊で、浦波、

七月五日、小樽から船団を護衛して北千島へ向かう途中の七月七日、択捉島（えとろふとう）北方において潜水艦スケートの雷撃をうけ沈没した。

磯波（いそなみ）

昭和三年六月末竣工。第十九駆逐隊に属して、開戦時より綾波と同行動をとり、昭和十七年四月二十二日、呉に帰投した。ミッドウェー作戦では第一戦隊の直衛として参加した。帰投後、呉で修理および探信儀装備工事を行なった。九月末まで内海西部で訓練後、十月四日、第二航空戦隊を直衛してトラックへ向け内地を出港し、以後、トラック方面で護衛任務に従事し、ラバウルにも進出した。

十二月十三日よりニューギニア島ブナ輸送作戦、ウエワク攻略作戦に従事し、ガダルカナル島輸送作戦にも参加した。昭和十八年一月五日よりラバウル～呉間の護衛に従事、つづいてウエワク輸送作戦に従事した。

四月五日、スラバヤを出港してセレベス島東方セラム島南方のアンボンに向かう船団を護衛中、四月九日、セレベス南東端付近で潜水艦タウトグの雷撃をうけ沈没した。

浦波（うらなみ）

昭和四年六月末竣工。第十九駆逐隊に属して綾波と同行動をとり、ミッドウェー作戦に参加後、インド洋交通破壊戦に従事した。その後、ラバウルへ向かう途中、二次ソロモン海戦の帰途の翔鶴などを直衛して、昭和十七年八月二十九日に進出した。ガ島へ輸送を十一回おこなった。十一月十四日、三次ソロモン海戦においては綾波の乗員を救助し、第四戦隊を直衛してトラックに帰投した。

以後、トラック～内地間を護衛し、ふたたびラバウルへ進出、昭和十八年三月三日、ラエ輸送作戦に参加したが、空襲により作戦は中止となった。コロンバンガラ輸送作戦ののち、陸軍部隊をジャワ島スラバヤよりニューギニア北西端のソロンへ輸送の帰途、四月二日、セレベス島南西岸マカッサル付近で座礁し、スラバヤで八月十三日まで修理した。九月二十日、第十六戦隊に編入され、南西方面警戒部隊となり、同方面で昭和十九年四月まで護衛任務に従事した。

昭和十九年四月、サイパン、グアムへ輸送作戦を実施した。六月二日、渾作戦のため出撃したが、同作戦は中止となり、輸送部隊をソロンまで護衛した。七月はシンガポールで修理し、八月、比島へ人員輸送を行ない、以後、スマトラ東岸沖のリンガ泊地で訓練に従事した。十月十八日、リンガ泊地を出港してボルネオ島北岸ブルネイへ向かい、二十一日、ブルネイ出港。陸軍部隊を輸送して二十三日、マニラ入港。二十四、二十五日、連日マニラ港で敵機の攻撃をうけ、そのとき至近弾をうけた。二十六日さらに戦爆連合の攻撃をうけ、ついに沈没した。

綾波（あやなみ）

昭和五年四月末竣工。第三水雷戦隊第十九駆逐隊に属し、開戦時はマレー上陸作戦を支援し、つづいてスマトラ南東部バンカ、パレンバン攻略作戦に従事した。昭和十七年二月末よりジャワ攻略作戦に参加し、その後、ビルマ攻略作戦を支援した。四月二十二日、第七戦隊を直衛して呉に帰投した。六月のミッドウェー作戦では主力部隊警戒艦として参加した。その後、船団を護衛してビルマまで進出し、インド洋交通破壊戦に従事した。

九月二十三日、ブーゲンビル島南端沖ショートランドに入港し、以後、十一月までガダルカナル島輸送作戦を七回おこなった。十一月十四日、第三次ソロモン海戦では、第四戦隊のガ島飛行場砲撃に呼応し、サボ島の西側より突入したさい敵艦隊と交戦したが、被弾により航行不能となり、サボ島一一七度五・二浬で沈没した。

敷波（しきなみ）

昭和四年十二月竣工。第十九駆逐隊に属して、開戦時より浦波と同行動をとり、昭和十七年八月二十九日、ラバウルへ進出した。以後、十一月までにガダルカナル島輸送作戦を十回成功させた。十一月十四日、第三次ソロモン海戦後、トラックに帰投して同方面で護衛任務に従事した。十二月末、呉に帰投して整備後、昭和十八年一月七日から釜山よりウエワクへ陸軍部隊を輸送した。

三月三日、浦波とおなじくブナ輸送作戦に参加した。コロンバンガラ輸送作戦後、三月十七日、呉に帰投した。訓令工事後ふたたび南西方面へ進出し、ニューギニア方面へ陸軍部隊を輸送後、昭和十九年四月まで同方面で護衛任務に従事した。五、六月はソロンに輸送作戦を実施した。

昭和十九年七月、シンガポールよりマニラへ輸送任務につき、その帰途、軽巡大井が沈没したので救助作業を行なった。八月六日よりシンガポールで修理し、九月四日より船団護衛に従事中の十二日、海南島の東方で潜水艦グローラーの雷撃をうけ沈没した。

朝霧（あさぎり）

昭和五年六月末竣工。第三水雷戦隊第二十駆逐隊に属し、開戦時はマレー上陸作戦に従事した。昭和十七年一月二十七日、マレー半島南部東岸エンドウ沖海戦に参加し英駆逐艦と交戦した。つづいてスマトラ上陸作戦、アンダマン上陸作戦を支援した。四月三日より北部ベンガル湾機動作戦に従事して、二十二日、呉に帰投して整備作業を行なった。ミッドウェー作戦に参加後、ビルマ作戦参加のためマレー半島西岸メルギーに進出し、八月二十二日、セレベス島マカッサル、ミンダナオ島ダバオをへてトラックに進出した。二十四日、トラックを出港し、陸軍輸送船団を護衛してガダルカナル島へ向かったが、二十八日、サンタイサベル島付近で敵機の攻撃をうけ沈没した。

天霧（あまぎり）

昭和五年十一月竣工。第二十駆逐隊に属して朝霧と同行動で、昭和十七年八月二十二日、トラックへ進出して、年末までにガ島輸送を九回実施した。昭和十八年一月十三日より三月十日まで呉で修理後、ラバウルへ進出し、七月まで主にサンタイサベル島レカタ輸送作戦に従事、七月六日のクラ湾夜戦に参加した。八月二日、コロンバンガラ輸送作戦の帰途、魚雷艇一〇九号（艇長ケネディ中尉）を衝突により撃沈した。その後も十一月末まで同方面で輸送作戦に従事していた。

昭和十九年一月十四日、呉に帰投して修理後、船団を護衛してシンガポールへ進出し、同方面の護衛任務に従事した。四月二十日、シンガポールを出港し青葉、大井とともにダバオに向かう途中、二十三日、マカッサル海峡で機雷に触れて沈没した。

夕霧（ゆうぎり）

昭和五年十二月竣工。第二十駆逐隊に属して、開戦時より朝霧と同行動でマレー上陸作戦、ミッドウェー作戦などに参加したのち、昭和十七年八月二十二日、トラックへ進出した。八月二十八日、ガダルカナル島輸送作戦に従事中、敵機の攻撃をうけて損傷したので、その応急修理後、十月六日に呉へ帰投し、昭和十八年一月二十四日まで修理して、ガ島撤収作戦に参加した。

つづいてレカタ輸送作戦に従事したが、五月十六日、ムッソウ島沖で敵潜の雷撃をうけて損傷し、十一月初めまで修理を行なった。十一月九日、呉を出港してラバウルへ進出し、二十四日、ブーゲンビル島北端沖ブカ輸送作戦のためラバウルを出撃したが、二十五日、敵駆逐隊と交戦し魚雷および被弾により沈没した。

狭霧(さぎり)

昭和六年一月末竣工。第二十駆逐隊に属し、開戦時は仏印南方海上警戒に従事し、つづいてボルネオ北西海上警戒の任務についた。昭和十七年一月二十四日、ボルネオ島クチン攻略輸送船団を護衛してクチン沖に到着し、対潜警戒に従事していたが、オランダ潜水艦K16の雷撃をうけて沈没した。

朧(おぼろ)

昭和六年十月末竣工。第五航空戦隊に属し、開戦時のハワイ作戦には参加せずグアム島攻略作戦に参加。以後、内南洋方面で護衛任務に従事した。昭和十七年四月十日、横鎮(横須賀鎮守府）部隊に編入され、横須賀方面で船団護衛を行なった。十月十一日、横須賀を出港してキスカ島への輸送作戦の途次、十七日、キスカ島の北方で敵機の攻撃をうけ大爆発を起こし沈没した。

曙（あけぼの）

昭和六年七月末竣工。第一航空戦隊に付属し、開戦時は主力部隊を護衛して父島方面に出撃した。昭和十七年一月より南方作戦に従事し、マカッサル、チモール攻略作戦に参加した。珊瑚海海戦では翔鶴、瑞鶴の警戒艦として参加、つづいてキスカ、アッツ攻略作戦に参加したのち、横須賀で待機した。八月より航空機を輸送する空母の護衛となり、雲鷹、大鷹と内地〜サイパン〜トラック〜ラバウル間を行動した。昭和十九年四月より第五艦隊に編入され、大湊を基地として千島、北海道方面の船団護衛に従事した。十月のレイテ沖海戦では志摩艦隊に属し、那智を旗艦としてスリガオ海峡に突入し、被害なくマニラ湾に帰投した。十一月十三日、マニラ湾で敵機の攻撃をうけ沈没した。

漣（さざなみ）

昭和七年五月竣工。第一航空戦隊付属で、昭和十六年十二月八日、僚艦の潮とミッドウェー島砲撃を行なった。昭和十七年一月よりケンダリー、アンボン、チモールの攻略作戦を支援した。スラバヤ沖海戦に参加したが、被弾一をうけ三月末より横須賀で修理した。五月の珊瑚海海戦では祥鳳の護衛艦として参加、続いてキスカ、アッツ攻略作戦に従事した。七月二十五日より大鷹の護衛任務につき内地〜サイパン〜ラバウル間を昭和十八年八月まで行動した。

昭和十八年八月末、ラバウルよりブイン輸送作戦に従事後、空母雲鷹の護衛艦となり内地〜ラバウル間を護衛した。昭和十九年一月十二日、ラバウルを出港して十四日、船団護衛に向かう途中、北緯五度三〇分、東経一四一度二一分において潜水艦アルバコアの雷撃をうけ沈没した。

潮(うしお)

昭和六年十一月竣工。第一航空戦隊に属し、開戦時より曙と同行動をとり、珊瑚海海戦では翔鶴の警戒艦として参加。つづいて曙とおなじくキスカ、アッツ攻略作戦に従事した。昭和十七年七月二十五日より空母雲鷹、大鷹の護衛任務につき内地〜サイパン〜トラック〜ラバウル間を昭和十八年十月まで行動した。十月より昭和十九年二月まで内地〜内南洋方面で陸軍輸送船団の護衛などに従事した。のち横須賀で整備後、四月より大湊を基地として千島、北海道方面で船団護衛に従事した。十月の比島沖海戦では曙と同じく志摩艦隊に属し、スリガオ海峡に突入した。その後、レイテ島オルモック輸送作戦に従事して、十一月二十二日、リンガ泊地に行き応急修理した。十二月、内地に向かう船団を護衛し、呉をへて横須賀に帰投し修理整備を行なっていたが、昭和二十年六月十日、第四予備艦となり、大破のまま横須賀で終戦を迎えた。

暁（あかつき）

昭和七年十一月末竣工。第一水雷戦隊第六駆逐隊に属し、開戦時は南シナ海哨戒任務につきマレー、比島方面作戦を支援した。昭和十七年一月、セレベス島メナド攻略作戦に参加、つづいてジャワ攻略作戦の船団護衛をした。帰途、比島作戦を支援して三月二十五日、内地に帰投した。五月三十一日よりキスカ攻略作戦に参加して攻略後、同地で対潜哨戒に従事し、八月末、呉に帰投した。

九月一日より瑞鳳を護衛してニューアイルランド島カビエンを往復し、十月九日、ラバウルへ進出した。十月二十五日、ガダルカナル島輸送作戦に従事中、敵艦隊と遭遇してこれと交戦、三番砲塔に被弾した。十一月十三日、第三次ソロン海戦で、比叡、霧島の直衛をしてルンガ泊地に突入し、敵艦隊と交戦し、集中砲火をうけて沈没した。

響（ひびき）

昭和八年三月末竣工。第六駆逐艦に属し、開戦時より昭和十七年三月二十五日までは暁と同行動をとり、五月三十一日よりアリューシャン列島キスカ攻略作戦に参加し、六月十二日、キスカで敵機の攻撃をうけて損傷した。大湊、横須賀で十月二十一日まで修理を行ない、以後、昭和十八年四月まで大鷹の護衛任務に従事した。昭和十八年五月より北方部隊に編入さ

した暁、雷、電。右手遠方は第27駆逐隊の初春型と白露型の3隻が続航している

進撃中の特型駆逐艦。手前左は、第6駆逐隊の司令駆逐艦・響の後檣越しに撮影

れ、千島方面の船団護衛に従事した。七月、キスカ撤収作戦に参加した。

昭和十八年九月より昭和十九年五月まで内南洋方面で主に空母の護衛に従事した。マリアナ沖海戦には補給部隊護衛として参加し、マニラをへて呉に帰投した。八月より内地〜台湾間の船団護衛に従事したが、九月六日、船団を護衛中に潜水艦の雷撃をうけ損傷した。

昭和二十年一月二十三日まで横須賀で修理した後、内海西部に回航されて訓練に従事した。三月十九日、広島湾で艦上機六十機と交戦したが被害はなかった。三月二十九日、周防灘で触雷し、呉に回航され修理をうけた後、五月二十六日、舞鶴に回航され、七月一日、さらに新潟に回航されて終戦を迎えた。

雷（いかづち）

昭和七年八月竣工。第六駆逐隊に属し、開戦時は香港攻略作戦に参加し、つづいてメナド、アンボン攻略作戦に従事した。昭和十七年三月一日、バタビア沖海戦に参加。その帰途、比島攻略作戦を支援して三月二十五日、内地に帰投した。五月三十一日よりキスカ、アッツ島攻略作戦に参加した。以後、暁と同行動をとり十月二十二日、ラバウルへ進出し、ガダルカナル島輸送作戦に従事した。

昭和十七年十一月十四日、第三次ソロモン海戦では比叡、霧島の直衛として参加したが被弾八をうけ、昭和十八年一月末まで横須賀で修理した。昭和十八年三月二十七日、アッツ島沖海戦に参加。三十日に幌筵海峡で若葉と触衝し、四月末まで横須賀で修理した。五月より横須賀〜サイパン〜トラック間の船団護衛に従事した。昭和十九年四月十四日、サイパンを出港してカロリン諸島のメレヨン島に向かう船団を護衛中、潜水艦ハーダーの雷撃をうけ沈没した。

電（いなづま）

昭和七年十一月竣工。第六駆逐隊に属し、雷とおなじく香港攻略作戦に参加後、昭和十七年一月二十日、ダバオ付近で仙台丸と衝突して小破した。三月一日、スラバヤ沖海戦で英巡エクゼターを撃沈した。内地へ帰投後、五月二十六日よりアリューシャン攻略作戦に参加、つづいて八月二十五日まで同方面の輸送作戦に従事した。十月四日より内地〜トラック間の空母飛鷹の護衛についた。第三次ソロモン海戦に参加し、以後、十二月末まで東部ニューギニア輸送作戦に従事して横須賀に帰投した。

昭和十八年二月五日よりアリューシャン方面の護衛戦に従事、三月二十七日、アッツ島沖海戦に参加した。五月より十八年末まで横須賀〜トラック間の護衛に従事し、九往復おこなった。

昭和十九年一月より四月まで海鷹、千代田の護衛に従事して呉に帰投した。五月三日、門司から船団を護衛して九日、マニラに入港し、十一日マニラを出港する船団を護衛してダバオに向かう途中の十四日、セレベス海において潜水艦ボーンフィシュの雷撃をうけて沈没した。

初春型（六隻）

初春（はつはる）

昭和八年九月末竣工。第二十一駆逐隊に所属して、日米開戦時より子日とおなじく南方各地の攻略作戦を行なったのち、昭和十七年三月二十五日、佐世保に帰投して五月二十六日まで修理。五月二十九日、大湊を出撃してアリューシャン攻略作戦に従事したのち、同方面で船団護衛を行ない、七月十九日、内地に帰投して整備作業後、八月七日より千島方面で護衛および対潜哨戒に従事した。

十月十一日、横須賀を出撃して千島列島北端の占守島をへてアリューシャン列島キスカに向かう途中の十七日、Ｂ26七機の攻撃をうけて後部に被弾、輸送中の弾薬が誘爆したため航行不能となり、曳航されて占守島をへて十一月六日、舞鶴に帰投し、昭和十八年九月末まで損傷箇所の修理を行なった。十月九日より内地～シンガポール間の船団護衛に従事し、ついで空母飛鷹を護衛してふたたびシンガポールに進出し、帰路はパラオ、トラックをへて横須賀に帰投した。

昭和十九年一月四日より二月十五日の間に、内地～トラック間を空母龍鳳、千代田、雲鷹などを護衛して二往復おこなった。三月一日より六月二十一日まで北方部隊に編入され、大湊を基地として北海道、千島方面の船団護衛に従事した。六月二十八日より伊号輸送作戦と

復原性改善工事後の初春。新造時に比べ砲塔位置など艦型が一変している

して、硫黄島へ二回輸送を行ない、以後、内地～フィリピン間の船団護衛に従事した。

比島沖海戦においては、志摩艦隊に属してレイテ南東方スリガオ海峡に突入する予定であったが、マニラへの輸送任務をあたえられ、その任務の終了後に本隊を急追したが、途中で敵機の攻撃をうけ、また僚艦の損傷などによりマニラに引き返し、レイテ島オルモック輸送作戦に従事した後、マニラに待機していた。十一月十三日、マニラ湾で艦上機の攻撃をうけ沈没した。

子日（ねのひ）

昭和八年九月末竣工。第一水雷戦隊第二十一駆逐隊に所属し、開戦時は戦艦部隊の直衛として内海で待機していた。昭和十七年一月二十二日よりセレベス島ケンダリー攻略作戦に参加、つづいてマカッサル、バリ島攻略作戦を支援して、三月二十五日、柱島に帰投した。

五月二十日、北方部隊に編入され、二十九日に大湊を出撃してアリューシャン攻略作戦に従事した。六月二十二日よりアッツ島付近を哨戒していたところ、七月五日、アガッツ島ドッグ岬の一八〇度五浬の地点において、潜水艦トライトンの雷撃をうけて沈没した。

若葉（わかば）

昭和九年十月末竣工。第二十一駆逐隊に所属して開戦時より初春と同行動をとり、昭和十七年五月、北方部隊に編入され、アリューシャン、千島方面で護衛に従事した。

昭和十八年三月二十七日、アッツ島沖海戦に参加、その後も内地〜千島間の船団護衛に従事していた。七月二十六日、キスカ撤収作戦に向かう途中、濃霧のなかで初霜と触衝したため引き返し、修理のため佐世保に回航した。十月より翌年の比島沖海戦までは初春と同じく、空母護衛、船団護衛、硫黄島輸送作戦に従事した。

昭和十九年十月十五日、内海西部を志摩艦隊とともに出撃し、台湾に進出した。第二十一駆逐隊は比島沖海戦に参加せず、マニラへ輸送任務をあたえられ、その輸送任務を終えたのち志摩艦隊を追ってスルー海を南下中の十月二十四日、米艦上機約二十機の爆撃をうけ、北緯一一度三六分、東経一二一度三六分の地点で沈没した。

初霜（はつしも）

昭和九年九月竣工。第二十一駆逐隊に所属し、開戦時より昭和十九年一月末までは、若葉とほぼ同行動であった。二月から第一航空艦隊の進出に協力するため、空母を護衛してサイパン～内地間を往復した。

昭和十九年六月のマリアナ沖海戦では補給部隊の護衛として参加した。以後、内地～フィリピン間の船団護衛に従事した。十月十五日より若葉とおなじくマニラへ輸送した後、二十四日に直撃弾一をうけたがマニラで応急修理して、第二次オルモック輸送作戦に従事。損傷をうけることなく十一月二十二日、スマトラ東岸沖のリンガ泊地に到着した。

昭和二十年二月七日、シンガポールより物資を満載した伊勢、日向を護衛して内地に向かい、二十日、ぶじ呉に入港し、三月末まで整備訓練を行なった。四月六日、大和を基幹とする水上特攻作戦に参加し、矢矧、浜風の乗員を救助して佐世保に帰投した。五月十六日より舞鶴へ回航され、宮津湾で警備に従事していた。七月三十日、宮津湾で来襲した敵機と交戦中、機雷に触れて沈没した。

有明（ありあけ）

昭和十年三月竣工。第一水雷戦隊第二十七駆逐隊に所属し、開戦時は戦艦部隊の警戒隊として内地にいた。昭和十七年一月二十一日よりアンボン、ケンダリー攻略作戦を支援した。四月二十五日、第五航空戦隊とトラックで合同し、五月の珊瑚海海戦に参加、つづいて六月のミッドウェー作戦では鳳翔の警戒艦として参加した。八月二十五日、ギルバート諸島西方赤道直下のナウルを攻略のため陸戦隊を揚陸し、同島を占領確保した。つづいてガダルカナル輸送作戦に六回従事した。十二月二十六日、ニュージョージア島ムンダ増援作戦を行なった後、卯月(うづき)の救難作業中に敵機の爆撃により至近弾をうけて小破し、昭和十八年一月十四日、佐世保に帰投して修理した。

昭和十八年二月十五日より内地〜トラック〜ラバウル間の護衛任務に従事した。七月二十七日、ラバウルを出撃してニューブリテン島中南部ツルブ輸送作戦中の二十八日、揚陸を終了して帰途についたが、ツルブの北十浬の地点で、B25約三十機の爆撃をうけ沈没した。

夕暮（ゆうぐれ）

昭和十年三月末竣工。第二十七駆逐隊に所属し、有明とミッドウェー作戦まで同行動であった。昭和十七年三月一日、ジャワ南方で有明と協同で、オランダ商船モッドヨート号を撃沈した。八月二十五日、赤道直下ナウル東方オーシャン島の攻略に従事し同島を無血占領した。

九月より十二月末までにガダルカナル島への輸送作戦に七回、サンタイサベル島レカタ輸送に七回従事した。第三次ソロモン海戦に参加して、比叡の救援に従事した。

昭和十八年二月三日より、四十一師団の主力を青島よりウエワクへ輸送（丙三号輸送作戦）した。以後、ほとんど六月末まで内地ですごし、七月ふたたびソロモンへ進出して、七月十二日、コロンバンガラ沖夜戦に参加した。七月十六日、コロンバンガラ輸送のためラバウルを出撃し、クラ湾に向かったが敵情を知ることができず、帰途チョイセル島沖にて米陸軍および海軍機の爆撃をうけ沈没した。

白露型（十隻）

白露（しらつゆ）

昭和十一年九月竣工。第二十七駆逐隊に所属し、昭和十七年一月十七日より陸軍輸送船団を高雄まで護衛した。つづいて瑞鳳をダバオまで直衛したのち、有明とおなじく珊瑚海海戦、ミッドウェー作戦に参加した。八月末、オーシャン東方ギルバート諸島中部のアパママ攻略戦を支援した後、九月十二日、ガダルカナル東方サンタクルーズ諸島最大のヌデニ島を奇襲砲撃した。二十日より外南洋部隊に編入されてラバウルへ進出し、ガ島への輸送作戦に七回従事した。

十一月十二日、第三次ソロモン海戦に参加し、比叡の乗員を救助した。二十九日、ブナ輸送作戦で爆撃をうけて前部に浸水し、春雨に護衛されてラバウルに帰投し、応急修理をした後、トラック、佐世保で昭和十八年七月二十日までかかって修理を行なっていた。八月より内地～トラック間の護衛に従事した後、十一月二日、ブーゲンビル沖海戦に参加したが、五月雨（さみだれ）と触衝して小破した。

昭和十九年二月十日より武蔵をトラック～横須賀～パラオ間の護衛に従事した。以後、船団護衛などを行なっていたが、六月八日、ビアク島輸送作戦で巡洋艦と交戦し、軽い損傷をうけた。六月十五日、機動部隊補給部隊警戒隊として護衛任務中、ミンダナオ島北東方で敵潜水艦の雷跡を発見し、その回避運動中に清洋丸の艦首に左舷中部が衝突し、爆雷が誘爆して沈没した。

時雨（しぐれ）

昭和十一年九月竣工。第二十七駆逐隊に所属し、白露が昭和十七年十一月に損傷をうけるまで同行動であった。十二月二十一日より昭和十八年六月末まで、内地〜トラック間の艦隊直衛および船団護衛に従事した。七月二十五日、ソロモンへ進出して、八月六日、ベラ湾夜戦、十月六日、ベララベラ島沖夜戦、十一月二日、ブーゲンビル島沖海戦に参加したが、いずれも損傷をうけず、この間、連日のように各地へ輸送作戦を行なった。

昭和十九年二月十七日、トラックで艦上機の大空襲をうけ、被弾により中破した。佐世保に帰投して四月十二日までかかって修理した。五月十一日、三航戦を護衛してタウイタウイへ進出し、六月八日、ビアク輸送作戦（渾作戦）に参加、つづいてマリアナ沖海戦に参加した後、八月、パラオ輸送に従事した。十月二十五日の比島沖海戦では、西村部隊に属してスリガオ海峡に突入し、命中弾一をうけ二十七日、ブルネイに帰投した。以後、油槽船の護衛に従事した。昭和二十年一月二十四日、マレー東岸でさらわく丸を護衛中、米潜水艦ブラックフィンの雷撃をうけて沈没した。

村雨（むらさめ）

昭和十二年一月七日竣工。第二艦隊第四水雷戦隊第二駆逐隊に所属し、日米開戦時はフィリピン攻略作戦に参加し、ルソン島北西岸ビガン、リンガエン上陸作戦を支援した。昭和十七年一月十日よりボルネオ島タラカン、バリックパパン攻略作戦に参加した。二月末のスラバヤ沖海戦に参加した後、フィリピン戡定作戦に従事した。六月のミッドウェー作戦では瑞鳳直衛として参加した。

七月にはインド洋交通破壊作戦に従事し、八月二十一日、トラックへ進出し、陸奥の直衛としてソロモン作戦に従事した。九月二十日よりガダルカナル島への輸送作戦に七回従事し、第三次ソロモン海戦に参加した。昭和十八年三月五日、コロンバンガラ基地へ輸送物件を揚陸完了したのちクラ湾を北上中、米駆逐艦群の魚雷および砲火をうけて沈没した。

夕立（ゆうだち）

昭和十二年一月七日竣工。第二駆逐隊に所属して、開戦時よりインド洋交通破壊作戦までは、村雨と同行動であった。昭和十七年八月末よりガダルカナル島輸送作戦に従事すること六回、またガ島砲撃を一回おこなった。十一月十三日の第三次ソロモン海戦では、前衛として参加し、敵艦隊の発見とともに展開された悽愴な夜戦において、単艦で突入して魚雷戦を行なったが、敵艦隊の集中砲火をうけて航行不能となり、ついに沈没した。

春雨（はるさめ）

昭和十二年八月竣工。第二駆逐隊に所属して、開戦時より第三次ソロモン海戦まで、夕立とほぼ同行動であった。昭和十七年十一月二十三日、東部ニューギニア方面への輸送作戦に従事したが、敵機の攻撃をうけて不成功に終わった。昭和十八年一月二十四日、ウエワク輸送作戦の掩護中に雷撃をうけ、魚雷一が右舷一番砲塔下に命中し、ウエワクに回航されて応急修理した後、トラックをへて横須賀で修理と改造工事を十一月末まで行なった。十二月一日より第二十七駆逐隊に編入され、内地〜トラック間の護衛に従事した。昭和十九年二月十七日、トラックで艦上機の大空襲をうけたが被害なく、以後パラオ、比島方面で護衛に従事した。六月八日、ビアク輸送作戦に参加してニューギニア島西北端ソロンよりビアクに向かう途中、B25四機と交戦し、爆弾一の命中によりマノクワリの三二〇度八十浬の地点で沈没した。

五月雨(さみだれ)

昭和十二年一月竣工。第二駆逐隊に所属して、開戦時より第三次ソロモン海戦までは村雨と行動をともにした。以後、昭和十八年一月末までトラック付近で護衛に従事し、二月四日よりガダルカナル島撤収作戦に二回参加し、四月中旬まで作戦輸送に従事した。

五月十三日、大和、雲鷹などを護衛して横須賀に帰投した後、こんどは一転して北方部隊に編入され、七月二十九日、キスカ撤収作戦に参加して、これをぶじ成功させた。八月は横須賀で修理、整備し、九月七日、内地より船団護衛してラバウルへ進出し、コロンバンガラ

海風。主砲5門が左舷側に指向されている。排水量1980トン、全長110m

転進作戦に参加した。十一月二日、ブーゲンビル島沖海戦に参加したが、白露と触衝した。横須賀に帰投して昭和十九年三月十日まで修理。以後、サイパン、トラック、パラオ方面で船団の護衛に従事した。

昭和十九年六月八日、ビアク島輸送作戦に参加、つづいてマリアナ沖海戦に参加したのち、七月八日、第一戦隊を護衛してリンガ泊地へ進出した。以後、マニラへ回航されてマニラ～パラオ間の輸送作戦に従事していたが、八月十八日、パラオ北端で座礁し、二十六日、座礁中の五月雨は潜水艦バットフィシュの雷撃により沈没した。

山風（やまかぜ）

昭和十二年六月末竣工。第二艦隊第四水雷戦隊第二十四駆逐隊に所属し、開戦時は比島上陸作戦を支援し、レガスピー、ラモン湾上陸作戦に参加。つづいてボルネオ島タラカン攻略作戦、ジャワ島スラバヤ攻略作戦に参加した。昭和十七年三月一日のスラバヤ沖海戦では、エクゼターを協同で撃沈した。五月二十七日よりミッドウェー作戦を支援し、六月二十一日より横須賀～大湊間で神国丸、日本丸を直衛し、その任務の終了後、大湊より柱島へ単独回航中の六月二十五日、北緯三四度三四分、東経一四〇度二六分の地点において、潜水艦ノーチラスの雷撃をうけて沈没し、全員が戦死した。

海風（うみかぜ）

昭和十二年五月末竣工。第二十四駆逐隊に所属し、開戦時よりミッドウェー作戦まで山風と同行動で、以後、昭和十七年八月十一日、横須賀を出撃してソロモン方面へ進出し、ガ島への輸送に十四回従事し、南太平洋海戦、第三次ソロモン海戦に参加した。

十一月十八日、ニューギニア東部ブナ輸送の途次に敵機の攻撃をうけ至近弾により火災航行不能となり、朝潮に曳航されてラバウルへ帰投し、応急修理をした後、佐世保にて昭和十八年二月二十三日まで修理を行なった。

三月、四月はトラックにおいて船団護衛を行なった後、コロンバンガラ輸送作戦に二回参加した。五月十七日よりトラック～内地間の船団護衛に従事し、以後、昭和十九年二月まで、南洋諸島、ラバウル方面の護衛に従事した。昭和十九年二月一日、トラック水道で潜水艦ガードフィッシュの雷撃をうけ、後部機械室に命中して沈没した。

江風（かわかぜ）

昭和十二年四月末竣工。第二十四駆逐隊に所属し、開戦時より南太平洋海戦までは、海風とほぼ同行動であった。昭和十七年十一月三十日、ルンガ沖夜戦に参加し、みごとな魚雷攻撃により大戦果をあげた。

昭和十八年一月、コロンバンガラ輸送ののち、ガダルカナル島撤収作戦に二回参加し、二月九日、ラバウルへ回航の途次、スコールのなかで東運丸と触衝したため、黒潮に曳航されてラバウルへ帰投し、応急修理したのちトラックをへて佐世保で五月十五日まで修理した。五月二十七日に出港して、七月末まで内地〜南洋方面（主としてトラック）で船団護衛に従事した。八月六日、ベラ湾海戦において、駆逐艦（スターレット、スタック）の雷撃をうけて沈没した。

涼風（すずかぜ）

昭和十二年八月末竣工。第二十四駆逐隊に所属し、江風とおなじく開戦時よりルンガ沖夜戦まで同行動であった。昭和十七年十二月十八日、ニューギニア東部マダン攻略作戦に参加したが、そのとき天龍の被雷により横付けして乗員を救助し、ラバウルへ入港した。

昭和十八年一月二日、ショートランド付近で敵機の攻撃をうけ小破、トラック、サイパンをへて五月十五日まで佐世保で修理した。六月十六日に横須賀を出港、トラックをへてラバウルに進出した。七月五日、クラ湾夜戦に参加したとき、被弾により探照灯は全壊、一番砲が湾曲する被害をうけた。内地で修理後、トラック、ラバウル方面で輸送などに従事した。

昭和十九年一月二十四日、トラックを出港して日置丸、興津丸を護衛し、マーシャル諸島西部ブラウン環礁に向かう途中の二十五日、北緯九度〇分、東経一五七度二七分の地点において、潜水艦スキップジャクの雷撃をうけ沈没した。

朝潮型（十隻）

朝潮（あさしお）

昭和十二年八月末竣工。第二艦隊第二水雷戦隊第八駆逐隊に所属し、開戦時、マレー第一次上陸作戦、比島リンガエン上陸作戦を支援したのち、昭和十七年一月末よりアンボン、マカッサル攻略作戦に参加、二月十九日、バリ島沖海戦においてオランダ駆逐艦ピートハインを撃沈、以後、セレベス島マカッサル、比島方面で行動した。

六月のミッドウェー作戦では第七戦隊直衛として参加し、三隈の乗員を救助したが朝潮も損傷をうけ、佐世保でその修理に七月末までかかった。七月十四日より横鎮部隊に編入された。十月二十日、第八艦隊に編入され、ソロモンへ進出してガダルカナル島輸送に三回従事した。第三次ソロモン海戦に参加、十二月にニューギニア東部ブナ輸送作戦に参加した。昭和十八年三月三日、ラエ輸送の途次、敵機の攻撃をうけ沈没した。

大潮（おおしお）

昭和十二年十月末竣工。第八駆逐隊に所属して、開戦時、南方全作戦を支援した後、昭和十七年一月末よりアンボン、マカッサル攻略作戦に参加した。二月十九日から二十日のバリ島沖海戦において僚艦と協同して、オランダ軽巡トロンプおよびジャワ、米駆逐艦スチュワートを撃破したが、二番砲塔付近に敵弾が命中し、その応急修理ののち、舞鶴にて十二月末までかかって修理した。

昭和十八年二月、ガダルカナル島撤収作戦に二回従事した。二月二十日、ビスマルク諸島北部アドミラルティのマヌス島沖にて、ラバウル～ウエワク輸送作戦中の輸送船二隻を護衛中、潜水艦アルバコアの雷撃をうけ、ついに航行不能となって曳航中に沈没した。

満潮（みちしお）

昭和十二年十月末竣工。第八駆逐隊に所属して、開戦時より大潮と同行動をとり、バリ島沖海戦でおなじ戦果をあげたが、被弾により、昭和十七年四月より十月まで横須賀で修理していた。十月末よりガダルカナル島輸送作戦に三回従事した。十一月十三日、ショートランドにて被爆により中破し、昭和十八年十一月二十二日まで横須賀で修理していた。十二月より輸送作戦に従事した。

昭和十九年六月十九日のマリアナ沖海戦では、第三航空戦隊を護衛して参加。十月二十五日の比島沖海戦では、西村部隊に属してレイテ南東方スリガオ海峡へ突入したが、敵の水上部隊の魚雷攻撃をうけて沈没した。

荒潮（あらしお）

昭和十二年十二月竣工。第八駆逐隊に所属して、開戦時よりミッドウェー作戦までは朝潮と同行動をとり、ミッドウェー作戦では荒潮も被害をうけ、昭和十七年十一月十二日まで佐世保で修理を行なった。十一月二十一日よりソロモンへ進出し、ブナ輸送、マダン攻略作戦などに参加。そして昭和十八年二月、ガ島撤退作戦一次より三次まで参加した。昭和十八年三月三日、ラエ輸送の船団を護衛中、フインシュハーフェン南方クレチン岬の南東五十浬沖の地点で敵機の攻撃をうけ沈没した。

夏雲（なつぐも）

昭和十三年二月竣工。第二艦隊第四水雷戦隊第九駆逐隊に所属し、開戦時は比島攻略部隊としてルソン島北部西岸ビガン、リンガエン上陸作戦を支援した。昭和十七年一月、ボルネオ島タラカン、バリックパパン攻略作戦に参加、つづいてスラバヤ攻略作戦に参加した。ミッドウェー作戦では第四戦隊、第五戦隊の直衛として参加、途中よりアリューシャン攻略作戦を支援して、七月十二日、柱島に帰投した。八月二十日、トラックを出撃して、第二次ソロモン海戦に参加。以後、ガダルカナル島輸送作戦に四回従事した。十月十一日、ショートランドを出撃してガ島に揚陸作業を実施したが、翌十二日、敵機の攻撃をうけ至近弾により浸水し、南緯八度四六分、東経一五七度一八分の地点において沈没した。

峯雲（みねぐも）

昭和十三年四月末竣工。第九駆逐隊に所属して、開戦時よりミッドウェー作戦までは夏雲とほぼ同行動をとった。昭和十七年八月二十日、トラックを出撃するとき冬島で座礁し、その応急修理後、ガダルカナル島東方海面にて千歳を直衛して行動した。九月末、ショートランドに進出してガ島輸送作戦に従事した。

十月五日、ガダルカナル島輸送作戦の途次、敵機の攻撃により、至近弾四をうけ大破、夏雲に護衛されてショートランドに引き返した。トラックで応急修理した後、横須賀で昭和十八年一月末まで修理を行なった。三月五日、コロンバンガラ基地に輸送物件を揚陸した後、クラ湾を北上中、駆逐艦群の魚雷および砲火をうけて沈没した。

朝雲（あさぐも）

昭和十三年三月末竣工。第八駆逐隊に所属して、開戦時よりミッドウェー作戦まで峯雲と同行動をとった。昭和十七年八月二十日、トラックを出撃してガダルカナル島東方海面を行動し、十月二日よりガ島輸送作戦を九回実施した。第三次ソロモン海戦に参加、霧島の乗員六一八名を救助してトラックへ帰投した。整備後、冲鷹を護衛して横須賀に回航した。

昭和十八年二月、二次、三次ガダルカナル島撤収作戦に参加、つづいてニューギニア中部ウエワク輸送船団を護衛して揚陸に成功した。三月三日、ラエ輸送船団を護衛中、フインシユハーフェン南方のクレチン岬沖で敵機一〇〇機の攻撃をうけ、輸送船は全滅したため四八

朝潮型5番艦・朝雲。排水量1980トン、全長118m、35ノット、5万馬力

五名を救助してニューアイルランド島カビエンに帰投した。コロンバンガラ作戦輸送に四回従事して四月十三日、横須賀に帰投した。

昭和十八年四月一日より第五艦隊に編入され、五月二十一日、横須賀を出撃して北方に向かい、七月二十九日、キスカ撤収作戦に参加してこれを成功させた。十月末まで千島方面の対潜哨戒、船団護衛に従事した。十月三十一日、第三艦隊第十戦隊第十駆逐隊に編入された。横須賀で整備後、内地〜スマトラ東岸沖リンガ泊地間を空母の護衛として往復した。

昭和十九年三月十五日、リンガ泊地に進出して訓練に従事した。マリアナ沖海戦では機動部隊本隊として参加したが、損傷うけることなく六月二十四日に柱島に入港し、七月にはふたたびリンガ泊地へ進出して訓練に従事した。十月二十五日の比島沖海戦では、西村部隊に属して参加したが、スリガオ海峡で水上艦艇の雷撃をうけて艦首を切断され、南下中をさらに電探射撃をうけて沈没した。

山雲（やまぐも）

昭和十三年一月竣工。第九駆逐隊に所属して、開戦時、リンガエン上陸作戦を支援中、十二月三十一日に触雷し、リンガエン、香港で応急修理した後、昭和十七年四月七日より九月末まで横須賀で修理を行なった。

昭和十七年十月一日、横鎮部隊に編入され、昭和十八年九月まで内地付近を行動、船団護衛に従事した。九月十五日、第四駆逐隊に編入され、十月十日より上海～ラバウル間の作戦輸送に従事した。昭和十九年六月のマリアナ沖海戦に参加。十月の比島沖海戦では西村部隊に属してスリガオ海峡に突入したが、水上艦艇の砲雷撃をうけて沈没した。

霰（あられ）

昭和十四年四月竣工。第二艦隊第二水雷戦隊第十八駆逐隊に所属し、開戦時より機動部隊警戒隊として、ハワイ海戦、ラバウル攻略作戦を支援した後、昭和十七年四月にはセイロン島機動作戦に参加した。ミッドウェー作戦では攻略部隊警戒隊として参加。六月二十八日、千代田、あるぜんちな丸を護衛して横須賀を出撃してアリューシャン列島キスカに向かい、七月五日、濃霧によりキスカ湾外で仮泊中、潜水艦グローラーの雷撃をうけて沈没した。

霞（かすみ）

昭和十四年六月竣工。第十八駆逐隊に所属し、開戦より機動部隊警戒隊として霰と同じ行動をとった。昭和十七年七月五日、キスカ湾外で被雷により前部を切断され、舞鶴に回航されて昭和十八年六月末まで修理を行なった。九月より北千島方面で行動し、船団護衛に従事した。十二月一日よりマーシャル諸島クェゼリン環礁ルオット基地へ輸送を行ない、昭和十九年一月、ふたたび北千島に進出して、六月末まで北方作戦に従事した。その後、硫黄島、父島への輸送作戦に参加した。

昭和十九年十月十五日、内海西部を志摩艦隊とともに出撃して台湾に進出。比島沖海戦では志摩部隊とともにスリガオ海峡に突入、ぶじマニラに帰投した。つづいてオルモック輸送作戦に三回従事。十二月二十四日、ミンドロ島サンホセ突入作戦（礼号作戦）に参加後、リンガ泊地に帰投し、昭和二十年二月、伊勢、日向を護衛して呉に帰港した。四月七日、大和を基幹とする水上特攻作戦に参加したが、敵機の攻撃により北緯三〇度五一分、東経一二七度五七分の地点において沈没した。

陽炎型（十九隻）

陽炎（かげろう）

昭和十四年十一月六日、舞鶴工廠で竣工。第十八駆逐隊に所属し、開戦時より機動部隊警戒隊として、霞と同行動をとった。昭和十七年七月十九日、君川丸を護衛してアリューシャン列島キスカに進出、第十五駆逐隊に編入され、雷の護衛艦として横須賀に帰投した。八月十一日、神通を直衛してトラックへ進出し、陸軍一木支隊を八月十八日、ガダルカナル島へ揚陸させた。以後、同方面でガ島輸送に従事すること十三回。九月二十一日、ガ島において敵機の攻撃をうけ小破した。十一月十二日からの第三次ソロモン海戦、つづいて十一月三十日のルンガ沖夜戦に参加して戦果をあげた。

昭和十八年二月、ガダルカナル島撤収作戦に従事し、以後ニュージョージア島ムンダ輸送作戦に四回従事した。五月八日、ムンダに輸送物件を揚陸し、その帰途、コロンバンガラ南東方クラ湾において触雷し、罐室浸水により航行不能となったところ、さらに敵機の攻撃をうけて沈没した。

不知火（しらぬい）

昭和十四年十二月二十日、浦賀船渠で竣工。第十八駆逐隊に所属し、開戦時より霞と同行動をとった。昭和十七年七月五日、霞とおなじくキスカ湾外で雷撃をうけて、艦橋と一番煙突間で切断する損傷をうけた。舞鶴に回航され昭和十八年十月末まで修理を行なった。

昭和十九年一月、ウエワク輸送に参加。四月、北方部隊に編入され、大湊、千島方面の護衛に従事した。その後、霞と同行動をとり六月二十八日、硫黄島輸送、八月十二日、父島輸送を行なった。比島沖海戦では志摩艦隊に属し、スリガオ海峡に突入し、ぶじミンドロ島南西方パラワン島北東方のコロンに帰投した。十月二十七日、航行不能の鬼怒の救援に向かったが発見できず、帰路に敵空母機の攻撃をうけ、北緯一一度四四分、東経一二三度一六分の地点で沈没した。

夏潮（なつしお）

昭和十五年八月末、藤永田造船所で竣工。第二艦隊第二水雷戦隊第十五駆逐隊に所属し、開戦時は比島攻略作戦に協力し、ダバオ、ホロ攻略作戦に参加した。昭和十七年一月九日、メナド攻略作戦、二十七日ケンダリー攻略作戦、二月一日、アンボン攻略作戦に参加した。二月七日、セレベス島南西岸マカッサル攻略作戦において、米潜水艦S27の雷撃により航行不能となって黒潮に曳航されたが、悪天候により船体中部が亀裂により浸水したため曳索切断した。このため九日、南緯五度五三分、東経一一九度二六分の地点において沈没した。

早潮（はやしお）

昭和十五年八月三十一日、浦賀船渠で竣工。第十五駆逐隊に所属し、開戦時よりマカッサル攻略作戦まで夏潮と同行動をとった。昭和十七年二月二十日、チモール島北西端のクーパン攻略作戦に参加、つづいてジャワ南方機動作戦に従事し、オランダ商船一隻を拿捕した。比島作戦に協力して五月十七日、呉に入港した。ミッドウェー作戦では第十一航空戦隊の直衛として参加した。七月十五日、呉を出港してインド洋方面の対潜掃蕩に従事。米軍のガダルカナル島上陸により八月二十一日、トラックを出撃してソロモン方面に行動し、九月末よりガ島輸送作戦に七回従事した。南太平洋海戦および第三次ソロモン海戦に参加した。十一月二十四日、ニューギニア東部ラエ増援作戦に従事中、敵機の攻撃をうけて艦橋直前の甲板に直撃弾と至近弾を多数うけて火災となり、また誘爆によって大爆発を起こし、ラエの東十三浬の地点においてついに沈没した。

黒潮（くろしお）

昭和十五年一月二十七日、藤永田造船所で竣工。第十五駆逐隊に所属し、開戦よりソロモン進出まで早潮と同行動をとった。昭和十七年九月末よりガダルカナル島輸送作戦に十回従事した。十月二十六日の南太平洋海戦では機動部隊の指揮下に入って参加した。第三次ソロモン海戦には参加せず、このときはムンダ輸送作戦に従事した。十一月三十日のルンガ沖夜戦に参加して戦果をあげた。十二月十三日よりムンダ、レカタ輸送作戦に従事した。

昭和十八年二月四日、第二次ガダルカナル島撤収作戦に参加し、その帰途、敵機の攻撃をうけて至近弾により小破、三次撤収作戦にも参加した。二月二十一日、呉に帰港して修理した後、四月二十七日、ラバウルへ進出した。五月八日コロンバンガラ輸送作戦において、輸送物件を揚陸しての帰途、クラ湾において触雷して沈没した。

親潮（おやしお）

昭和十五年八月二十日、舞鶴工廠で竣工。第十五駆逐隊に所属し、開戦よりソロモン進出まで早潮と同行動をとった。昭和十七年九月末よりガダルカナル島輸送作戦に十回従事した。南太平洋海戦および第三次ソロモン海戦に参加。十一月八日、ブナ輸送に従事した。十一月三十日、ルンガ沖夜戦に参加して、僚艦と協同で敵重巡一隻を撃沈、重巡三隻を大破する戦果をあげた。

十二月十五日よりニュージョージア島ムンダ輸送に従事し、昭和十八年一月十七日よりトラックで修理したのち、呉に回航して三月二十二日まで修理した。四月十日、黒潮とともに大鷹、冲鷹を護衛してトラックへ進出し、五月八日、コロンバンガラ輸送作戦において、輸送物件を揚陸しての帰途、クラ湾において触雷して後部に浸水した。そのとき黒潮の乗員を救助していたが、本艦も座礁したところを敵機の攻撃をうけ沈没した。

時津風（ときつかぜ）

昭和十五年十二月十五日、浦賀船渠で竣工。第二艦隊第二水雷戦隊第十六駆逐隊に所属し、開戦時は比島攻略作戦に参加してレガスピー、ラモン湾上陸作戦に従事した。昭和十七年一月、メナド、ケンダリー、アンボン各攻略作戦に従事。スラバヤ沖海戦に参加、つづいて西部ニューギニア方面の攻略作戦に従事した。ミッドウェー作戦では輸送船護衛として参加したが、途中で二水戦主力部隊と合同して六月二十一日、横須賀に帰投した。

昭和十七年七月十四日、第三艦隊第十戦隊に編制がえとなり、機動部隊の直衛となった。

八月十七日、一航戦を直衛して柱島を出撃し、第二次ソロモン海戦に参加した後、トラック～呉間で大鷹の直衛を往復おこなった。十月二十六日の南太平洋海戦に参加後、内地に帰投して整備した。

十二月三十一日、瑞鶴を直衛して横須賀を出撃してトラックへ進出、以後、ガダルカナル島輸送に二回従事した。昭和十八年二月一日より、ガ島撤収作戦に三回従事した。三月三日、ニューギニア東部ラエ輸送作戦の途次、フォン半島フインシュハーフェン南方のクレチン岬沖で敵機約一〇〇機の攻撃をうけ、魚雷一本が命中して沈没した。

初風（はつかぜ）

昭和十五年二月十五日、神戸川崎造船所で竣工。第十六駆逐隊に所属し、開戦時より昭和十七年十二月三十一日、瑞鶴を直衛して横須賀を出撃し、トラック進出まで時津風と同行動をとった。

昭和十八年一月十日、ガダルカナル島への輸送任務中、ガ島付近で魚雷艇の攻撃により魚雷一本が命中して中破の損傷をうけ、トラックで応急修理した後、呉に回航されて七月十二日まで修理が行なわれた。八月十七日、呉を出撃する主力部隊を護衛してトラックへ進出し、以後、トラック付近で船団護衛、訓練に従事した。十月三十日、基地物件をラバウルへ輸送、ついで十一月二日、ブーゲンビル島沖海戦に参加、重巡妙高と衝突のうえ敵の集中砲火をうけて沈没した。

天津風（あまつかぜ）
昭和十五年十月二十六日、舞鶴工廠で竣工。第十六駆逐隊に所属し、開戦時より南太平洋海戦参加まで時津風と同行動をとった。昭和十七年十一月十二日からの第三次ソロモン海戦に参加して、各部被弾して火災を起こしたが大事にはならず、トラックにて応急修理した後、呉に回航されて、昭和十八年一月二十六日まで修理を行なった。
昭和十八年二月十日、鈴谷を直衛してトラックへ進出。ニューギニア中部北岸ウエワク輸送に参加し、三月はトラック付近で船団護衛に従事した。四月よりハンサ、ウエワク輸送を各二回おこない、六月より昭和十八年末まで、主としてトラック近海の船団護衛に従事した。
昭和十九年一月十一日、門司を出港、船団を護衛してシンガポール（昭南）へ向かう途中、十六日、南シナ海にて潜水艦の雷撃により艦首部を切断し、航行不能となって漂流していたが、味方の陸攻に発見され、朝顔に曳航されて三十日にサイゴンへ入港した。十月末までに応急修理され、サイゴンより曳航されてシンガポールに回航され、昭和二十年三月はじめまで修理を行なった。四月六日、シンガポール〜内地間の船団護衛中、厦門（アモイ）沖において米陸軍機の攻撃をうけ沈没した。

雪風（ゆきかぜ）
昭和十五年一月二十日、佐世保工廠で竣工。第十六駆逐隊に所属し、開戦時より第三次ソロモン海戦まで天津風と同行動をとった。昭和十七年十二月十日より十二月末まで、呉にて入渠整備した後、昭和十八年二月、ガダルカナル島撤収作戦に三回参加した。

三月三日、ラエ輸送作戦に参加したが被害はうけなかった。ついでソロモン方面の輸送作戦に従事した。七月十二日、コロンバンガラ沖海戦に参加した後、呉に帰港して整備。十月十一日より内地～昭南間を往復して空母の護衛に当たった。ついで内地～トラック間の艦船護衛に従事した。

昭和十九年二月より四月まで、マリアナへ進出する第一航空艦隊の飛行機を満載した空母群の護衛に従事した。五月四日、大和直衛艦としてリンガ泊地に進出し、マリアナ沖海戦に参加した。九月二十日ふたたびリンガ泊地に進出し、比島沖海戦では栗田部隊に属し、サマール沖海戦に参加した。

昭和十九年十一月二十五日、大和、長門を直衛して呉に帰港、さらに長門を横須賀まで護衛した。二十九日には信濃を護衛して呉に向かう途中、信濃が被雷して沈没したので、その乗員を救助して呉に帰投し昭和二十年三月末まで整備していた。

昭和二十年四月六日、大和を基幹とする沖縄特攻に参加し、途中で大和、矢矧などが撃沈されたので、初霜、冬月とともに人員を救助して佐世保に帰投したのち、五月十五日、舞鶴に回航され同方面の警備についた。七月三十日、宮津湾で飛行機の攻撃をうけ、小破したが舞鶴に残存した。開戦いらい八回の海戦に参加して、奇しくも生き残った武運めでたい艦であった。

浦風（うらかぜ）

昭和十五年十二月十五日、藤永田で竣工。第一艦隊第一水雷戦隊第十七駆逐隊に所属し、開戦時より機動部隊警戒隊としてハワイ海戦に参加、その帰途、南鳥島南東方ウェーク島攻略戦に参加した。ついでラバウル攻略戦、豪州ポートダーウィン攻撃、ジャワ南方機動作戦に従事した。

昭和十七年四月五日〜九日、インド洋セイロン作戦に参加して四月二十二日、横須賀に帰投した。ミッドウェー作戦に参加して飛龍の救援に従事し、ついで瑞鶴警戒艦としてキスカ方面に作戦した。

八月五日、南洋部隊に編入され、十八日、陸軍一木支隊をトラックよりガダルカナル島へ輸送し、以後ソロモン方面にあって作戦の支援に従事した。南太平洋海戦に参加した後、瑞鳳、熊野などを直衛して内地に帰投した。十二月七日、ふたたびラバウルへ進出し、ガ島輸送作戦に八回従事した。その他ラエ、ムンダなどにも輸送作戦を行なった。

昭和十八年二月、ガダルカナル島撤退作戦に三回参加した。三月十一日よりトラック方面で護衛任務に従事、ついでウエワク輸送に四回従事した。八月は呉で修理し、九月より内南洋方面の護衛に従事した。十一月一日よりブーゲンビル島タロキナ輸送に従事、十一日、ラバウルで敵機の攻撃により軽微の損傷をうけて内地へ回航された。

昭和十九年一月はじめ、トラックへ進出して同方面にて護衛任務に従事した。二月二十一日、スマトラ東岸沖のリンガ泊地に回航されて訓練に従事、ダバオ、ボルネオ、サイパンへ船団護衛を行なった。五月十九日、ボルネオ北東岸沖のタウイタウイで三航戦警戒艦となり、マリアナ沖海戦に翔鶴の直衛として参加した。

七月二十六日、陸軍部隊を沖縄へ輸送して、マニラをへてリンガ泊地に進出、比島沖海戦では栗田艦隊に属しサマール沖海戦に参加。十一月二十一日、ボルネオ北岸のブルネイより内地に向かう金剛を護衛航行中、台湾海峡で潜水艦シーライオンの雷撃をうけて沈没した。

谷風（たにかぜ）

昭和十六年四月二十五日、藤永田で竣工。第十七駆逐隊に所属し、開戦時よりミッドウェー作戦まで浦風と同行動をとった。ミッドウェー作戦において敵機と交戦して小破し、昭和十七年七月末まで呉で修理を行なった。八月十九日よりガダルカナル島輸送作戦に三回従事した。南太平洋海戦に参加した後、ニュージョージア島ムンダ、東部ニューギニアのラエなどに輸送を行なった。

昭和十八年二月、ガダルカナル島撤収作戦に三回従事し、以後、トラック方面で護衛任務と次期作戦の準備を行なっていた。四月、ニューギニアへ陸軍を輸送した後、トラックより船団護衛して内地へ帰投した。七月六日、クラ湾夜戦に参加して、涼風と協同して軽巡ヘリーナを撃沈、ついでコロンバンガラ輸送作戦を支援した。十九日よりトラック～内地～昭南（シンガポール）間を特設空母の護衛に従事した。その後も主に内地～トラック～サイパン方面の船団護衛に従事した。

昭和十九年二月二十一日、リンガ泊地に入港して回航訓練に従事した後、パラオ、ダバオ、ボルネオ、サイパンへ船団護衛を行なった後、五月二十八日、ボルネオ北東端沖のタウイタウイに入港して機動部隊と合同した。六月九日、タウイタウイ港外に出動して対潜掃蕩中、ボンガオ島の二二九度九浬の地点において、潜水艦ハーダーの雷撃をうけ沈没した。

磯風(いそかぜ)

昭和十五年十一月末、佐世保工廠で竣工。第十七駆逐隊に所属し、開戦時よりミッドウェー作戦まで浦風とほぼ同行動をとった。ウェーク島攻略作戦には参加せず、ミッドウェー作戦では沈没した蒼龍の乗員を救助した。昭和十七年八月十九日よりガダルカナル島輸送に三回従事した。南太平洋海戦に参加したのち、瑞鳳、熊野などを護衛して佐世保に帰投した。十二月七日、第五戦隊を直衛してラバウルへ進出し、東部ニューギニアのラエ、サンタイサベル島レカタへの輸送に従事した。

昭和十八年二月、ガダルカナル島撤収作戦の三回目に、敵機四十機の攻撃によって爆弾二をうけ、江風に曳航されてショートランドに帰投し、応急修理した後、呉に回航されて七月八日まで修理を行なった。八月十七日、第一次ベララベラ海戦に参加、ついで十月六日、第二次ベララベラ海戦に参加した。十一月四日、ニューアイルランド島カビエン付近で触雷して小破し、呉に回航されて昭和十八年末まで修理を行なった。

昭和十九年一月六日より内南洋方面の護衛任務に従事して、二月二十一日、リンガ泊地に入港し、大鳳の直衛としてマリアナ沖海戦に出撃した。七月二十六日、陸軍部隊をマニラへ輸送した後、リンガ泊地へ進出、九月、山城、扶桑を護衛のため浦風、雪風とともにリンガ～内地間を往復した。

比島沖海戦では栗田艦隊に属し、サマール沖海戦に参加した後、オルモック輸送作戦を支援した。十一月二十五日、大和、長門を護衛して呉に帰投、さらに長門を横須賀まで護衛した。二十九日には信濃を護衛して呉に向かう途中、信濃が被雷して沈没、その乗員を救助した。

陽炎型12番艦・磯風。右側の艦橋には弾片防禦用のハンモックとロープが巻かれ、その上方に逆探が見える

昭和二十年一月より内海西部で、訓練および回天目標艦となる。四月七日、大和を基幹とする海上特攻として沖縄に向かう途中、米空母機の攻撃をうけ至近弾により航行不

能となり、雪風の砲撃により処分された。乗員は雪風に救助された。

浜風（はまかぜ）

昭和十六年六月末、浦賀船渠で竣工。第十七駆逐隊に所属し、開戦時より昭和十八年二月のガダルカナル島撤収作戦まで、浦風とほぼ同行動をとった。ウェーク島攻略作戦は不参加。ガ島撤収作戦後、トラックで整備した後、満潮を曳航して三月十七日、内地に帰投した。昭和十八年七月二日、ラバウルへ進出し、六日、クラ湾夜戦、十二日、コロンバンガラ島沖夜戦、ついで八月十七日の第一次ベララベラ海戦に参加した。八月二十六日、敵機の攻撃をうけ至近弾により多少の被害をこうむり、呉に帰港して十月二十日まで修理した。以後、内南洋方面の護衛に従事して昭和十九年二月二十一日、リンガ泊地へ入港した。その後、浦風と同じく船団護衛に従事した。

マリアナ沖海戦では飛鷹の直衛艦として参加した。以後、磯風と同行動でリンガ泊地に進出。比島沖海戦では栗田艦隊として参加し、途中、武蔵の乗員を救助したためサマール沖海戦には参加しなかった。以後、磯風と同行動で大和、長門を護衛して内地に帰投、信濃乗員を救助して十一月三十日、呉に帰投した。十二月二十九日、磯風と台湾の高雄まで船団護衛に従事中、輸送船と触接。十二日間かかって台湾西方の澎湖島馬公（まこう）で修理して呉に帰投した。

昭和二十年四月七日、大和を基幹とする水上特攻作戦に参加、艦上機の攻撃をうけて沈没した。

嵐（あらし）

昭和十六年一月二十七日、舞鶴工廠で竣工。第二艦隊第四水雷戦隊第四駆逐隊に属し、開戦時、マレー上陸作戦を支援、ついでリンガエン上陸作戦を支援した。昭和十七年二月二十四日よりジャワ南方海面の機動作戦に参加。四月、セイロン機動作戦を支援して、十七日、横須賀に帰投した。

ミッドウェー作戦では機動部隊警戒隊として参加し、その帰途、北方部隊機動部隊に編入され、六月二十四日、大湊に入港し、翌日に出撃してアッツ島の北西海面に行動して、七月十二日、呉に帰投した。八月十八日、陸軍一木支隊をガダルカナル島に揚陸、ついで陸軍青葉支隊をガ島に揚陸した。南太平洋海戦に参加し、翔鶴を直衛して横須賀に帰投した。

十二月一日、ラバウルへ進出してガダルカナル島輸送に五回従事し、昭和十八年一月五日、ガ島泊地で敵機と交戦したが、被弾により航行不能となり、舞風に曳航されてショートランドに帰投した。その損傷個所修理のため横須賀に回航され、三月二十日まで横浜で修理を行なっていた。

昭和十八年七月二十二日、陸軍南海守備隊を輸送してブーゲンビル島南端のブインに進出し、ついでコロンバンガラ輸送作戦に従事した。八月六日、コロンバンガラ西方ベララベラ東方洋上ベラ湾海戦において、駆逐艦群（モーリィ、ラング）の魚雷三をうけて沈没した。

萩風（はぎかぜ）

昭和十六年三月末、浦賀船渠で竣工。第四駆逐隊に所属し、開戦時より陸軍一木支隊をガダルカナル島へ揚陸するまで嵐とほぼ同行動であった。ただし、萩風はセイロン機動作戦に参加した。昭和十七年八月十八日、一木支隊をガ島へ揚陸した後、翌十九日、ツラギで敵機の攻撃をうけて被弾により中破し、横須賀に回航されて昭和十八年一月二十二日まで修理を行なっていた。

以後、昭和十八年四月末まで内地〜トラック間の護衛任務に従事した。四月末よりコロンバンガラ輸送を三回おこない、六月十一日、横須賀へ帰投した。七月二十二日、嵐と同行動で南海守備隊をブインへ輸送し、八月六日のコロンバンガラ輸送作戦中、ベラ湾で駆逐艦群と遭遇してベラ湾海戦となり、駆逐艦の魚雷一をうけて火災となり、輸送中の弾薬および爆雷が誘爆して沈没した。

舞風（まいかぜ）

昭和十六年七月十五日、藤永田で竣工。第四駆逐隊に所属し、開戦時よりミッドウェー作戦までは嵐と同行動をとった。昭和十七年八月十六日、呉を出撃してソロモン方面へ進出し、ガダルカナル島輸送に三回従事した。第二次ソロモン海戦、南太平洋海戦に参加して、翔鶴を直衛して横須賀に帰投した。十二月九日、船団を護衛してラバウルに進出した。

昭和十八年一月五日よりラエ輸送、コロンバンガラ輸送に従事して、二月四日、ガダルカナル島撤収作戦において爆撃をうけ、至近弾により航行不能となり、横須賀に回航されて七月二十二日まで修理を行なった。その後、内地～トラック間の船団護衛に従事し、十月十日より陸軍部隊を上海～ラバウル間の輸送を行なった。以後、トラックを主として護衛に従事した。

昭和十九年二月十七日、米空母機のトラック空襲のとき、空母機および水上艦艇の攻撃をうけて沈没した。

野分（のわき）

昭和十六年四月二十八日、舞鶴工廠で竣工。第四駆逐隊に所属して、開戦時より南方作戦における南方部隊の一艦として参加した。第二次ソロモン海戦、南太平洋海戦に参加後、翔鶴を直衛して横須賀へ帰投するまで舞風と同行動をとった。

昭和十七年十二月一日、ラバウルへ船団を護衛して進出し、十日、ガダルカナル島において敵機の攻撃をうけて大破。舞風に曳航されてトラックに入港して修理をうけ、昭和十八年二月二十四日、横須賀に回航され、七月二十五日まで石川島で修理された。七月二十九日より内地～トラック間の護衛任務を行ない、十月十日より上海～ラバウル間の輸送に従事した。以後、舞風と同じくトラックを中心として護衛任務に従事した。

昭和十九年二月十七日、トラックで大空襲をうけたが、被害なく内地に帰投し、以後、内地～サイパン間の輸送に従事した後、五月十一日、武蔵を護衛してタウイタウイに進出した。

マリアナ沖海戦に参加した後、中城湾をへてダバオで待機していたが、七月十五日、横須賀に回航され、父島輸送に従事した後、リンガ泊地へ進出した。比島沖海戦では栗田艦隊に属してサマール沖海戦に参加し、筑摩の救援におもむき乗員を救助して避退中、米水上艦艇の攻撃をうけて沈没した。

秋雲（あきぐも）

昭和十六年九月二十七日、浦賀船渠で竣工。第一航空艦隊第五航空戦隊に所属し、ハワイ海戦に参加、ついでラバウル攻略作戦を支援した。昭和十七年四月、インド洋セイロン機動作戦に参加した。四月十日、第十駆逐隊に編入される。ミッドウェー海戦に参加、ついでアリューシャン攻略作戦を支援した。第二次ソロモン海戦に参加したのち、九月末よりガダルカナル島輸送作戦に三回従事した。南太平洋海戦では巻雲と協同して炎上中のホーネットを撃沈した。

昭和十八年二月、ガダルカナル島撤収作戦に三回従事した。以後、同方面にて五月まで輸送、船団護衛に従事した。七月末、キスカ撤収作戦に参加した。九月二十四日よりふたたびソロモン方面へ進出し、十月六日、第二次ベララベラ海戦に参加。十二月十七日、横須賀に帰投した。

昭和十九年三月七日よりリンガ泊地に向かう瑞鶴を直衛した。四月十一日、ミンダナオ島ダバオにむかう聖川丸を護衛中、ミンダナオ島西端ザンボアンガ灯台の一一二度二十七浬の地点で、米潜水艦レッドフィンの雷撃をうけ沈没した。

なお秋雲は従来、夕雲型とされていたが、近年、陽炎型の最終艦であったことが明らかにされ、今日では陽炎型十九番艦として位置づけられている。

夕雲型（十九隻）

夕雲（ゆうぐも）

竣工は昭和十六年十二月五日で、横鎮（横須賀鎮守府）部隊で開戦を迎えた。昭和十七年三月十四日、第十駆逐隊に編入され、秋雲と同行動をとり、ミッドウェー、第二次ソロモン、南太平洋海戦に参加した。十一月よりガダルカナル島輸送作戦に三回従事した。第三次ソロモン海戦に参加。以後、東部ニューギニア輸送作戦に従事した。

昭和十八年二月、ガダルカナル島撤収作戦に二回従事し、ついでパラオ〜ウエワク間の船団輸送の護衛を終えたのち、コロンバンガラ輸送作戦に従事した。五月九日、内地に帰投し、七月末、アリューシャン列島キスカ撤収作戦に参加した。十月六日、第二次ベララベラ海戦に参加したが、駆逐艦の雷撃をうけて沈没した。

巻雲（まきぐも）

昭和十七年三月十四日に竣工して第十駆逐隊を夕雲と編成し、ミッドウェー作戦、第二次ソロモン海戦に参加。ついで南太平洋海戦において秋雲と協同して炎上中の空母ホーネットを撃沈した。

ガダルカナル島輸送作戦に四回従事した。第三次ソロモン海戦では飛行場射撃隊の直衛として参加、東部ニューギニアのブナ輸送に三回従事した。十一月二十九日、ブナ東方において空襲をうけ、至近弾によって火災をおこし中破。昭和十八年二月一日、ガダルカナル島第一次撤収作戦に従事中、サボ島の南方で触雷により沈没した。

風雲（かざぐも）

昭和十七年三月二十八日の竣工時に第十駆逐隊に編入され、訓練を終えたのち夕雲と同行動でミッドウェー作戦、第二次ソロモン海戦、南太平洋海戦に参加した。十一月六日よりガダルカナル島輸送作戦に三回従事した。第三次ソロモン海戦に参加、ブナ輸送作戦に五回従事した。

昭和十八年二月、ガダルカナル島撤収作戦に警戒隊として三回従事した。以後、夕雲と同行動で輸送作戦に従事し、四月二十八日、内地に帰投した。七月末、キスカ撤収作戦に従事した後、十月六日の第二次ベララベラ海戦に参加した。十二月十七日、横須賀に回航されて石川島で修理を行ない、秋雲とともに瑞鶴を護衛して昭和十九年三月十五日、リンガ泊地へ進出し、五月まで訓練に従事した。六月八日、ミンダナオ島ダバオよりビアク輸送作戦に向かう途中、ダバオ湾口で潜水艦ヘイクの雷撃をうけて沈没した。

長波（ながなみ）

昭和十七年六月末竣工後、横鎮部隊として訓練に従事していたが、八月三十一日、第二水雷戦隊第三十一駆逐隊に編入された。九月十一日、トラックを出撃してソロモン方面作戦に従事し、ガダルカナル島輸送作戦に七回従事した。

十月二十六日の南太平洋海戦、ついで十一月三十日のルンガ沖夜戦に増援部隊の旗艦として七隻の駆逐艦をひきいて参加したが、同海戦で敵機の攻撃をうけ軽微なる損傷をうけたものの任務を続行、昭和十八年三月、内地への船団護衛に従事したのち、三月十七日、舞鶴に回航され修理をうけた。

昭和十八年七月末、キスカ撤収作戦に従事したのち、十一月七日、ブーゲンビル島タロキナ輸送作戦に従事した。十一日、ラバウルで敵機の攻撃をうけ、後部に被弾して航行不能となり、曳航されて呉に帰投して昭和十九年五月末まで入渠した。

昭和十九年七月、リンガ泊地へ進出し、諸訓練、整備を行なった。比島沖海戦では栗田艦隊に属したが、パラワン水道で被雷した高雄の警戒艦を命ぜられ、サマール沖海戦には参加しなかった。十一月十一日、レイテ島オルモック第三次輸送作戦中、敵機の爆撃をうけて沈没した。

巻波（まきなみ）

昭和十七年八月竣工。八月三十一日、第三十一駆逐隊に編入され、長波とおなじく九月十一日、トラックを出撃して、ガダルカナル島輸送作戦に九回従事した。南太平洋海戦、ついでルンガ沖夜戦に参加した。昭和十八年二月一日、ガダルカナル島撤収作戦で被弾により損傷し、舞鶴に回航されて九月十五日まで入渠した。以後、上海〜ラバウル間の輸送作戦に従事し、十一月、ブーゲンビル島輸送作戦に従事した。十一月二十五日、ブカ輸送作戦の途次、敵駆逐艦五隻と遭遇してセントジョージ岬海戦となり、駆逐艦の魚雷と砲火をうけて沈没した。

高波（たかなみ）

昭和十七年八月末竣工。十月一日、第三十一駆逐隊に編入され、十月十一日よりガダルカナル島輸送作戦に三回従事した。南太平洋海戦では第四戦隊、第五戦隊の直衛として参加した。十一月三十日のルンガ沖夜戦において、敵の圧倒的な集中砲火をうけて沈没した。

大波（おおなみ）

昭和十七年十二月竣工。昭和十八年一月二十日、第三十一駆逐隊に編入され、愛宕の警戒艦としてトラックへ進出し、ガダルカナル島撤収作戦支援のためソロモン北方海面を行動した。二月より十月末まで、主としてトラックにおいて船団護衛に従事した。十一月二日、基地物件を輸送してラバウルへ進出したが、連日空襲をうける。六日、ブーゲンビル島タロキ

夕雲型19番艦・清霜——排水量2077トン、全長119.03m、速力35ノット

ナ輸送作戦に従事した。十一月二十五日、ブカ輸送作戦の途次、巻波と同じく駆逐艦の攻撃をうけ、ブーゲンビル島北端沖に位置するブカ島の二八度四十浬の地点で沈没した。

清波（きよなみ）

昭和十八年一月竣工。二月二十五日、第三十一駆逐隊に編入され、二月二十八日、横須賀を出港する船団を護衛してトラックへ進出した。以後、マーシャル諸島クェゼリン、カビエンなどに船団護衛を行なった。七月二日ソロモンへ進出し、七月十二日、コロンバンガラ島沖夜戦に参加した。七月二十日、コロンバンガラ輸送作戦中、ベララベラ沖にて敵機の攻撃をうけ沈没した。

玉波（たまなみ）

昭和十八年四月末竣工後、三ヵ月を内海西部で訓練していた。七月八日、日進を護衛してトラックへ進出、以後、昭和十九年四月までトラックを主として、内地～内南洋の護衛に従事した。昭和十九年五月十五日、タウイタウイに第三航空戦隊を直衛して進出し、マリアナ沖海戦に参加。七月七日、シンガポールより旭東丸を護衛してマニラへ向かう途中、マニラ湾西方において潜水艦ミンゴーの雷撃をうけて沈没。全員戦死した。

涼波（すずなみ）

昭和十八年七月竣工後、二ヵ月間を内海西部で訓練に従事した。十月十五日、山城を護衛してトラックへ進出し、陸軍部隊をトラック東方ポナペへ輸送した。十一月五日、ラバウルへ進出したが連日のように空襲を受けた。十一月十一日、米空母機動部隊の第二次ラバウル空襲のさい、ラバウル港外で空母機の爆撃をうけ沈没した。

藤波（ふじなみ）

昭和十八年七月末竣工後、二ヵ月間を内海西部で訓練に従事した。涼波と同行動をとって十一月五日ラバウルへ進出し、十一月六日、タロキナ輸送作戦に従事した。十一日ラバウルで敵機の攻撃をうけたけれども被害なく、トラックに帰投した。以後、内南洋各地で船団護衛に従事した。

昭和十九年五月十八日、タウイタウイへ進出し、マリアナ沖海戦に参加。七月二日、シンガポールより涼波とともに旭東丸を護衛してマニラへ向かった。呉に帰投後、マニラまで船団を護衛してリンガ泊地に進出した。比島沖海戦では栗田艦隊に属し、サマール沖海戦に参加したが、十月二十七日、シブヤン海において航行不能になった早霜の救難に急行中、空母機の攻撃をうけて沈没した。

早波（はやなみ）

昭和十八年七月末に竣工した後、十二月まで藤波と同行動をとった。昭和十九年一月よりパラオ、サイパン、ボルネオ方面の船団護衛に従事したのち、四月にリンガ泊地へ進出して訓練に従事した。五月、タウイタウイへ進出。六月七日、タウイタウイの二〇三度四十五浬地点で、潜水艦ハーダーの雷撃をうけて沈没した。

浜波（はまなみ）

昭和十八年十月竣工後、二ヵ月間を内海西部で訓練に従事した。十二月二十五日、呉を出港する船団を護衛してトラックへ進出し、トラック〜パラオ間の護衛に従事した。昭和十九年四月、リンガ泊地で訓練したのち、五月、タウイタウイへ進出、マリアナ沖海戦に参加。七月八日、呉を出撃し陸軍部隊を輸送してリンガ泊地へ進出し、比島沖海戦では栗田艦隊に属してサマール沖海戦に参加した。十一月十一日、第三次レイテ輸送作戦中、オルモック湾で敵機の攻撃をうけ沈没した。

沖波（おきなみ）

昭和十八年十二月に竣工したのち、二ヵ月間を内海西部で訓練に従事していたが、昭和十九年二月十日、第三十一駆逐隊に編入され、二月二十四日、船団を護衛してサイパンに向かった。以後、トラック、サイパン、トラックへ船団護衛を行ない、五月十九日、タウイタウイに進出し、マリアナ沖海戦に参加した。七月九日、第四戦隊を直衛して呉を出港し、リンガ泊地へ進出した。比島沖海戦では栗田艦隊に属してサマール沖海戦に参加した。十一月十三日、マニラ湾において空母機の攻撃をうけ沈没着底した。

岸波（きしなみ）

昭和十八年十二月の竣工後、昭和十九年二月十日、第三十一駆逐隊に編入され、二月二十四日、呉を出港し、沖波と同行動で船団護衛に従事した。五月一日、リンガ泊地へ進出して出動訓練に従事していた。十四日、タウイタウイへ進出してあ号作戦部隊に編入され、マリアナ沖海戦に機動部隊前衛として参加した。七月九日、沖波と第四戦隊を直衛してリンガ泊地へ進出し、比島沖海戦では栗田艦隊に属してサマール沖海戦に参加、妙高を護衛してシンガポールへ回航した。

十一月二十六日、八紘丸を護衛してシンガポールを出港し、十二月一日マニラへ着き、三日、マニラを出港してシンガポールへ向かう途中の四日、潜水艦フラッシャーの雷撃をうけ、北緯一三度一二分、東経一一六度三九分の地点において沈没した。

朝霜（あさしも）

昭和十八年十一月竣工。昭和十九年二月十日、第三十一駆逐隊に編入され、沖波と同行動で船団護衛に従事した。四月十四日、サイパンよりスマトラ東岸沖のリンガ泊地へ回航した後、五月十九日、ボルネオ北東端沖のタウイタウイへ進出し、マリアナ沖海戦に参加した。七月九日、沖波と同行動で呉を出港してリンガ泊地へ進出し、比島沖海戦では栗田艦隊に属したが、パラワン島沖で高雄が損傷をうけたので警戒艦となり、ブルネイに引き返してサマール沖海戦には参加しなかった。

ついでオルモック輸送作戦に従事した。十二月二十六日、ミンドロ島サンホセ突入作戦（礼号作戦）に参加した。昭和二十年二月二十三日、シンガポールより伊勢、日向を護衛して呉に入港。四月七日、大和を基幹とする水上特攻隊として、沖縄に向かう途中、空母機の攻撃をうけ沈没した。

早霜（はやしも）

昭和十九年二月の竣工後、就役訓練をへて五月十六日、武蔵と第二航空戦隊を護衛してタウイタウイへ進出。マリアナ沖海戦では長門の直衛として参加した。七月一日、第五戦隊を直衛して呉を出港、マニラをへてリンガ泊地に進出した。比島沖海戦では栗田艦隊に属し、サマール沖海戦に参加、翌十月二十六日、ミンドロ島南方において空母機の攻撃をうけ沈没した。

秋霜（あきしも）

昭和十九年三月竣工、第十一水雷戦隊に編入されて諸訓練ののち、五月十六日、隼鷹、瑞鳳を護衛してタウイタウイへ進出し、二十五日、機動部隊補給部隊をミンダナオ島ダバオへ護衛した。マリアナ沖海戦では第三航空戦隊の直衛として参加した。七月一日、朝霜と同行動でマニラをへてリンガ泊地に進出し、比島沖海戦では栗田艦隊に属してサマール沖海戦に参加した。その帰路、早霜の護衛と能代の乗員を救助した。

十一月十日、第四次オルモック輸送作戦に従事したが、被弾により艦首を切断され、辛うじてマニラに帰投した。だが十一月十三日、空母機のマニラ空襲のさい、マニラ桟橋で爆撃をうけ沈没した。

清霜（きよしも）

昭和十九年五月十五日竣工。六月末、父島輸送作戦に参加、ついで硫黄島輸送作戦、沖縄輸送作戦に従事した。八月七日、呉を出港してマニラをへてパラオ輸送に従事したのち、リンガ泊地へ進出した。比島沖海戦では栗田艦隊に属し、シブヤン海において沈没した武蔵の乗員を救助して、引き返したためサマール沖海戦には参加しなかった。

十二月二十六日、ミンドロ島サンホセ突入作戦で爆撃をうけて重油タンクに命中大火災となり、大爆発を起こして沈没した。

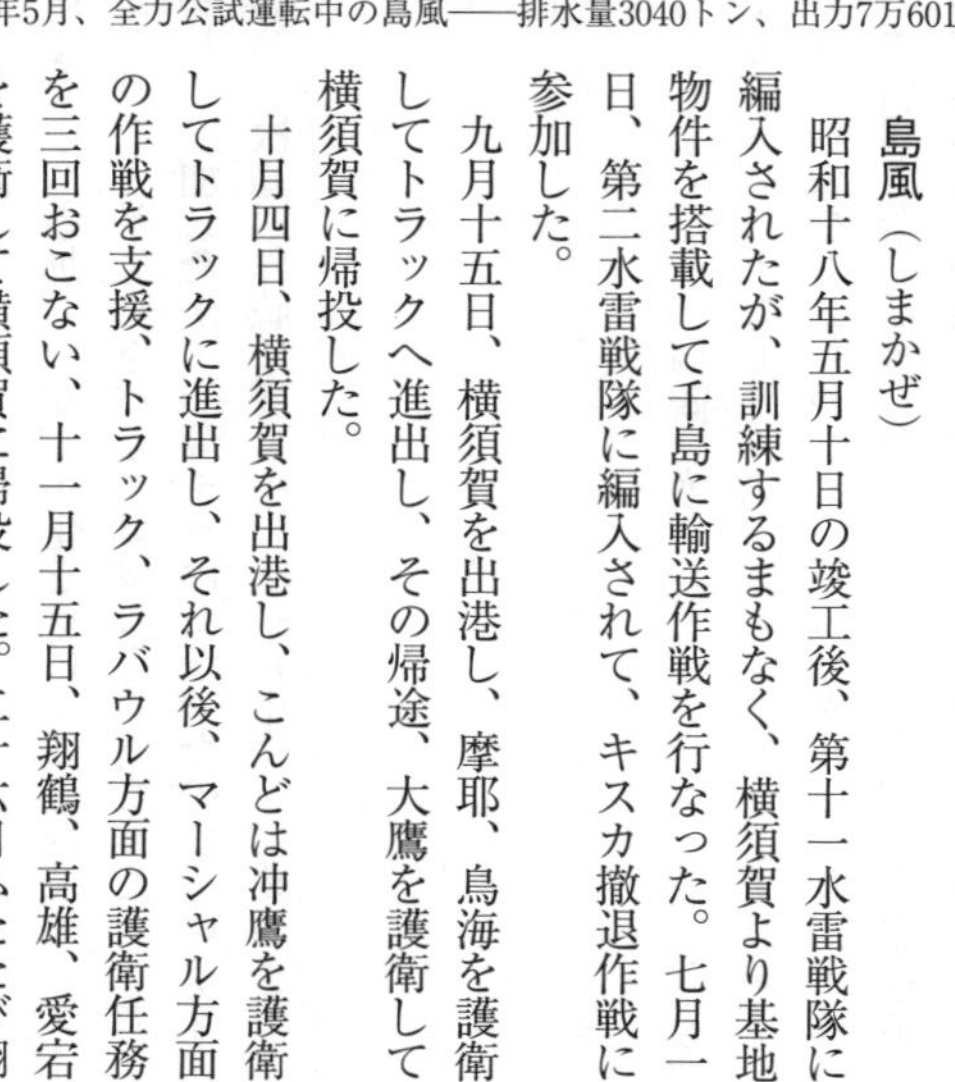

18年5月、全力公試運転中の島風——排水量3040トン、出力7万6010馬力

島風型（一隻）

島風（しまかぜ）

昭和十八年五月十日の竣工後、第十一水雷戦隊に編入されたが、訓練するまもなく、横須賀より基地物件を搭載して千島に輸送作戦を行なった。七月一日、第二水雷戦隊に編入されて、キスカ撤退作戦に参加した。

九月十五日、横須賀を出港し、摩耶、鳥海を護衛してトラックへ進出し、その帰途、大鷹を護衛して横須賀に帰投した。

十月四日、横須賀を出港し、こんどは冲鷹を護衛してトラックに進出し、それ以後、マーシャル方面の作戦を支援、トラック、ラバウル方面の護衛任務を三回おこない、十一月十五日、翔鶴、高雄、愛宕を護衛して横須賀に帰投した。二十六日ふたたび翔鶴を護衛してトラックへ進出し、以後、昭和十九年三月末までトラック方面で艦船護衛に従事した。

昭和十九年四月、入渠整備した後、大和を護衛してマニラをへてリンガ泊地に進出した。マリアナ沖海戦には大和、武蔵の直衛艦として参加したが、損傷をうけることなく六月二十四日、柱島に入港し、七月にはふたたびリンガ泊地へ進出して訓練などを行なった。十月二十五日の比島沖海戦では栗田艦隊に属して参加したが、損傷をうけなかったのでそのままマニラに残った。十一月八日のレイテ島第三次輸送作戦に従事中の十一月十一日、オルモック湾で敵機の爆撃をうけ沈没した。

秋月型（十二隻）

秋月（あきづき）
昭和十七年六月に竣工して訓練するまもなく、空母瑞鶴を護衛して、アリューシャン方面に行動した。六月二十九日、鎌倉丸をセレベス島東方セラム島南方のアンボンまで護衛する任務に従事し、その後、横須賀で一ヵ月間訓練をおこなった。米軍のガダルカナル島上陸により南東方面に進出し、同方面において船団護衛に従事した。十月二十六日、南太平洋海戦に参加して爆弾一発の命中をうけたが、軽巡由良の乗員を救助してラバウルに帰投した。その応急修理後、横須賀に帰投して修理作業を行なった。
昭和十八年一月六日に第十戦隊旗艦となりラバウルへ進出したが、一月二十日、ショートランド沖で被雷した。トラックで応急修理後、内地へ帰投中にキールが切断したため、後部だけが七月五日、長崎に入港した。十月七日、秋月、照月で第六十一駆逐隊が編成された。十一月二十六日、翔鶴、千歳を護衛してトラックへ向かった。

昭和十九年一月一日、カビエンで敵機一〇〇機と交戦したが被害なく、パラオをへて二月二十一日、リンガ泊地に入港、きたるべき決戦にそなえて訓練に従事した。マリアナ沖海戦では大鳳を護衛して六月十三日、タウイタウイを出撃した。十九日、大鳳は雷撃をうけて沈没したので乗員を救助したのち、瑞鶴の直衛となって、二十四日、柱島に入港した。以後、柱島付近で訓練に従事していた。

十月二十日、比島沖海戦では瑞鶴を直衛して柱島を出撃した。二十五日、来襲する敵大編隊と交戦、午前八時五十五分、北緯一八度一五分、東経一二六度三五分の地点で、米潜ハリバットの雷撃をうけ沈没した。

照月（てるづき）

昭和十七年八月末竣工。十月七日、第三艦隊第十戦隊の第六十一駆逐隊に編入されると同時に南東方面に進出して、南太平洋海戦に参加した。瑞鳳の直衛艦として活躍したが、爆撃をうけ至近弾により小破し、トラックへ帰投して修理をうけた。

昭和十七年十一月九日、トラックを出撃して、十二日夜の第三次ソロモン海戦で、ガダルカナル島に突入して敵艦船と交戦し、損害をあたえた後、明くる十三日、比叡の救援艦となり、さらに翌十四日には霧島の乗員を救助してトラックに帰港した。

十二月十一日、ガ島輸送作戦のためショートランドを出撃、ガ島へ揚陸作業中に魚雷艇の攻撃をうけ、後部左舷に魚雷二本が命中して航行不能となり、十二日午前二時四十分、サボ島の二一〇度六・七浬の地点で沈没した。

涼月（すずつき）

昭和十七年十二月の竣工後、半月たって第六十一駆逐隊に編入されて諸訓練に従事した後、昭和十八年三月二十二日、航空部隊基地物件を搭載して内地を出港し、ラバウルへ進出した。その帰途、武蔵を護衛して五月二十二日、横須賀へ帰投した。七月十日、陸軍部隊輸送のため内地を出港して、ブカ島まで輸送したのち、内南洋方面で輸送作戦と船団護衛に従事していた。

昭和十九年一月十六日、中部太平洋南鳥島南東方ウェーク輸送作戦の途次、宿毛南方で潜水艦の雷撃をうけて大破し、曳航されて呉に帰着した。その修理後、十月十六日にふたたび潜水艦の雷撃をうけ、呉で修理した。十一月二十四日、隼鷹を護衛してマニラまでの輸送作戦に従事し、帰りには榛名を護衛して十二月九日、佐世保に帰投した。

昭和二十年四月六日、大和を基幹とする沖縄特攻作戦に参加し、七日の午後一時八分、空母機の攻撃をうけて爆弾一発が命中し、一、二番砲塔を大破して八日、佐世保に入港して修理をうけた。修理後、相浦に繋留されて防空砲台として対空戦闘を行ないながら、行動することなく終戦を迎えた。

初月（はつづき）

昭和十七年十二月竣工。昭和十八年一月十五日に第六十一駆逐隊に属して、涼月が昭和十九年一月十六日、被雷するまで同行動をとった。二月五日、翔鶴、瑞鶴、筑摩を護衛して内地を出港し、リンガ泊地へ進出して訓練に従事した。一度内地に帰投し、三月二十八日、こんどは大鳳を護衛してリンガ泊地に進出した。

六月十三日、マリアナ沖海戦に参加し、秋月とおなじく大鳳を護衛した。大鳳の沈没後は瑞鶴の直衛となり、被害をうけることなく二十四日、柱島に帰投した。以後、内海西部で訓練、整備、補給を行なったり、横須賀より呉まで瑞鳳を直衛したりしていた。

十月二十日、呉を出撃し、比島沖海戦において敵機の攻撃で瑞鶴が沈没し、その乗員の救助に夜間までかかったため、初月は敵艦隊に捕捉されて集中攻撃をうけたが最後までよく奮闘し、砲撃をうけてから約二時間、火災におおわれながらも沈没まで応戦した。初月は一人の生存者もなく、全員が壮烈な戦死をとげた。

新月（にいづき）

昭和十八年三月末竣工。第十一水雷戦隊に編入され、内海西部で諸訓練に従事していたが、五月十八日、米軍のアッツ上陸により北方作戦にそなえて出撃、横須賀方面で待機していたの短い生命であった。

キロに敵艦隊を発見したが、敵の電探射撃による一斉射撃をうけて沈没した。わずか三ヵ月

たが、午後十時、コロンバンガラ島北二十浬で輸送隊とわかれ、十一時五分、左一〇〇度五

五日、ブーゲンビル島南端ブインを出撃してコロンバンガラ島へ緊急輸送作戦に従事してい

五月三十一日、第八艦隊に編入され、六月八日、呉を出港してラバウルへ進出した。七月

が、北方作戦は中止された。

若月（わかつき）

昭和十八年五月末竣工。第十一水雷戦隊に編入されて内海西部で訓練後、八月十五日、トラックへ進出して訓練および対潜掃蕩、輸送作戦に従事した。十一月一日、ラバウルへ進出して、ブーゲンビル島沖海戦に参加した。十二日、ラバウルで敵艦上機二〇〇機と交戦し、至近弾により損傷をうけ横須賀に帰って修理した。

昭和十九年二月五日、初月と同行動でリンガ泊地に進出した。六月十四日、油輸送船興川丸を護衛してボルネオ南東岸のバリックパパンにいた若月は、マリアナ沖海戦に参加するため同地を出港、途中で機動部隊に合同して大鳳の直衛艦となって海戦に参加したが、被害なく柱島に帰投した。七月八日、長門、金剛を護衛して陸軍部隊を沖縄、マニラへ輸送した。

十月二十五日の比島沖海戦では小沢艦隊に属して参加した。若月は被害をうけず二十七日に帰投したが、二十九日には大淀とマニラに向け出港した。十一月九日、レイテ島輸送作戦

（多号作戦）の船団を護衛して、オルモックへ突入して敵機と交戦したのちマニラに向け帰途についたが、その途中、第二船団と会合し、ふたたび反転してオルモックに突入した。そのとき敵機三〇〇機が来襲し、前後部に直撃弾が命中し、至近弾多数をうけて大火災となり、ついに沈没した。

霜月（しもつき）

昭和十九年三月末の竣工後、第十一水雷戦隊に編入、昭和十九年六月はじめまで内海西部で訓練していたが、機動部隊に合同してマリアナ沖海戦に参加し、来襲する艦爆と交戦し、舵が故障しただけで柱島に入港した。七月八日、若月と同行動をとってリンガ泊地に進出し、一ヵ月間の訓練後、内地に帰投した。

十月二十五日の比島沖海戦では小沢艦隊に属して参加、来襲する敵機と交戦したが被害をうけることはなかった。霜月は内地へ帰投しないで南方各地を第三十一戦隊旗艦として行動していたが、十一月二十五日、シンガポールよりブルネイへむけ航行中、北緯二度二八分、東経一〇九度三〇分の地点で、潜水艦カバァラの魚雷二本を左舷真横にうけて沈没した。

冬月（ふゆづき）

昭和十九年五月竣工、第十一水雷戦隊に編入されて内海西部で訓練後、横須賀に回航されて父島輸送作戦に従事した。つづいて七月十四日より陸軍部隊を沖縄、南大東島に輸送後、

冬月。基準排水量2700トン、全長134.2m、速力33ノット、連装高角砲４基

内海西部に帰投して整備、訓練を行なった。

十月十二日、大淀を横須賀より呉へ護衛中、遠州灘で敵潜の雷撃をうけ、揚錨機より前方を破壊されたが呉まで自力で航行した。十一月二十四日、隼鷹を護衛してマニラまで進出、その帰途、隼鷹は被雷したが、冬月はぶじ佐世保に帰投した。その後、内海西部に回航された。

昭和二十年四月六日、大和を基幹とする水上特攻作戦に参加したが、艦載機二〇〇機以上と交戦、ロケット弾二発が命中したが不発で被害はうけず、霞の乗員を救助して佐世保に帰投した。整備後、六月一日より門司方面で来襲する敵機と対空戦闘をおこないながら終戦を迎えたが、八月二十日、門司港内で触雷により大破した。

春月（はるつき）

昭和十九年十二月の竣工後、第十一水雷戦隊

に編入され、内海西部で訓練後、第一〇三戦隊に編入されて鎮海方面で護衛任務に従事した。終戦を無傷のまま呉で迎え、その後、復員輸送艦となった。

宵月（よいづき）

昭和二十年一月末の竣工後、第十一水雷戦隊に編入され、内海西部で訓練した後、五月二十日、第三十一戦隊第四十一駆逐隊に編入され、対馬海峡の護衛に従事していたが、六月五日、姫島灯台の三三六度五・八キロの地点で機雷に触れたが、小破ていどの損傷であった。七月二十四日、呉で来襲する敵機と交戦したが、これも小破ていどの損傷をうけた。内海西部で終戦を迎えた。

花月（はなづき）

昭和十九年十二月の竣工後、第十一水雷戦隊に編入され、舞鶴より呉に回航されて訓練に従事、昭和二十年三月十五日、第三十一戦隊に編入された。四月六日、出撃する大和を徳山より豊後水道まで護衛した。以後、内海西部で待機し、来襲する敵機と対空戦闘をまじえながら終戦を迎えた。

夏月（なつづき）

竣工は昭和二十年四月と遅く、ただちに第十一水雷戦隊に編入され、内海西部で訓練に従

異なる。排水量1260トン、全長100m、速力27.8ノット、12.7cm高角砲3門

事していた。六月十六日、六連灯台の一九三度三・一キロの地点で機雷に接触し、損傷したので修理して、終戦を門司で迎えた。

松型（丁型／十八隻）

松（まつ）

昭和十九年四月二十八日、佐世保工廠で竣工。八月四日、父島の北方において、米空母機の攻撃をうけ沈没した。

竹（たけ）

昭和十九年六月十六日、横須賀工廠で竣工したのち、一ヵ月間の訓練をへて七月十二日より沖縄輸送に従事し、以後パラオ輸送、マニラを主とした船団護衛に従事。十月三十日よりレイテ輸送作戦に三回従事した。十二月末、高雄〜門司間の船団護衛をして内海西部に帰投した。以後、内西部

桃。上陸・補給作戦も視野に入れた戦時急造型で艦隊型駆逐艦とは艦型が

で無傷のまま残存した。

梅（うめ）

昭和十九年六月二十八日、藤永田造船所で竣工。十一月十五日、伊勢、日向などとともに新南群島に進出して同方面で行動していた。

十二月五日、第八次レイテ輸送作戦に従事した。十二月十五日、マニラで空母機の攻撃をうけ、艦首が至近弾により損傷したので香港に回航され修理をうけた。

昭和二十年一月十七日、高雄に回航され、一月三十一日、比島方面の搭乗員救出のため、ルソン島北端アパリ東方に位置するバトリナオへの輸送作戦中、バシー海峡において敵機の攻撃をうけ沈没した。

桃（もも）

昭和十九年六月十日、舞鶴工廠で竣工。十二月

五日、第八次レイテ輸送作戦に従事。十二月十五日、マニラの北西二一〇浬において、潜水艦ホークビルの雷撃をうけ沈没した。

桑（くわ）

昭和十九年七月二十五日、藤永田造船所で竣工。十月二十五日の比島沖海戦では、小沢艦隊に属して参加し、瑞鳳の乗員八四一名を救助し呉に帰港した。十一月十日、呉を出港して馬公をへてマニラに進出し、十二月三日、第七次レイテ島輸送作戦（多号作戦）の船団を護衛して、オルモックに突入して揚陸中、駆逐艦三隻と魚雷艇数隻が来襲してきたので、これと交戦して沈没した。

桐（きり）

昭和十九年八月十四日、横須賀工廠で竣工。十月二十五日の比島沖海戦では小沢艦隊に属し、機動部隊護衛として参加。十二月九日、マニラを出港して第九次レイテ島輸送作戦に従事した。その後は内海西部で行動していたが、無傷のまま残存した。

杉（すぎ）

昭和十九年八月二十五日、藤永田造船所で竣工。十月二十五日の比島沖海戦では小沢艦隊に属して機動部隊直衛として参加。十二月五日、マニラを出港して第八次レイテ島輸送作戦に従事し、つづいてミンドロ島サンホセ突入作戦に参加した。昭和二十年二月一日、高雄より船団を護衛して佐世保に入港。三月十三日、呉に回航され、以後、内海西部で待機していたが終戦を迎えた。

槇（まき）

昭和十九年八月十日、舞鶴工廠で竣工。比島沖海戦では小沢艦隊に属し、機動部隊の直衛として参加したが、直撃弾一をうけて損傷した。昭和十九年末、戦艦榛名、空母隼鷹を護衛してマニラより内地へ向かったが、その途中で被雷し、十二月九日、佐世保に帰投して昭和二十年三月十五日まで長崎で修理を行なった。三月二十六日、呉に回航され内海西部で待機していたが、この間、対空戦闘を数回おこなったが、無傷のまま終戦を迎えた。

樅（もみ）

昭和十九年九月三日、横須賀工廠で竣工。十二月四日、生田川丸を護衛してマニラに入港、明くる五日マニラ西方海面で水上艦艇と交戦した後、爆撃をうけて沈没した。

樫（かし）

昭和十九年九月三十日、藤永田造船所で竣工。十一月、船団を護衛して比島方面へ進出し、ミンドロ島サンホセ突入作戦に参加した。昭和二十年一月から台湾で待機していたが、二月七日、船団を護衛して佐世保へ帰投して入渠した。三月十四日、呉に回航されて以後、内海西部で待機して対空戦闘を行なうこと数回、七月二十八日、至近弾により小破し、そのまま終戦を迎えた。

榧（かや）

昭和十九年九月三十日、舞鶴工廠で竣工。十月二十五日、船団を護衛して佐世保を出港し、台湾をへてマニラに進出。ミンドロ島サンホセ突入作戦に参加したとき、P38一機が突入した。昭和二十年一月十三日、舞鶴に帰投して修理をうけ、三月二日、呉に回航されて内海西部で待機していた。六月二十七日、山口県日見海岸に隠蔽されたまま終戦を迎えた。

楢（なら）

昭和十九年十一月二十六日、藤永田造船所で竣工。昭和二十年六月三十日、関門西口において触雷により中破、呉で終戦を迎えた。

桜（さくら）

昭和十九年十一月二十五日、横須賀工廠で竣工。昭和二十年二月十七日、上海へ進出して南支沿岸輸送作戦に従事し、三月二十一日、呉に帰投した。五月二十三日、下関で触雷して小破した。六月より大阪湾方面において掃海作業に従事していたが、七月十一日、大阪港北突堤沖二六五度五・六浬の地点で触雷により沈没した。

柳（やなぎ）

昭和二十年一月八日、藤永田造船所で竣工。五月二十二日、呉より大湊に回航され、同方面で船団護衛に従事した。七月十四日、津軽海峡で空母機の攻撃をうけ、艦尾を切断して函館に回航された。

椿（つばき）

昭和十九年十一月三十日、舞鶴工廠で竣工。昭和二十年二月十五日、門司を出港して上海へ船団を護衛した。以後、同方面の船団護衛に従事していたが、四月十日、揚子江において触雷により中破した。五月三十日、上海より船団を護衛して門司に帰投して修理をうけた後、内海西部に待機していたが、七月二十四日、岡山沖で米空母機の攻撃をうけ損傷、呉で中破のまま終戦を迎えた。

檜（ひのき）

昭和十九年九月三十日、横須賀工廠で竣工。十二月四日、生田川丸を護衛してマニラに入港、明くる五日、マニラ西方海面で水上艦艇と交戦したのち、敵機の攻撃をうけ沈没した。

楓（かえで）

昭和十九年十月三十日、横須賀工廠で竣工。昭和二十年一月、門司〜台湾間の船団護衛に従事した。一月三十一日、梅と同行動でルソン島北端のアパリ東方バトリナオ輸送に従事したが、途中、敵機の攻撃をうけて中破し、高雄に引き返した。基隆で修理をうけた後、船団を護衛して香港をへて呉に帰投して入渠した。以後、内海西部で訓練に従事していたが、無傷のまま終戦を迎えた。

欅（けやき）

昭和十九年十二月十五日、横須賀工廠で竣工。内海西部で訓練に従事したのち、昭和二十年七月十五日、大阪警備府に編入されて警備駆逐艦となった。無傷のまま神戸で終戦を迎えた。

なお、松型（丁型）十八隻は戦時急造の対空対潜用の駆逐艦である。

橘型（改丁型／十四隻）

橘（たちばな）

昭和二十年一月二十日、横須賀工廠で竣工。五月二十二日、呉より大湊に回航され、津軽海峡で対潜警戒に従事した。七月十四日、函館湾において空母機の攻撃をうけ沈没した。

蔦（つた）
昭和二十年二月八日、横須賀工廠で竣工。内海西部で訓練のかたわら対空戦闘に従事した。四月三十日より佐世保相浦泊地で偽装し、そのまま無傷で終戦を迎えた。

萩（はぎ）
昭和二十年三月一日、横須賀工廠で竣工。内海西部において対空戦闘に従事。七月二十四日、山口県祝島南方で対空戦闘により小破、そのまま呉で終戦を迎えた。

柿（かき）
昭和二十年三月五日、横須賀工廠で竣工。内海西部において三月十九日、対空戦闘を行なった。七月二十三日、舞鶴に回航され、小破のまま終戦を迎えた。

菫（すみれ）
昭和二十年三月二十六日、横須賀工廠で竣工。内海西部で訓練後、柿と同行動で五月二十七日、舞鶴に回航された。六月一日、小浜に回航。七月二十三日、ふたたび舞鶴に回航され、無傷のまま終戦を迎えた。

楠（くすのき）
昭和二十年四月二十八日、横須賀工廠で竣工。五月一日、横須賀で対空戦闘。五月十一日、大阪港で対空戦闘を行なった。以後、菫と同行動で、無傷のまま終戦を舞鶴で迎えた。

初桜（はつざくら）
終戦二ヵ月前に横須賀工廠で竣工したため戦歴はなく、無傷のまま横須賀で終戦を迎えた。

楡（にれ）
昭和二十年一月末、舞鶴工廠で竣工。内海西部にて訓練に従事中、六月二十二日、呉でB29の爆撃をうけ中破し、七月二日まで修理が行なわれた。七月十五日、呉防備戦隊に編入され、乗員は艦長以下全部が樺に転勤となった。終戦は呉で乗員なしで迎えた。

梨（なし）
昭和二十年三月十五日、神戸川崎造船所で竣工。七月、光沖で回天と連合訓練に従事。七月二十八日、呉付近で空母機九十機と交戦して沈没した。昭和三十九年九月三十一日に引揚げを完了し、自衛艦「わかば」に生まれ変わった。

椎（しい）

昭和二十年三月十三日、舞鶴工廠で竣工。内海西部において訓練に従事。六月五日、豊後水道にて触雷により軽微な損傷をうけた。七月二十四日、平生で回天発射訓練中、P51と交戦した。終戦は内海西部で迎えた。

榎（えのき）
昭和二十年三月末、舞鶴工廠で竣工。四月八日、舞鶴より内海西部に回航され訓練に従事した。五月二十七日ふたたび舞鶴に回航された。六月二十六日、福井県小浜灯台の二六九・五度一五五〇メートルの地点で、後部弾薬庫下方に触雷し、大破擱座した。

雄竹（おだけ）
終戦三ヵ月前の五月十五日に舞鶴工廠で竣工したので、内海西部に回航されず、無傷で舞鶴で終戦を迎えた。

樺（かば）
昭和二十年五月二十九日、藤永田造船所で竣工。七月十五日、乗員は艦長以下全員が椎より移乗した。七月二十四日、対空戦闘により至近弾をうけたが、無傷のまま終戦を呉で迎えた。

初梅（はつうめ）
終戦の二ヵ月前に舞鶴工廠で竣工。昭和二十年七月三十日、小浜にて擱座中の榎を救難中、艦上機の攻撃を三回うけ、損傷のまま舞鶴で終戦を迎えた。
なお、橘型の十四隻は松型（丁型）を改良、工事の簡易化を徹底させるためブロック構造、熔接構造を採用した改松型（改丁型）である。

若竹型（六隻）

若竹（わかたけ）
大正十一年九月末、神戸川崎造船所で竣工。呉鎮（呉鎮守府）部隊第十三駆逐隊に所属し、開戦時より昭和十七年三月十九日まで豊後水道方面の対潜掃蕩に従事した。四月十日より南西方面艦隊に編入され、門司、台湾西方の澎湖島馬公（まこう）、比島方面の船団護衛に従事した。昭和十八年も船団護衛に従事。十二月一日、海上護衛総司令部に編入された。昭和十九年三月三十日、パラオにおいて、早朝、船団をひきいて出港中、西口より三二〇度三千メートルにおいて、敵機二十五機と交戦し、火災を起こしたのち大爆発音とともに沈没した。
呉竹（くれたけ）
大正十一年十一月、神戸川崎で竣工。第十三駆逐隊に所属し、若竹と同じく開戦時は呉鎮部隊として内海西部の対潜哨戒に従事した。昭和十七年四月はじめ九州西方海面の対潜掃蕩、ついで隼鷹を護衛して呉に回航した。四月十日、南西方面艦隊第一海上護衛隊に編入され、七月末まで門司〜馬公間の船団護衛に従事した。

その後、昭和十八年十月末まで門司〜高雄〜マニラ〜シンガポール間の船団護衛に従事した。十二月一日、海上護衛総司令部に編入され、主に内地〜台湾〜比島間の船団護衛に従事した。昭和十九年十二月三十日、バシー海峡で船団護衛中、潜水艦の雷撃をうけ沈没した。

早苗（さなえ）

大正十二年十一月、浦賀船渠で竣工。開戦時は第十三駆逐隊に所属して、若竹と同行動をとり、もっぱら内地〜高雄間の船団護衛に従事した。

昭和十八年九月二十一日、船団を護衛して台湾高雄を出港、マニラをへてボルネオ南東岸バリックパパンに着き、ついでパラオを往復して十一月四日、バリックパパンを出港、十日、パラオに入港した。十一月十五日に船団護衛して出港し、十八日、北緯五度〇分、東経一二一度〇分の地点において潜水艦ブルーフィシュの雷撃をうけて沈没した。

朝顔（あさがお）

大正十二年五月、石川島造船所で竣工。鎮海警備府第三十二駆逐隊に所属し、開戦時は対馬海峡方面で輸送船団の護衛に従事していた。昭和十七年四月十日、南西方面艦隊第一海上護衛隊に編入され、サイゴン～馬公間の船団護衛に従事した。

昭和十九年十月二十四日、天津風の救援に向かい、曳航してサイゴン南方サンジャックに入港した。七月九日、海南島楡林において、台風の来襲により座礁し、十月十五日まで離洲作業にかかった。この間の七月二十九日、戦爆約四十機と交戦したが被害はなかった。その後、内地にいったん帰投した後、ふたたび高雄を主として船団護衛に従事した。

昭和二十年四月末より内海西部で、航路管制、機雷監視および監視艇の母艦となった。無傷のまま呉で終戦を迎えたが、八月二十二日、下関海峡西口六連灯台の二度六四〇〇メートルの地点で触雷大破し、航行不能となって、ついに浸水着底した。

芙蓉（ふよう）
大正十二年三月、藤永田造船所で竣工。鎮海警備府第三十二駆逐隊に所属し、朝顔と同じく開戦時は対馬海峡方面で船団護衛に従事した。昭和十七年四月十日、南西方面艦隊第一海上護衛隊に編入され、門司～高雄間の船団護衛に従事。その後も東シナ海、南シナ海において船団護衛に従事した。
昭和十八年十二月十三日、高雄に入港、十七日、船団を護衛して高雄を出港。十二月三十日、北緯一五度二七分、東経一一九度五八分において、潜水艦バッファの雷撃により沈没した。

刈萱（かるかや）

大正十二年八月、藤永田で竣工。鎮海警備府第三十二駆逐隊に所属し、朝顔と同じく開戦時は対馬海峡方面で哨戒、対潜掃蕩に従事した。昭和十七年四月十日、南西方面艦隊第一海上護衛隊に編入され、内地～台湾～マニラ～シンガポール間の船団護衛に四十八回従事した。

昭和十八年十二月一日、海上護衛総司令部に編入されて、右記の間の船団護衛に六回従事した。昭和十九年五月十日、高雄よりボルネオ北岸ブルネイ南西方のミリにむけ船団護衛中、北緯一五度四七分、東経一一九度三二分の地点において、潜水艦コッドの雷撃をうけ沈没した。

なお、若竹型は後述する樅型の不具合を改良した二等駆逐艦である。大正十一年から竣工した同型艦八隻のうち、ここに記したのは太平洋戦争中も在籍し、戦場に出た六隻である。基準排水量八二〇トン、水線長八十五・三メートル、速力三十五・五ノットだった。

樅型（三隻）

栗（くり）

大正九年九月、呉工廠で竣工。支那方面艦隊に所属して上海で開戦を迎え、同方面の海上交通保護に従事していた。

昭和十七年二月二十五日、第三南遣艦隊に編入され、比島方面における船団護衛、マニラ湾封鎖に従事した。コレヒドール陥落にともない五月十一日、支那方面艦隊にふたたび編入され、上海に回航されて同方面の船団護衛に従事し、主として上海〜馬公間の船団護衛を行なった。

昭和十八年六月二十四日、馬公で船団護衛中、芝罘丸（チーフー）と触衝し、蓮（はす）に曳航されて上海において修理をうけた。その後も上海〜高雄間の船団護衛に従事した。

昭和十九年になっても上海、高雄、比島方面の船団護衛に従事した。昭和二十年に入ってからは上海付近の船団護衛のみであった。六月二十五日より青島に回航され無傷のまま青島で終戦を迎えた。昭和二十年十月八日、釜山港内において十六ノットぐらいで掃海確認航行中、鵜ノ瀬灯台の三五五度三五〇メートルの地点において触雷沈没した。

栂（つが）

大正九年七月、石川島造船所で竣工。支那方面艦隊に所属し、開戦時は香港攻略作戦を支援した。以後、昭和十七年七月末まで上海方面で警備に従事した。八月より上海〜馬公間の船団護衛に従事した。

昭和十九年五月十二日、上海を出港する船団を護衛して、マニラをへてミンダナオ島ダバオに入港した。マリアナ沖海戦には機動部隊補給部隊直衛として参加した。以後、油槽船団を護衛して、ボルネオ南東岸バリックパパン、マニラ、高雄をへて八月四日、佐世保に入港した。昭和二十年一月十五日、馬公において米空母機の攻撃をうけて沈没した。

蓮（はす）

大正十一年七月末、浦賀船渠で竣工。支那方面艦隊に所属し、開戦時は上海において、英砲艦ペテラルを砲艦鳥羽と協同して砲撃し、これを撃沈した。以後、上海方面の交通保護に従事した。

昭和十八年十一月より上海～馬公間の船団護衛に従事した。昭和十九年八月二日、揚子江にて触雷し、航行不能となったので、九月三十日まで上海で修理をうけた。

昭和二十年一月十五日、香港で入渠整備中、空母機の攻撃をうけ小破、上海に回航されて三月二十日まで修理した。四月二十日より上海において機銃増備工備を行ない、五月六日より厦門へ軍需品輸送に従事した。この輸送を最後に南支方面は空襲激化のため輸送中止となった。六月二十五日、青島に回航され、北支方面の輸送護衛に従事した。

無傷のまま青島で終戦を迎えた。

なお、樅型は基準排水量七七〇トンの二等駆逐艦で、大正八年から同型艦二十一隻が竣工したが、ここに掲げたのは太平洋戦争中も在籍して戦場を馳駆した三隻である。水線長八十五・三メートル、速力三十六ノットだった。

※本書は雑誌「丸」に掲載された記事を再録したものです。執筆者の方で一部ご連絡がとれない方があります。お気づきの方は御面倒で恐縮ですが御一報くだされば幸いです。

単行本　平成二十六年十一月　潮書房光人社刊

NF文庫

陽炎型駆逐艦

二〇一九年四月十九日　第一刷発行

著　者　重本俊一他

発行者　皆川豪志

発行所　株式会社　潮書房光人新社

〒100-8077　東京都千代田区大手町一-七-二

電話／〇三-六二八一-九八九一代

印刷・製本　凸版印刷株式会社

定価はカバーに表示してあります

乱丁・落丁のものはお取りかえ致します。本文は中性紙を使用

ISBN978-4-7698-3115-0　C0195

http://www.kojinsha.co.jp

NF文庫

刊行のことば

第二次世界大戦の戦火が熄(や)んで五〇年——その間、小社は夥しい数の戦争の記録を渉猟し、発掘し、常に公正なる立場を貫いて書誌とし、大方の絶讃を博して今日に及ぶが、その源は、散華された世代への熱き思い入れであり、同時に、その記録を誌して平和の礎とし、後世に伝えんとするにある。

小社の出版物は、戦記、伝記、文学、エッセイ、写真集、その他、すでに一、〇〇〇点を越え、加えて戦後五〇年になんなんとするを契機として、「光人社NF（ノンフィクション）文庫」を創刊して、読者諸賢の熱烈要望におこたえする次第である。人生のバイブルとして、心弱きときの活性の糧(かて)として、散華の世代からの感動の肉声に、あなたもぜひ、耳を傾けて下さい。

＊潮書房光人新社が贈る勇気と感動を伝える人生のバイブル＊

ＮＦ文庫

ソロモン海の戦闘旗 空母瑞鶴戦史［ソロモン攻防篇］
森 史朗

日本海軍参謀の頭脳集団と攻撃的な米海軍提督ハルゼーとの手に汗握る戦いを描く。ソロモンに繰り広げられた海空戦の醍醐味。

日本海軍潜水艦百物語 ホランド型から潜高小型まで水中兵器アンソロジー
勝目純也

毀誉褒貶なかばする日本潜水艦の実態を、さまざまな角度から捉える。潜水艦戦史に関する逸話や史実をまとめたエピソード集。

最強部隊入門 兵力の運用徹底研究
藤井久ほか

恐るべき「無敵部隊」の条件——兵力を集中配備し、圧倒的な攻撃力を発揮、つねに戦場を支配した強力部隊を詳解する話題作。

証言・南樺太 最後の十七日間 知られざる本土決戦 悲劇の記憶
藤村建雄

昭和二十年、樺太南部で戦われた日ソ戦の悲劇。住民たちの必死の脱出行と避難民を守らんとした日本軍部隊の戦いを再現する。

激戦ニューギニア 下士官兵から見た戦場
白水清治

愚将のもとで密林にむなしく朽ち果てた、一五万兵士の無念を伝える憤怒の戦場報告——東部ニューギニア最前線、驚愕の真実。

軍艦と砲塔 砲煙の陰に秘められた高度な機能と流麗なスタイル
新見志郎

多連装砲に砲弾と装薬を艦底からはこび込む複雑な給弾システムを図説。砲塔の進化と重厚な構造を描く。図版・写真一二〇点。